दिया नहीं तो क्या जिया

दिया नहीं तो क्या जिया

(अपने साथ औरों के लिए भी जीना सीखिए)

एन. रघुरामन

प्रभात पेपरबैक्स
www.prabhatbooks.com

प्रकाशक

प्रभात पेपरबैक्स

4/19 आसफ अली रोड, नई दिल्ली-110002

फोन : 23289777 • हेल्पलाइन नं. : 7827007777

इ-मेल : prabhatbooks@gmail.com ❖ वेब ठिकाना : www.prabhatbooks.com

संस्करण

प्रथम, 2019

मूल्य

दो सौ पचास रुपए

अ.मा.पु.स. 978-93-5322-322-9

मुद्रक

आर-टेक ऑफसेट प्रिंटर्स, दिल्ली

DIYA NAHIN TO KYA JIYA
by Shri N. Raghuraman

Published by **PRABHAT PAPERBACKS**
4/19 Asaf Ali Road, New Delhi-110002

ISBN 978-93-5322-322-9

₹250.00

मेरी माँ, **जयालक्ष्मी नटराजन** को समर्पित,
जो मेरे जीवन की मार्गदर्शक थीं और मुझे सुखी जीवन का
सही अर्थ समझाया तथा मेरे पिता **वी. नटराजन** को समर्पित है,
जिन्होंने मेरी जीवन-नैया को सही दिशा दी
और उसे वित्तीय रूप से सफल बनाया।

अनुक्रम

अपने भाग्य से बदला लेने के लिए ब्लू प्रिंट बनाइए

वर्ष 1971 में एक 23 वर्षीय गरीब, असहाय गृहिणी, जिसके पास कोई शिक्षा, हुनर, प्रशिक्षण नहीं था और न उसे पता था कि वह अपने चार बच्चों का पालन-पोषण कैसे करेगी, जिसमें सबसे बड़ा आठ और सबसे छोटा दो साल का था; वह कोलकाता के टॉलीगंज स्थित जिला अस्पताल में बुरी तरह रो रही थी। हाल ही में पास के हँसपुकुर गाँव में खेतिहर मजदूर उसके पति चंद्रा को गेस्ट्रोएंटाइटिस की शिकायत के बाद वहाँ भर्ती किया गया था। डॉक्टर व नर्स उस पर कोई ध्यान देने को तैयार नहीं थे, क्योंकि उनके पास पैसा नहीं था, जबकि सरकारी अस्पताल का दायित्व था कि गरीबों का मुफ्त इलाज करे। नतीजा यह हुआ कि उसके पति की मौत हो गई और इसीलिए वह रो रही थी। वह अपने पालकों व भाइयों के पास नहीं जा सकती थी। वे गरीब नहीं होते तो 12 साल की उम्र में उसकी शादी ही नहीं करते, वह भी 200 रुपए कमानेवाले खेतिहर मजदूर से। वे 14 भाई-बहन थे। उसकी माँ जमीन साफ करती, चर्च, आश्रमों, एनजीओ, सरकारी दफ्तरों व भूस्वामियों से भीख माँगती, ताकि बच्चों को खिलाने के लिए चावल खरीद सके, पर फिर भी उसके सात बच्चों की मौत हो गई।

इसलिए उसने अपने भाग्य और अप्रत्यक्ष रूप से डॉक्टरों से बदला लेने के लिए ब्लू प्रिंट तैयार किया, ताकि किसी को भी वह सब भुगतना न पड़े, जो उसने भुगता। पहले तो उसने 100 रुपए प्रतिमाह पर पाँच जगह मेड सर्वेंट का काम शुरू किया, ताकि चार भूखे बच्चों को खाना मिल सके। फिर वह कोलकाता गई, वहाँ सब्जियाँ बेचने से 500 रुपए प्रतिमाह कमाने लगी। उसने धीरे-धीरे स्थानीय पोस्ट ऑफिस में पैसे जमा करने शुरू किए। ऐसा बीस वर्षों तक किया।

सन् 1992 में वह अपने पति के गाँव हँसपुकुर लौट आई, दो दशकों से खाली पड़ी झोंपड़ी को अपने कब्जे में लिया, 10 हजार रुपए में एक एकड़ जमीन खरीदी। वहाँ मुफ्त में इलाज करनेवाला अस्पताल खोला और गाँव के लोगों से योगदान माँगा। लोगों ने जो दिया, उसमें 900 रुपए से कुछ अधिक नकदी, बाँस, ताड़ के पत्ते, लकड़ी के पटिए और फ्री लेबर मिला। इससे 1993 में 20 गुना 20 का अस्थायी शेड बन गया। फिर लाउड स्पीकर लगा एक ऑटो रिक्शा 10 किलोमीटर के दायरे में घुमाकर डॉक्टरों से कुछ घंटों के लिए धर्मार्थ मुफ्त सेवा व अतिरिक्त पड़ी दवाएँ मुफ्त देने की अपील की। इस आह्वान पर प्रतिक्रिया देनेवाले पहले डॉक्टर थे डॉ. रघुपति चटर्जी, जिसके बाद एक जनरल प्रेक्टिशनर, बाल रोग, हड्डी रोग, नेत्र रोग के विशेषज्ञ और एक होमियोपैथ आए। उसके बाद अस्पताल ने कभी मुड़कर नहीं देखा।

सन् 2018 में आ जाते हैं। ह्यूमेनिटी हॉस्पिटल हर दिन 300 रोगियों का इलाज करता है, जो 10 आईसीयू और 45 बिस्तरों के साथ 1.6 एकड़ में फैला हुआ है। इसकी दूसरी शाखा सुंदरवन में है, जहाँ प्राथमिक स्वास्थ्य केंद्र दो घंटे की नाव-यात्रा की दूरी पर है। झारग्राम जिले में एक और अस्पताल की योजना है, जहाँ वे फिलहाल हैल्थ सेंटर चलाती हैं। मेडिसिन की पढ़ाई करनेवाले उनके सबसे बड़े बेटे डॉ. अजोय मिस्त्री ज्यादातर केंद्रों का काम सँभालते हैं। उनकी बहन नर्स है और दूसरे भाई-बहन उनकी मदद करते हैं और ये 78 वर्षीय महिला सुभाषिनी मिस्त्री इस साल राष्ट्रपति भवन के गलियारे में गर्व के साथ पद्मश्री से अलंकृत होने के लिए आगे बढ़ रही थीं। राष्ट्रपति ने उन्हें सामाजिक कार्य के लिए यह सम्मान प्रदान किया।

फंडा यह है कि भाग्य से बदला लेना हो तो इसे ऐसे किसी व्यक्ति से मिलने का मौका मत दीजिए, जिसे वह सब भुगतना पड़े, जो आपने भुगता है।

□

दिलचस्प लोग आपके आस-पास हैं, बस आपको उन्हें पहचानना है

स्टोरी 1 : इस बुधवार मैं रायपुर से 120 किलोमीटर दूर स्थित कबीरधाम जा रहा था, जहाँ छत्तीसगढ़ के मुख्यमंत्री डॉ. रमन सिंह का निवास है और उनके पुत्र अभिषेक सिंह वहाँ के सांसद हैं। रायपुर के मुख्य शहर से 20 किलोमीटर दूर खमतराई के पास मेटल पार्क जंक्शन पर सिग्नल लाल होने से मेरी कार रुकी। मेरी विपरीत दिशा से आ रही बाइक भी रुकी, लेकिन उसके पीछे आ रही मेटाडोर सिग्नल का सम्मान करती प्रतीत नहीं हो रही थी। इसने बाएँ से बाइक को छोटा-सा कट मारा और तेजी से आगे बढ़ी। सामने से आनेवाला ट्रैफिक शुरू हो चुका था। बाइक के तीनों सवार हवा में उड़ गए और तेजी से बढ़ती मेटाडोर के सामने गिरनेवाली एक महिला थी, जिसका पैर मेटाडोर के पहिए के नीचे आ गया। दोनों के बीच बैठा बच्चा सौभाग्य से बच गया। हेलमेट ने बाइक सवार को बचा लिया, जो सिर के बल गिरा था।

ट्रैफिक पूरी तरह रुक गया। जल्दी ही लोग इकट्ठा हो गए और किसी बॉलीवुड फिल्म जैसा दृश्य हो गया। मिनी ट्रक से एक आदमी कूदा और अन्य बाइकर की मदद ली और उस वाहन का पीछा करने लगा, जिसने तीनों को टक्कर मारी थी। युवा एग्जीक्यूटिव आदित्य खंडेलवाल ने एंबुलेंस बुला ली, जिला खेल अधिकारी तनवीर अकिल ने स्थिति को अपने हाथों में ले लिया। स्थानीय पंडितजी ने उन्हें भीड़ को हटाने में मदद की। महिला को अत्यधिक तकलीफ और अपने बच्चे व पति की चिंता में देखकर तनवीर ने उन्हें आश्वस्त किया कि वे दोनों सुरक्षित हैं और रोड डिवाइडर के बीच उन्हें लिटाकर पीने के लिए पानी दिया। पंडितजी और अन्य राहगीरों ने ट्रैफिक सुगम बनाने में मदद की।

उसी समय मैंने देखा कि तनवीर कुछ अलग ही काम कर रहे हैं। उन्होंने अपने जर्जर से पर्स में हाथ डाला और कुछ गुलाबी-हरे नोट निकालकर नीचे गिरे पुरुष को देते हुए कहा, "आपको शायद दवाई खरीदने के लिए जरूरत पड़े।" जिस क्षण उन्होंने वे नोट दुर्घटना के शिकार व्यक्ति के जेब में खिसकाए, उनकी आँखें नम हो आईं, तभी एंबुलेंस आ गई और तीनों भीतर चले गए। दो मिनट बाद ही पुलिस आ गई। तनवीर और पंडितजी ने बाइक उनके हवाले की और वहाँ से चले गए। जब मैंने तनवीर से पूछा कि क्या उन्हें अपना पैसा वापस मिलेगा तो उन्होंने कहा, "क्यों नहीं, अल्लाह ने चाहा तो जरूर मिलेगा।" यह कहकर वे चले गए। देर रात मुझे पता चला कि उस परिवार के सदस्य स्थानीय पशु चिकित्सालय के सहायक शल्य चिकित्सक डॉ. धर्मेंद्र खुरे, उनकी पत्नी विशाखा और चार वर्षीय बेटी विभूति सुरक्षित थे। धर्मेंद्र मानते हैं कि वे इसलिए बच गए, क्योंकि वे उन जानवरों को बचाने का प्रयास करते हैं, जो अपनी तकलीफ बता नहीं सकते!

स्टोरी 2 : बाद में कबीरधाम में मैं 18 वर्षीय ललित यादु से मिला, जो पूरी तरह हिंदी भाषी आबादी के हिसाब से अच्छी अंग्रेजी लिख-बोल लेते हैं। उनके पिता पान की दुकान चलाते हैं और उनके परिवार की आय 150 रुपए प्रतिदिन है। ललित बीए दूसरे वर्ष के छात्र हैं, उनका भाई बीएड कर रहा है और बहन 11वीं में पढ़ती है। वे प्रधानमंत्री कौशल विकास योजना में डाटा मॉनिटरिंग असिस्टेंट के रूप में अंशकालिक काम भी करते हैं और हर माह 5 हजार रुपए कमा लेते हैं। वे यूपीएससी परीक्षा की भी तैयारी कर रहे हैं। शाम को वे गरीब बच्चों को सारे विषय निःशुल्क पढ़ाते हैं। चूँकि वे सरकारी स्कूल से पढ़े हैं, जहाँ कई विषयों के लिए अध्यापक नहीं हैं तो उन्हें लगता है कि अपने इलाके के लिए बच्चों की यह कठिनाई दूर करना उनका काम है। वे रोज अपनी बहन और कुछ खास मित्रों के साथ इंग्लिश बोलते हैं, ताकि इस विदेशी भाषा में महारत हासिल हो जाए। उनमें बहुत आत्मविश्वास है और मानते हैं कि वे जीवन में इसलिए आगे बढ़ रहे हैं, क्योंकि वे अन्य छात्रों को आगे बढ़ने में मदद करते हैं।

फंडा यह है कि ईश्वर को माननेवाले दिलचस्प लोग हमारे आस-पास मौजूद हैं। हमें उन्हें पहचानकर उनसे जिंदगी के गुर सीखने चाहिए।

□

यदि आप सपने देख रहे हैं तो बड़े सपने देखें

कड़ाके की ठंड ने देश के कई भागों को जमा दिया है, लेकिन इसके कारण गुजरात सरकार वाइब्रेंट गुजरात 2017 का आयोजन करने से नहीं चूकी। व्यावसायिक कुशलता के लिए पहचान बनानेवाला यह राज्य 29 हजार समझौता-पत्रों पर दस्तखत करने में कामयाब रहा, जिसके जरिए निवेश 30 लाख करोड़ रुपए से ज्यादा होने की उम्मीद है। हर दो साल बाद होनेवाला यह बिजनेस सम्मेलन जब समाप्त हुआ तो बापूनगर के निवासी हर्षवर्द्धन झाला भी उन कई व्यवसायियों में से थे, जिन्होंने गुजरात सरकार के साथ बारूदी सुरंगों का पता लगानेवाले ड्रोन के उत्पादन के सौदे पर हस्ताक्षर किए।

कड़क-चुस्त नीले सूट में सजे चश्मा पहने इन सज्जन ने वाइब्रेंट गुजरात ग्लोबल समिट में पाँच करोड़ रुपए का ड्रोन का सौदा कर सनसनी फैला दी। खास बात यह है कि ड्रोन उनका डिजाइन किया हुआ है। 2016 में किसी समय पठानकोट हमले की खबर टीवी पर देखते हुए उन्हें लगा कि बहुत सारे सैनिक बारूदी सुरंगों को नाकाम करते समय गंभीर रूप से घायल होकर शहीद हो जाते हैं। उन्होंने देश के लिए कुछ करने का फैसला ले लिया और इसके साथ खुद के लिए एक बिजनेस प्लान बनाया। सौदा अपनी झोली में डालने के पहले उन्होंने अपने डिजाइन किए ड्रोन के तीन प्रोटोटाइप पर करीब 5 लाख रुपए खर्च किए।

यह ड्रोन इंफ्रारेड, आरजीबी सेंसर और थर्मल मीटर के अलावा 21 मेगापिक्सल कैमरे से लेस है, जिसमें मेकैनिकल शटर है, ताकि हाई रिज्योल्यूशन फोटो लिये जा सकें। ड्रोन का डिजाइन ऐसा है कि यह सतह से दो फीट की ऊँचाई पर उड़ता हुआ आठ वर्ग मीटर के क्षेत्र में तरंगें भेजता है। ये तरंगें बारूदी सुरंगों

का पता लगा लेती हैं और ड्रोन उनकी स्थिति से आधार स्थल को अवगत कराता है। इस ड्रोन में 50 ग्राम वजन का बम भी होता है, जिसका इस्तेमाल बारूदी सुरंगों को नष्ट करने में किया जा सकता है। उन्होंने इसके पेटेंट के लिए रजिस्ट्रेशन किया है और एरोबोटिक्स नामक कंपनी भी स्थापित की है। उन्होंने इस ड्रोन के उत्पादन के लिए पूरा बिजनेस प्लान भी बना लिया है। यदि एक क्षण के लिए भी आपको लगा हो कि मैं इस कॉलम में किसी व्यवसायी का प्रोफाइल क्यों लिख रहा हूँ तो जरा ठहरिए। हर्षवर्द्धन झाला कोई बड़े व्यवसायी नहीं हैं, बल्कि वे 14 वर्ष आयु के 10वीं कक्षा के छात्र हैं और उन्हें बापूनगर के सर्वोदय विद्या मंदिर में देखा जा सकता है। वे सामान्य परिवार के हैं और उनके पिता प्रद्युम्न सिंह एक प्लास्टिक कंपनी में अकाउंटेंट हैं, जबकि माँ निशाबा गृहिणी हैं। जहाँ उनकी उम्र के ज्यादातर बच्चे आनेवाली बोर्ड परीक्षा के लिए परेशान रहते हैं, वहीं सरकार इस युवा मस्तिष्क पर दाँव लगाने के लिए आगे आई है। हर्ष ने ड्रोन उत्पादन की अपनी योजना में इन मानवरहित यानों की कई किस्मों की कल्पना की है, जिनका ब्ल्यू प्रिंट तैयार है। बस पेटेंट रजिस्टर होने का इंतजार है।

अपने प्रोडेक्ट का पेटेंट हासिल करने और उसका उत्पादन करने की झाला की इच्छा तब बलवती हुई, जब वे अमेरिका में गूगल के मुख्यालय में अपना एक प्रोजेक्ट निवेशकों के सामने रखने गए थे। गूगल की यह सारे खर्चों सहित निःशुल्क यात्रा स्थानीय इंजीनियरिंग कॉलेज में इनोवेशन इवेंट में जीती इनामी राशि का हिस्सा थी। अब वे फिर अमेरिका जाएँगे, निवेशकों को समझौता-पत्र के बारे में बताने और उन्हें विश्वास है कि वे उनकी कंपनी में निवेश के लिए तैयार हो जाएँगे। उनका सपना अपनी कंपनी को एपल और गूगल से बड़ी कंपनी बनाने का है।

फंडा यह है कि यदि आप बड़ा सपना देखें और इसे साकार करने के लिए काम करें तो निश्चित ही आप सफल कॅरियर की ओर मजबूती से बढ़ सकेंगे।

□

क्या आपने कभी असली दुनिया देखी है?

देर रात डॉ. मोहिंदर सिंह अरोरा का परिवार उनके लखनऊ स्थित आवास पर जमा था, जो 1 मार्च, 2017 को 80 साल के होनेवाले हैं, लेकिन अभी बीमार थे। वे सो रहे थे, जबकि उनके बच्चे व परिवार के अन्य सदस्य उनके लिए प्रार्थना कर रहे थे। अचानक दरवाजे की घंटी बजी। पुत्र अमरजीत सिंह अरोरा रात के उस समय इस व्यवधान पर गुस्सा हो गए, लेकिन उन्हें अचरज नहीं हुआ, क्योंकि उनके पिता लखनऊ के सबसे लोकप्रिय लोगों में से हैं। यदि आप किसी भी रिक्शावाले से कहें कि आपको 'ज्ञानीजी' से मिलना है, हाँ डॉ. अरोरा इसी नाम से मशहूर हैं, तो वह उनके घर सी-1151, राजाजीपुरम पर छोड़ देगा।

हॉस्पिटेलिटी बिजनेस चलानेवाले अमरजीत हमेशा यह देख विचलित हो जाते कि किसी रोगी को देखने की उनके पिता की फीस कभी 5 रुपए से ऊपर नहीं जाती। ज्यादा फीस लेना तो दूर, जरूरतमंदों को तो वे पैसे और दवाइयाँ तक दे देते, ताकि वे स्वास्थ्यवर्द्धक भोजन करके जल्दी सेहतमंद हो सकें। हालाँकि इन 53 वर्षों में फीस 10 पैसे से बढ़कर 5 रुपए तक पहुँची है। अपने पिताजी से चर्चा में वे हमेशा पूछते, 'पिताजी, मुझे बताइए कि अपनी जिंदगी में आपने क्या कमाया?'' ज्ञानीजी हमेशा जवाब में मुसकरा देते। ज्ञानीजी ने एक अनाथाश्रम 'बाल सहयोग' में वार्डन के काम से अपने कॅरियर की शुरुआत की थी। वे तब इंदिरा गांधी को रिपोर्ट करते थे, जिन्हें उनके पिता व प्रथम प्रधानमंत्री जवाहरलाल नेहरू के मार्गदर्शन में प्रशिक्षित किया जा रहा था। परिवार की पहुँच सीधे प्रधानमंत्री आवास तक थी, जबकि विभाजन के बाद वे पाकिस्तान से शरणार्थी के रूप में आए थे, लेकिन उनके परिवार ने इस ऊँचे संपर्क का कभी फायदा नहीं उठाया। ज्ञानीजी के पिता ने अपने बेटे के लिए सारी ऊँची तनख्वाह वाले जॉब की पेशकश ठुकरा दी और ड्राफ्टमैन के बतौर भारतीय रेल ज्वॉइन करने में उसकी मदद की।

ज्ञानीजी पार्टटाइम पैशन के रूप में होमियोपैथी की प्रैक्टिस करते। लेकिन 1967 में जब उनकी माँ को त्वचा की खतरनाक बीमारी एक्जिमा हुई तो एलोपैथी से ज्यादा मदद नहीं मिली, उन्होंने होमियोपैथी से माँ को दो साल में ठीक कर दिया।

उन्होंने रेलवे से स्वैच्छिक सेवानिवृत्ति ले ली और आर्थिक रूप से गरीब तबके के वृहत्तर फायदे के लिए होमियोपैथ के रूप में प्रैक्टिस करने लगे। यही वजह है कि पूरा लखनऊ शहर उन्हें 'खुदा का बंदा' कहता है। इसीलिए दरवाजे की घंटी बजते ही अमरजीत विचलित हो गया कि जब उनके पिता खुद बीमार हैं, तब भी कोई उन्हें तकलीफ देने आ गया। ये कोई मुसलिम सज्जन थे, जो अमरजीत के कड़े विरोध के बावजूद ज्ञानीजी से मिलने पर जोर दे रहे थे। पहले तो उसने गुजारिश की कि वह सिर्फ ज्ञानीजी को देखेगा, उन्हें तकलीफ नहीं देगा, पर अमरजीत टस से मस नहीं हुए। फिर तो वे किसी दादा की तरह सीधे डॉक्टर के बेड रूम में पहुँच गए। वहाँ वे खड़े हुए, फिर छत की ओर देखकर दुआ करना शुरू किया, "हे खुदा, इस शख्स को कोई दुःख मत दो। कृपया उनका सारा दर्द मुझे दे दो, क्योंकि तुम जानते हो कि वे किस तरह के शख्स हैं; दुनिया को ज्ञानीजी चाहिए।" फिर वे कुछ देर और ज्ञानीजी के लिए प्रार्थना करते रहे और चुपचाप चले गए। अमरजीत और उनके परिवार के सदस्य तो स्तब्ध रह गए। अगली सुबह ज्ञानीजी उठे, अमरजीत को बुलाया और कहा, "तुम हमेशा पूछते थे कि मैंने क्या कमाया, ठीक है न? तुमने पिछली रात देखा, मैंने क्या कमाया है?" अमरजीत ने चुपचाप सिर हिलाया और कहा, "आप मेरे यहाँ क्यों नहीं आ जाते।" ज्ञानीजी ने जवाब दिया, "आकर मेरी दुनिया में रहो। यह कहीं अधिक सुंदर है। यहाँ लोग दूसरों के लिए जीते हैं, तुम्हारी व्यावसायिक दुनिया की तरह चीजों के लिए नहीं जीते। फिर कभी मुझे अपने साथ आने के लिए न कहना। तुम्हारा यहाँ हमेशा स्वागत है, क्योंकि असली दुनिया यही है।" अमरजीत वह बहस हारकर लौट आए, लेकिन उन्हें अच्छी तरह मालूम पड़ गया था कि असली दुनिया कैसी होनी चाहिए।

फंडा यह है कि क्या आपने कभी असली दुनिया देखी है—यह उन लोगों की दुनिया है, जो दूसरे लोगों के लिए जीते हैं।

□

छोटे कार्यों और साधारण प्रश्नों से भी जीवन के बड़े सबक मिल जाते हैं

ऐसा कम ही होता है कि आप कोई जोक पढ़ रहे हैं और वही आपके सामने घट जाए। इस रविवार मैं मुंबई एयरपोर्ट से बाहर आते वक्त व्हाट्सअप पर जोक पढ़ रहा था। जोक यह था कि कैसे एक व्यक्ति चलते समय अचानक गिर जाता है और एक डॉक्टर उसे मदद करने की कोशिश करती है। तभी एक महिला आकर डॉक्टर को परे धकेल देती है, क्योंकि उसे पता नहीं है कि यह महिला डॉक्टर है। वह लोगों से कहती है कि वह सीपीआर (कार्डियोपल्मोनरी रिससिटेशन) में प्रशिक्षित नर्स है। डॉक्टर पीछे हट जाती है और कहती है कि यदि उसे डॉक्टर की जरूरत पड़े तो वह पीछे खड़ी है। नर्स का सिर शर्म से झुक जाता है।

मैं 'सब कुछ जाननेवाले' लोगों पर कटाक्ष करते इस लतीफे को पढ़कर मुसकराया। उस वक्त रात के 11 बजे थे और मैं ट्रॉली ठेल रहा था। अचानक मेरे आगे व्हील चेयर पर जा रहा व्यक्ति चेयर में लुढ़क गया। तब वह इंटरनेशनल एयरपोर्ट से बाहर निकल ही रहा था। वह व्यक्ति पूरी तरह शिथिल पड़ गया था और उसकी नब्ज तो जैसे चली ही गई थी। कई अन्य यात्रियों की तरह प्रवेश द्वार की ओर बढ़ रही एक युवती तुरंत हरकत में आ गई। बाद में पता चला कि वे डॉ. गायत्री पटनकर हैं और स्थानीय अस्पताल में एनेस्थेसियोलॉजिस्ट हैं।

एयरपोर्ट का इमरजेंसी किट आ गया। उन्होंने पहले डिफाइब्रिलेटर का इस्तेमाल कर उस व्यक्ति की नब्ज लौटाने के लिए छाती पर शॉक दिया। लगातार दो प्रयासों में वे नाकाम रहीं। अचानक वहाँ पर गहरा मौन छा गया, जो किसी बुरी खबर का अहसास देता था। डॉ. गायत्री ने प्रयास नहीं छोड़े। उन्होंने उस व्यक्ति को साँस लेने में मदद देने के लिए इमरजेंसी लैरिंगोस्कोप किया। तीसरे प्रयास में वे उन्हें होश में ले आईं। जैसे ही उस व्यक्ति ने साँस लेना शुरू किया, डॉ. गायत्री

ने एड्रनलिन का इंजेक्शन दिया। एंबुलेंस आने तक तो व्यक्ति इस हालत में था कि व्हील चेयर को एंबुलेंस के भीतर ले जाया गया। सबकुछ उसी तेजी से हुआ, जैसा किसी मूवी में होता है।

कई अनजाने चेहरों की ओर से डॉ. गायत्री को धन्यवाद मिला और सेना के एक जवान ने तो 'जय हिंद' के साथ सलाम ठोंक दिया। डॉक्टर एंबुलेंस के साथ चली गईं। बाद में मैं टैक्सीवाले इलाके में जवान से मिला तो मैं पूछा, 'आपने जय हिंद क्यों कहा?' उसने कहा कि इस नारे पर उन्हें बहुत गर्व है और फौज के सारे लोग एक-दूसरे को सलाम करके जय हिंद ही कहते हैं। जवान ने आगे कहा, "इस सलामी को अपनाने की कई कहानियाँ हैं, लेकिन सेना में जो मानी गई है, वह कुछ इस तरह है। इस नारे को आजाद हिंद फौज के मेजर आबिद हसन सफ्रानी ने 'जय हिंदुस्तान की' के लघु रूप के बतौर गढ़ा था। चूँकि आजाद हिंद फौज में कई धर्मों व संस्कृतियों के जवान थे तो सलामी का यह जुमला एकदम ठीक था। आजाद हिंद रेडियो पर अपने एक लोकप्रिय भाषण में नेताजी सुभाषचंद्र बोस ने इसे मशहूर कर दिया। बाद में यह ख्यात देशभक्ति गीत में भी आया, 'ए मेरे वतन के लोगों', जिसके अंतिम पद में स्वर ऊँचा होते-होते जय हिंद, जय हिंद की सेना, जय हिंद''' कहा जाता है।

"यह गीत 27 जनवरी, 1963 को लता मंगेशकर ने दिल्ली में युद्ध में शहीद हुईं विधवाओं के लिए धन इकट्ठा करने के लिए आयोजित कार्यक्रम में गाया था। यह 20 अक्तूबर से 21 नवंबर, 1962 तक चले भारत-चीन युद्ध खत्म होने के दो महीने बाद की बात है। गीत बहुत लोकप्रिय हुआ, क्योंकि आकाशवाणी के विविध भारती स्टेशन पर सेना के जवानों के लिए शुरू किए कार्यक्रम 'जयमाला' में जवानों के अनुरोध पर इसे बार-बार बजाया जाता था। जल्दी ही यह फौज के कार्यक्रमों में गाया जानेवाला मार्चिंग का गीत बन गया।" जवान ने बात पूरी करते हुए कहा, "उसी 1963 के वर्ष में भारतीय सेना अपने आकार को तेजी से बढ़ाने पर मजबूर हुई। नई बटालियनें गठित हुईं, जो पूरी तरह से जाट या मराठा जैसे जातीय चरित्र की नहीं थीं। ऐसे में 'जय हिंद' फौज में सलामी का आम नारा हो गया।"

फंडा यह है कि कुछ साधारण सांसारिक प्रश्न और विनम्रता से हमें जीवन के सबसे बड़े सबक मिलते हैं, जिनकी हमें अपेक्षा नहीं होती।

□

समाज में फर्क पैदा करना गंभीर काम है

कई अच्छे कॉर्पोरेट, अच्छे नागरिकों की तरह उन्होंने भी अपने वेतन का एक हिस्सा मुंबई के टाटा मेमोरियल हॉस्पिटल में कैंसर पीड़ित बच्चों के लिए दान में देना शुरू किया, किंतु अन्य दान दाताओं से वे भिन्न थीं। वे हम-आप जैसी दानदाता नहीं थीं, जो चेक देकर भूल जाते हैं। वे यह जानना चाहती थीं कि दान में दिए उनके पैसे का कैसे उपयोग होता है।

कुछ साल पहले जब वे मातृत्व अवकाश पर थीं तो उन्होंने अस्पताल में जाकर यह देखने का निश्चय किया कि उनके पैसे का कैसे उपयोग किया जाता है। अस्पताल का चक्कर लगाते हुए उन्हें एक बच्चे के सिर्फ पैर दिखाई दिए, जिन्हें देखकर उन्हें अपनी नवजात बेटी के पैर याद आए। भावुकता के वशीभूत होकर वे उस बच्चे तक पहुँचीं और पहली बार देखा कि इतना छोटा बच्चा कीमोथैरेपी ले रहा था। उन्होंने संकल्प लिया कि वे इन बच्चों के लिए कुछ और भी करेंगी। उन्होंने अस्पताल की सामाजिक कार्यकर्ता से पूछा कि वे और क्या कर सकती हैं। जवाब सुनकर वे अवाक् रह गईं। उस महिला स्वयंसेवी ने कहा, ''इलाज के लिए तो कई लोग दान देते हैं, लेकिन उस पोषक भोजन के लिए दान नहीं देते जो इस थैरेपी के प्रभावों को झेलने के लिए बहुत जरूरी है।''

उन्होंने तत्काल दान का अपना पैसा भोजन के लिए भेजना शुरू कर दिया और जब भी जरूरत होती, स्वयंसेवी उन्हें संदेश भेज देती। जल्दी ही जरूरत उनकी व्यक्तिगत क्षमता से बहुत ज्यादा हो गई। उसके बाद उन्होंने अपने मित्रों, परिचितों से कहना शुरू किया। उन्हें यकीन दिलाया कि बर्थडे और एनिवर्सरी पार्टियों पर खर्च करने की बजाय यहाँ दान देना ज्यादा जरूरी है। उसी वक्त उन्हें अहसास हुआ कि उनके लिए अकेले इस नई समस्या से निपटना संभव नहीं है। इस तरह 2011 में उन्होंने 'द कडल्स फाउंडेशन' शुरू किया और मुंबई के विभिन्न वितरकों

के माध्यम से कैंसरग्रस्त बच्चों के लिए न्यूट्रिशनल सप्लीमेंट हासिल करना शुरू किया। फाउंडेशन के बढ़ने के साथ इन्होंने न्यूट्रिशन से जुड़े हर मुद्दे पर ध्यान देना शुरू कर दिया। डॉक्टर उन्हें बताते रहते कि उन्हें किस चीज की जरूरत है। मिलिए पुर्नोता दत्ता, आईएसबी हैदराबाद से, एमबीए तथा ऑनलाइन मार्केटिंग की एक्सपर्ट।

किसी भी अन्य प्रोजेक्ट की तरह कडल्स फाउंडेशन रेंगता रहा, गिरा, जख्मी हुआ और फिर धीरे-धीरे चलना सीख गया और फिर तीन साल में तो आत्मविश्वास पूर्वक दौड़ने लगा। आज उनके पास अपने 24 न्यूट्रिशनिस्ट हैं। यह 2016 में नौ शहरों के 17 अस्पतालों के 18 हजार बच्चों को अपनी सेवाएँ दे रहा था। मुंबई के ही पाँच अस्पतालों में 700 बच्चों को यह सेवा दे रहा है। जब बच्चा चलता हुआ इलाज के लिए आता है तो वे कुपोषण के स्तर और कैंसर के प्रकार का आकलन कर लेती हैं, फिर डाइट प्लान बनाती हैं, जो सप्लीमेंटेशन का मिला-जुला स्वरूप होता है।

दवाइयों के अलावा अन्य जरूरतों की लागत देखते हुए निम्न आयवर्ग के लोग आमतौर पर इलाज को अचानक बंद कर देते हैं। यहीं पर कडल्स का प्रवेश होता है। वह चुने हुए परिवारों को राशन की बास्केट देता है और यह सुनिश्चित करता है कि कम-से-कम बच्चे का सही वजन बना रहे। इसका इलाज बंद करने की दर पर सीधा प्रभाव पड़ा है, जो 20 फीसदी से घटकर 3 फीसदी से भी नीचे आ गई है। फाउंडेशन लगातार अपने सदस्य न्यूट्रिशनिस्ट्स को एंपेथी (समानुभूति) में व्यापक प्रशिक्षण देता रहता है। टाटा मेमोरियल के शिशु कैंसर रोग विशेषज्ञ डॉ. बृजेश अरोरा भी न्यूट्रिशन के जुनूनी हैं और वे फाउंडेशन के गाइड और मेंटर हैं। उनके रोज के प्रयास बच्चों के पूरे क्लासरूम को बचा लेते हैं। कडल्स ने पेड्रियाट्रिक आंकोलॉजी न्यूट्रिशन का कोर्स भी तैयार किया है, जिसे एसएनडीटी यूनिवर्सिटी ने हाल ही में पढ़ाना शुरू किया है। अब अगला कदम 2018 तक देशभर में इलाज ले रहे 80 प्रतिशत बच्चों तक मदद पहुँचाने का है। उसके बाद रक्त संबंधी रोगों और एड्स के लिए काम करने का है। पुर्नोता कुछ साल पहले अस्पताल में एक बच्चे का पोषण करती थीं और अब अस्पताल के हर बच्चे को पोषक भोजन देने का प्लान बना रही हैं।

फंडा यह है कि समाज में फर्क पैदा करने का यह मतलब नहीं है कि सिर्फ दान दे दिया जाए। यदि आप गौर से देखें तो यह बहुत गंभीर मामला है।

□

कम्युनिटी हेल्प ने अब नया अवतार ले लिया है

स्टोरी 1 : बेंगलुरु की 48 एकड़ में फैली कैकोंड्राहल्ली लेक के मासिक रख-रखाव का कॉर्पोरेट और सामुदायिक फंड जब खत्म हो गया तो आस-पास रह रहे कुछ रहवासियों ने जो किया, वह बहुत ही नई बात है। उनके लिए यह वक्त लेक का बदला चुकाने का था। जॉगिंग ट्रैकवाला यह विशाल जलाशय धावकों के लिए ट्रेनिंग ग्राउंड था। उन्होंने सोचा कि क्यों न लेक के रखरखाव का पैसा खड़ा करने के लिए दौड़ आयोजित की जाए? उन्होंने ऐसा कर भी दिखाया। 17 जनवरी को मुंबई में 42 किलोमीटर की पूरी मैराथन में लेक के पास रहनेवाली पुष्पा कृष्ण, पद्मा श्रीनिवास, श्रीनिवास संपत और रिनाज ने भाग लिया। यह मुहिम इतनी वायरल हुई कि यह टीम 3.30 लाख रुपए जुटाने में कामयाब रही, जिससे कम-से-कम कुछ माह तक तो लेक के रखरखाव का काम चल ही जाएगा। इसे इतना अच्छा प्रतिसाद मिला कि पुष्पा अपने अमेरिकी मित्रों व रिश्तेदारों से 1 लाख रुपए जुटाने में कामयाब रहीं। पद्मा तथा श्रीनिवास 92 हजार रुपए एकत्र कर पाए। कैकोंड्राहल्ली लेक उन कई लेक्स में से है, जिन्हें म्युनिसिपल कॉर्पोरेशन ने पुनर्जीवित कर वहाँ के लोगों को सौंप दिया था। वहाँ लोग विभिन्न गतिविधियों से पैसा जुटाते रहे। मैराथन उनका नवीनतम प्रयास है। अब साफ-सफाई और सतत देखभाल से लेक और आस-पास का इलाका फोटोग्राफी और नेचर वॉक के लिए लोकप्रिय स्थान हो गया है। लेक में करीब 1,000 पेड़ हैं, इसलिए कई किस्म के पक्षी वहाँ आकर्षित होते हैं और वह इलाका पक्षी प्रेमियों का स्वर्ग हो गया है।

स्टोरी 2 : नाजुक परिस्थितियों में इन विट्रो फर्टिलाइजेशन (आईवीएफ) से जनमे एक बालक को बेंगलुरु के एक निजी अस्पताल में क्राउड फंडिंग से नई

जिंदगी मिली, क्योंकि उसके पालक नवजात सघन इकाई (एनआईसीयू) का खर्च नहीं दे सकते थे। बच्चे को जन्म देने की आईवीएफ पद्धति में ही उनका सारा पैसा खर्च हो गया था। 46 वर्षीय महिला की यह पहली गर्भावस्था थी, जो फर्टीलिटी, प्रसूति संबंधी कठिनाइयों और नवजात से जुड़ी दिक्कतों के बाद बेटी की माँ बनी थी। पहले अंतर्गर्भाशयी वृद्धि में 20वें हफ्ते से दिक्कत आई, फिर 23वें हफ्ते में हाईपरटेंशन रहा और बच्ची का विकास इस चरण पर आकर लड़खड़ाने लगा। ये सब उन लोगों के लिए आम स्वास्थ्यगत समस्याएँ हैं, जो विवाह के काफी समय बाद आईवीएफ को अपनाते हैं। मेडिकल टीम के सामने बच्ची को बचाने की समस्या थी, लेकिन एनआईसीयू का खर्च बहुत अधिक था और महिला के परिवार ने कह दिया था कि वे इतना खर्च बरदाश्त नहीं कर सकते थे। बेंगलुरु के क्लाउड नाइन हॉस्पिटल्स के सह-संस्थापक और मैनेजिंग डायरेक्टर रोहित एमए ने पैसा इकट्ठा करने के लिए मिलाप फाउंडेशन का साथ लिया। इलाज की कुल लागत 13.8 लाख रुपए थी। अस्पताल ने 2 लाख रुपए का डिस्काउंट दिया और 5.87 लाख रुपए क्राउड फंडिंग से जुटाए गए।

स्टोरी 3 : जमशेदपुर के केरल समाजम मॉडल स्कूल (केएसएमएस) ने अगली पीढ़ी को जॉब शैडोइंग के जरिए मदद करने का फैसला किया। पश्चिम के देशों में यह बहुत लोकप्रिय है। इसमें छात्र किसी जॉब को किसी असली ऑफिस या कार्यस्थल पर जाकर कुशल वर्कर के साथ 'शैडो' की तरह घूमकर सीखता है। जॉब शैडोइंग किसी असली कार्यस्थल या ऐसे पेशे का क्षेत्र होता है, जिसमें छात्र की रुचि होती है और वहाँ वह उसका अनुभव लेता है। इसका उसे कोई भुगतान नहीं किया जाता। केएसएमएस नए शैक्षिक सत्र से इसे अपने यहाँ लागू करेगा। कैंपस पर कॅरियर काउंसलिंग की सुविधा तो वह पहले से ही दे रहा है।

फंडा यह है कि सहायता हमेशा ही गरीबी से जुड़ी नहीं होती और नई पीढ़ी ने इसे नया अर्थ दिया है।

□

मदद पानेवाले को उसका पता न चले, वही आशीर्वाद

करीब सात साल पहले उडुपी के निकट शिर्रोर नामक कस्बे के संघर्षशील अबुबकेर मकाडे रियाद में कूरियर बॉय की नौकरी मिलने पर वहाँ चले गए। एक तरफ तो वे भावी जीवन की संभावना से खुश थे, दूसरी तरफ अपने एक साल के बेटे को छोड़कर जाने का दु:ख भी था, जिसके साथ वे अभी ठीक से खेले भी नहीं थे, किंतु आर्थिक मजबूरियों के कारण उन्हें वह कठिन फैसला लेना पड़ा।

छह साल हो गए, पर सालाना छुट्टी लेकर अपने परिवार से मिलने के कोई चिह्न नहीं दिख रहे थे। कड़ी मेहनत करके वे किसी तरह अपने परिवार को तुलनात्मक रूप से बेहतर आर्थिक स्थिति में ले आए। हालाँकि यह भावनात्मक रूप से तोड़ देनेवाला अनुभव था, क्योंकि बेटा बड़ा हो रहा था, लेकिन उस महत्त्वपूर्ण दौर में वे उसके पास मौजूद नहीं थे। आखिरकार अप्रैल 2016 में वह दिन आ ही गया। दो महीने की सवैतनिक छुट्टी से लैस वे लौटकर पत्नी और सात वर्षीय बेटे से मिलने के लिए तैयार थे। उन्होंने सामान बाँधा और रवाना होने के पहले पत्नी को फोन करके यह अच्छी खबर देने की सोची। उनकी आवाज सुनकर वे रोमांचित हो गईं और फिर कहा कि क्या वे अपनी छुट्टी और बढ़ा सकते हैं, क्योंकि वे पहली बार बेटे को चलते-बोलते देख रहे होंगे? वे अपने दफ्तर की ओर बढ़े और फुटपाथ पर चलते हुए सोचने लगे कि वे कैसे छुट्टी बढ़ाने की गुजारिश करें?

उन्हें एहसास नहीं था कि 11 वर्षीय बालक द्वारा चलाई जा रही कार के रूप में उनके पीछे दैत्य चला आ रहा है। कार ने अनियंत्रित होकर मकाडे को टक्कर मार दी और वे कोमा में चले गए। प्रिंस मोहम्मद बिन अब्दुल अजीज अस्पताल में भर्ती मकाडे की कई सर्जरी करनी पड़ी। परिवार तो जैसे बिखर गया। परिवार

के किसी सदस्य के पास न तो पासपोर्ट था और न इतना पैसा कि अपने शहर के बाहर भी जा सके। दिन और हफ्ते बीतते चले गए, पर मकाडे कोमा से बाहर नहीं आए। परिवार को तब एक और झटका लगा, जब पता चला कि अस्पताल का बिल एक करोड़ रुपए के करीब पहुँच गया है। आर्थिक रूप से परिवार उसी स्तर पर आ गया, जहाँ वह छह साल पहले था और परिवार के कमाऊ मुखिया को कोमा में खो बैठा।

परिवार ने मदद पाने के हरसंभव प्रयास किए और आखिर तटीय कर्नाटक के भटकल से संचालित वेब पोर्टल साहिलऑनलाइन के प्रमुख से मिले। उनके माध्यम से परिवार रियाद के भटकल्ली और नवायतों तक पहुँचा, जिन्होंने तेजी से सहायता मुहैया कराई। डॉ. मोहम्मद वासीम मणि अपने जैसी सोचवाले अफान मन्ना, डॉ. जहीर, इतियाक आर्मर, फौजान और शेबाज मन्ना को लेकर लगभग रोज मकाडे को देखने जाते, फंड इकट्ठा करते और उन्होंने अस्पताल प्रबंधन से भी रियायत का अनुरोध किया। इसके अलावा दम्माम, दुबई और रियाद से भी दान में पैसा आने लगा। मदद के लिए लोग जिस तरह आगे आ रहे थे, उसे देखकर अस्पताल के सीईओ डॉ. तलाल ने पूरा बिल माफ कर दिया और बीमा की राशि प्राप्त करने की प्रक्रिया जारी है। दुर्घटना के नौ माह बाद पिछले हफ्ते डॉ. वासीम मणि बेंगलुरु आए और उन्होंने मणिपाल अस्पताल के डॉक्टरों से मकाडे को वहाँ शिफ्ट करने के बारे में बात की। डॉक्टरों ने उन्हें आश्वस्त किया कि स्पीच थैरेपी व फिजियोथैरेपी सहित अन्य इलाज जारी रहा तो मकाडे एक साल में ठीक हो जाएँगे, क्योंकि कोमा पर उनका पैमाना सिर्फ 8-9 था। नर्स और डॉक्टर निःशुल्क एंबुलेंस सेवा के जरिए उन्हें एयरपोर्ट से अस्पताल लाएँगे। शुक्रवार को रियाद से फ्लाइट तय है। जीवनरक्षक प्रणालियों पर निर्भर मकाडे जब आँखें खोलेंगे तो उन्हें पता भी नहीं होगा कि वे वहाँ कैसे पहुँचे।

फंडा यह है कि आशीर्वाद की इससे बेहतर परिभाषा नहीं हो सकती कि मदद प्राप्त करनेवाला भी नहीं जान पाए कि किसने उसकी मदद की।

□

नियमों का पालन करें और अपनी समस्या के समाधान को आसान बनाएँ

पिछले सोमवार को मुझे एहसास हुआ कि दो सप्ताह बाद जब मेरी विदेश यात्रा शुरू होनेवाली है, तभी मेरे पासपोर्ट की अवधि भी खत्म हो रही है। यात्रा की थोड़ी ही उम्मीद के साथ मैंने ऑनलाइन आवेदन किया और मुझे 9 फरवरी को सबसे नजदीकी तारीख का इंटरव्यू अपॉइंटमेंट मिल गया। गुरुवार को ठीक से जमाए दस्तावेजों के साथ 20 मिनट पहले ही मैं वहाँ पहुँच गया। कतार में लगे आवेदक शिकायत कर रहे थे कि पासपोर्ट विभाग तो शायद ही कभी काम करता है। पासपोर्ट ऑफिस की कार्यप्रणाली से अच्छी तरह वाकिफ लगते एक कड़े आलोचक ने कहा, ''आपको पहले दो काउंटर पर कोई दिक्कत नहीं होगी, क्योंकि टीसीएस उसे हैंडल करता है, लेकिन तीसरे और चौथे काउंटर बहुत ही खराब होंगे, क्योंकि पासपोर्ट अधिकारी उन्हें चलाते हैं।'' जब किसी ने उनसे पूछा कि 'कितने खराब' तो वे सिर्फ मुसकराए और विश्वास के साथ बोले, ''आपको खुद ही पता चल जाएगा।''

मैंने उन्हें वहाँ की कार्यप्रणाली के बारे में कुछ प्राथमिक बातें बताने के लिए धन्यवाद दिया और अपने प्रेस कार्ड से अधिकारी को प्रभावित करने के लिए खुद को तैयार करने लगा। वे सज्जन बिल्कुल सही थे। पहले दो काउंटरों पर बहुत मित्रतापूर्ण व्यवहार हुआ; मुसकराते युवाओं ने सारे दस्तावेज व्यवस्थित जमाए, प्राथमिक जाँच की और सारे दस्तावेज सिस्टम में अपलोड कर दिए। फिंगरप्रिंट और फोटो लिये। सबकुछ कुछ मिनटों में हो गया। फिर हमसे पासपोर्ट

अधिकारी से इंटरव्यू के लिए इंतजार करने को कहा—जैसा बताया गया था, कुछ दिक्कतोंवाली जगह।

चूँकि मेरा टोकन नंबर 11 था तो मैंने देखा कि उन पाँच काउंटर में से हर एक पर दो आवेदक थे और मेरा दिमाग अंदाजा लगाने लगा कि उनमें से कौन सबसे अच्छा और सबसे खराब है। मुझे दो नंबर के काउंटरवाला अधिकारी थोड़ा रूखा लगा, जो गाहे-बगाहे आवाज ऊँची कर देता था। उसने आवेदक से यह भी कहा कि यदि वह एक विशेष दस्तावेज नहीं देता, उसका आवेदन मंजूर नहीं होगा। आवेदक अनुनय-विनय करता रहा, लेकिन अधिकारी टस से मस होने को राजी न था। सलाह देनेवाले व्यक्ति ने आँखों के इशारे से कहा, 'देखा, मैंने कहा था न।' मैंने दिल-ही-दिल में प्रार्थना की कि मुझे 2 नंबर काउंटर न मिले, हालाँकि ज्यादातर आवेदकों का हश्र इसी तरह ठुकराए जाने में हुआ।

बोर्ड पर मेरा नंबर प्रकट हुआ, वह भी मेरी इच्छा के विपरीत काउंटर नंबर 2 पर! जब मैं काउंटर पर पहुँचा तो देखा कि उस अधिकारी की चाय ठंडी हो रही है और वह वाकई काम की व्यस्तता में उसे पीना भूल गया। स्वभाववश मैंने कहा, 'आप चाय पी क्यों नहीं लेते, मैं इंतजार कर लूँगा।' इस सद्भावनापूर्ण अनुरोध ने उसके चेहरे पर तत्काल मुसकान ला दी। उसने मुझे बैठने को कहा और मेरे दस्तावेज देखे, हस्ताक्षर किए और अंतिम काउंटर की ओर जाने को कहा, सबकुछ 30 सेकंड में हो गया। पहले दो काउंटर की तुलना में 800 फीसदी तेजी से।

अंतिम काउंटर पर कुछ गड़बड़ दिख रही थी, क्योंकि पाँच में से चार अधिकारी ट्रैफिक की समस्या के कारण देर से आए थे। यह मुंबई की खास समस्या है और वहाँ एक महिला थी, जिसने मेरे पहले के सारे दस आवेदकों के आवेदन मंजूर या खारिज किए। जब 15 मिनट बाद मेरी बारी आई तो मैंने उस महिला से कहा, 'आज की सुबह बहुत तनाववाली रही है न, सारे आवेदकों को एक अधिकारी ने सँभाला।' वह धीरे से मुसकराई, लेकिन मित्रतापूर्ण होने का कोई संकेत नहीं दिया और कहा, "कभी-कभी हो जाता है, मेरे सहयोगी आते ही होंगे।" उसने मुझे कुछ पल देखते हुए कहा, "आपको पाँच दिन में पासपोर्ट मिल जाएगा।" मुझे आश्चर्य हुआ कि उसे कैसे मालूम कि मैं अगले हफ्ते यात्रा पर जा रहा हूँ। मैं बाहर आ गया प्रेस कार्ड या 'तत्काल' आवेदक जैसे खास दस्तावेज दिखाए बगैर। जब मैं घर आया, एमएमएस से मुझे सूचना मिली कि मेरा पासपोर्ट प्रिंट होने चला गया है। ठीक एक दिन बाद एक और

एसएमएस ने सूचना दी कि पासपोर्ट स्पीडपोस्ट से डिस्पेच हो गया है और बाद में शुक्रवार शाम जब मैंने पता लगाया तो पाया कि वह तो पहले ही पोस्ट ऑफिस पहुँच गया।

फंडा यह है कि ज्यादातर सरकारी कर्मचारी अपने काम में माहिर होते हैं और आपकी समस्याएँ सुलझा सकते हैं, बशर्ते आप उचित दस्तावेजों के साथ निर्धारित नियमों का पालन करें।

□

समाज की मदद करने के लिए पुरानी कहानी को नया मोड़ देकर लिखें

जब मैंने बेंगलुरु की इनवेंचर एकेडमी के 11वीं के छात्र 16 वर्षीय विक्रम अरुण के वेंचर के बारे में सुना तो मुझे वह कहानी याद आई, जो हममें से ज्यादातर ने शायद सुनी हो। कहानी कुछ ऐसी है—हर दिन एक मजदूर के बेटे को कंस्ट्रक्शन साइट पर अन्य बच्चों की कमीज पकड़कर ट्रेन-ट्रेन खेलते देखा जाता था। हर बच्चा बारी-बारी से पहली बोगी से लेकर इंजन तक की जगह अदल-बदलकर लेता रहता था, लेकिन यह बच्चा हमेशा गार्ड बनता और झंडी के रूप में हरा या लाल कपड़ा हाथ में ले लेता और ट्रेन को चलने का इशारा देता या लाल कपड़ा दिखाकर रोक देता। वह बच्चा स्थायी रूप से गार्ड बनकर खुश था।

जब किसी ने जाकर इस खुली छाती और बहती नाकवाले बच्चे से पूछा कि वह 'ट्रेन-ट्रेन' के खेल में अपनी जगह क्यों नहीं बदलता, तो बड़ी सी मुसकान के साथ उसने तपाक से जवाब दिया, ''अरे, मेरे पास कमीज ही नहीं है तो कोई बच्चा मुझे पीछे से पकड़ ही नहीं सकता, इसलिए कपड़े के लाल व हरे टुकड़े के साथ मैं गार्ड की भूमिका निभाता हूँ।'' बच्चे की यह बात सुनकर उस व्यक्ति की आँखें नम हो गईं और उसने तपती धूप में निकला पसीना पोंछने के बहाने अपने आँसू छिपा लिये और वह इस बच्चे को 'गुरु दक्षिणा' देने के लिए कमीज खरीदने चला गया, क्योंकि शिक्षक बने बच्चे ने उसे सीख दी थी कि जो भी आपके पास है, उसके साथ खुश कैसे रहा जाए।

बेशक, यह पुराने दिनों की कहानी है। विक्रम जैसे बच्चे इस कहानी को आगे ले गए और इसका दूसरा अध्याय लिखा। प्रतिदिन अपनी स्कूल बस से स्कूल जाते

समय विक्रम सरकारी स्कूल के बच्चों को नंगे पैर जाते देखता और सोचता कि इतनी तेज धूप में वे नंगे पैर कैसे चलते हैं और वह भी पूरे रास्ते हँसते-मुसकराते व मजाक करते हुए। एक दिन वह गली से कुछ लाने के लिए जल्दी में बिना पैरों में कुछ पहने निकल गया। तब उसे एहसास हुआ कि दोपहर की चिलचिलाती धूप में नंगे पैर चलना कितना कठिन है। इंटरनेट से उसे मालूम पड़ा कि कैसे मुंबई स्थित सोल फाउंडेशन पुराने, त्याग दिए गए जूते पहनने लायक बनाकर जरूरतमंदों को देता है। देश की सड़कों पर नंगे पैर कोई न चले, इस उद्देश्य से यह मिशन दो साल से चल रहा है।

अब विक्रम गरीब बच्चों में जूते बाँटने के लिए पैसा इकट्ठा करने के आयोजन करता है। उसने केट्टो ऑनलाइन वेंचर के जरिए फाउंडेशन के लिए पैसा जुटाना शुरू किया। लोग इस काम में उसकी मदद के लिए आगे आ रहे हैं और उसने 40 हजार रुपए इकट्ठे करके फाउंडेशन को भेज भी दिए हैं। त्याग दिए गए जूतों की एक जोड़ी को मरम्मत कर पहनने लायक बनाने में 200 रुपए खर्च आता है। विक्रम को पूरा भरोसा है कि उसका अभी शुरू किया गया पोर्टल अधिक लोगों को इस मिशन से जोड़ेगा, क्योंकि ज्यादातर भारतीयों में गहराई में कहीं किसी-न-किसी वजह से जरूरतमंदों की मदद करने की भावना तो होती ही है। बिजनेस और फाइनेंस में कॅरियर बनाने की इच्छा रखनेवाला विक्रम सामाजिक कार्यों में भी वक्त देना चाहता है। जूतों के अलावा वह सरकारी स्कूल के बच्चों को पढ़ाकर उन्हें कॉन्वेंट और प्राइवेट स्कूल के बच्चों के स्तर तक लाना चाहता है।

फंडा यह है कि आपको सामाजिक उपक्रमों के लिए नई विधियाँ निर्मित करते रहने की जरूरत नहीं है, पुरानी कहानी से प्रेरणा लेकर इसे नए जमाने के मुताबिक ढालने की जरूरत है, ताकि मौजूदा आवश्यकता की पूर्ति की जा सके।

□

अपार्टमेंट में रहें, लेकिन मोहल्ला संस्कृति के साथ!

जयपुर के एक्स आर्मी रेसिडेंट नारायण लाल शर्मा 1995 में अजमेर के श्रृंगार चौरी के नचिराबाद रोड पर रहते थे। यहाँ कई निजी घर थे, जिनमें अधिकतर रेलवे कर्मचारी रहते थे। अन्य घरों की तरह शर्मा का घर भी चार फीट ऊँचे दरवाजे से सुरक्षित था और इससे जुड़ी फेंस भी थी। अगर दरवाजे को थोड़ा भी हिलाया जाता तो इतनी जोर की आवाज होती कि घर के लोगों को पता चल जाता कि दरवाजे पर कोई है। ये गेट उन दिनों कॉमन थे, क्योंकि ये आवारा पशुओं को घर के अंदर आने से रोकते थे, अन्यथा इनसान तो आसानी से इन्हें कूदकर पार कर जाते थे। हर दोपहर आँखों से देख सकने में असक्षम व्यक्ति, जिन्हें मोहल्ले में 'हप्पू बाबा' के नाम से जाना जाता था, अपने पर्पल चोंगे में इस दरवाजे को तेजी से झकझोर देते, ताकि उनके आने का पता लग जाए। इस तरह के चोंगे तब रेलवे क्रॉसिंग के गेटकीपर पहना करते थे। दरवाजा बजाने के तरीके से शर्मा की माँ जान जातीं कि दरवाजे पर कौन है। वे तुरंत कहतीं, "बाबा, अंदर आ जाओ।" बाबा चुपचाप वहाँ बैठे रहते, जब तक कि उनकी माँ खाने के लिए भोजन और एक लोटा पानी नहीं ले आतीं।

जिस पल बाबा को उनके आने की आहट सुनाई देती, वे अपने गंदे से दिखनेवाले बैग में से एक छोटा सा बरतन निकालते और उसमें पानी डालने का इंतजार करते। बरतन और अपने हाथों को जल्दी से धोते। फिर शर्मा की माँ इस खाली बरतन में उन्हें भोजन देतीं और चली जातीं। बाबा सब्जी, दाल, रोटी और कभी-कभी चावल सभी चीजों को एक साथ मिला लेते और खुशी-खुशी खा लेते। फिर कुछ देर बाद वे आवाज देते कि बेटा मुझे पानी दे दो। वे बरतन धोते, पर्पल

चोंगे से उसे पोंछते और अपने गंदे बैग में फिर रख लेते। 'बेटा चलता हूँ', कहते हुए वे चले जाते। शर्मा की माँ कहतीं कि ठीक है, दरवाजा ठीक से बंद करना। बाबा कहते, ''हाँ बेटा।'' फिर भजन गाते हुए निकल जाते। यह भजन भोजन के लिए ईश्वर का धन्यवाद करने का ही होता था। शर्मा अपनी माँ से इस रोज की उदारता के बारे में पूछते तो माँ कहतीं, ''बेचारा अपने अंधत्व के साथ कहाँ जाएगा।''

कई वर्षों तक यह सिलसिला चलता रहा और भजन भी दोहराए जाते रहे। फिर एक दिन किसी ने आकर शर्मा के पिता को बताया कि हप्पू बाबा नहीं रहे। उनके अंतिम संस्कार के लिए पैसे एकत्र किए जा रहे हैं। उस शाम हप्पू बाबा का शरीर अंतिम यात्रा पर निकला, शोक धुन बज रही थी, उनके शरीर पर सिक्के और पुष्प बरसाए जा रहे थे और पूरा मोहल्ला शांत था। 66 की उम्र में आज भी शर्मा के पास यह मूल जानकारी नहीं है कि हप्पू बाबा आए कहाँ से थे, वे जन्म से ही दृष्टिहीन थे या नहीं। इसी तरह की और भी कई बातें वे नहीं जानते, लेकिन उनका घर उसके बाद से खालीपन का एहसास देता है, क्योंकि दोपहर को आनेवाली शोर की आवाज बंद हो गई है। यह कहानी मुझे अपने बचपन के दिनों की यादों में ले गई, जब मेरी माँ हर रोज ''पोस्टमैन के लिए छाछ बनाया करती थीं।'' हालाँकि वह हर रोज पत्र देने नहीं आता था। माँ दोपहर तीन बजे छाछ बनाने की जल्दी करने लगतीं। कहतीं, ''पोस्टमैन के आने का समय हो गया है।'' उनकी इस फुरती को देखकर उनकी सहेलियाँ कहतीं, ये ''काश, यह आवभगत हमें भी मिलती।'' मेरी माँ इसे नजरअंदाज करतीं कि इस तेज धूप में कहाँ जाएगा, बेचारा। आजकल हम अपार्टमेंट में रहते हैं, जो हमें दुनिया से अलग कर देता है। यह हमें मोहल्लों के कल्चर से दूर करता है और कई बार तो हम यह भी नहीं जानते कि हमारे पड़ोस में कौन रहता है।

फंडा यह है कि बेहतर दुनिया के लिए हम सभी को अपने अपार्टमेंट्स में मोहल्ला कल्चर अपनाने का रास्ता खोजना चाहिए।

□

परिवार नहीं, समाज के लिए कुछ करने से आती है बच्चों में अच्छी सोच

स्टोरी 1 : दस साल के राजू के लिए यह पल अहम् है। माँ ने अभी उसका चेहरा अपने पल्लू से पोंछा है और उसके माथे को चूमा है, क्योंकि उसने आज माँ को 30 रुपए दिए हैं। ये रुपए अचानक मिलना परिवार को बचाने जैसा है, क्योंकि आज रात के खाने के लिए उनके पास कुछ नहीं था। राजू की गहरी आँखें नम हो गईं और वह अपनी माँ की कमर से लिपट गया, क्योंकि अभी माँ ने एक बार फिर उसके माथे को चूमा था। राजू जब स्कूल से आता है, तब पहले कभी ऐसा नहीं हुआ, क्योंकि परिवार हमेशा भोजन के लिए संघर्ष की स्थिति में रहा है। माँ ने धीरे से उससे पूछा, "ये पैसे तुम्हें कहाँ से मिले?" उसने जवाब दिया, "मम्मी, मैंने खेतों में काम किया और बनर्जी अंकल ने ये पैसे दिए।" भूख का कष्ट इतना बुरा होता है कि वह उससे यह भी पूछना भूल गई कि वह उस दिन स्कूल गया था या नहीं। राजू हाथ धोने के लिए चल दिया और माँ नम आँखों से उसे पीछे की ओर जाते देखती रही। उसने ऊपर की ओर देखकर उसे बनानेवाले का आभार माना और कहा, "बेटा कितना सयाना हो गया है और जिम्मेदार भी।" वह तुरंत किराने का कुछ सामान लाने बाहर निकल गई, ताकि कुछ बनाकर राजू और उसके तीन भाई-बहनों को खिला सके, जो सुबह से भूखे थे। यह सिलसिला कई दिनों तक चलता रहा और माँ को कभी यह एहसास नहीं हुआ कि बेटा स्कूल नहीं जा रहा था, बल्कि 30-40 रुपए के लिए वह रोज खेतों में काम कर रहा था। फिर एक दिन उसके स्कूल के हेडमास्टर धृतिमान सरकार उन कुछ बच्चों के घर यह जानने पहुँचे कि ये दो महीनों से स्कूल क्यों नहीं आ रहे हैं। तब माँ को पता चला।

उत्तर-पूर्वी भारत के जलपाईगुड़ी से 100 किलोमीटर दूर कूच बिहार के

दिनहाटा की मातलहाट पंचायत के प्राइमरी स्कूल के 129 बच्चों में से राजू उन 65 बच्चों में था, जो लंबे समय से स्कूल से गैरहाजिर थे। आलू की फसलवाले इस क्षेत्र में उपज इतनी ज्यादा हुई थी कि किसान अपने खेतों से फसल काटने के लिए बच्चों से मजदूरी करवा रहे थे। तुरंत नकद पैसे मिलने और परिवार की मदद की कोशिश में बच्चे मजदूरी कर रहे थे और स्कूल में काफी बच्चे अनुपस्थित रहने लगे। राजू की माँ चाहती तो थी कि बेटा स्कूल जाए, लेकिन उसे लगा कि वह परिवार की परेशानियों को अस्थायी रूप से कुछ कम तो कर ही रहा है। हालाँकि, 14 साल से कम उम्र में बाल मजदूरी पर पूरी तरह प्रतिबंध है, लेकिन बच्चों के अपने माता-पिता के साथ खेतों में मदद करने की छूट है और इसी संकरी गली का फायदा उठाकर उत्तर-पूर्व में कई स्थानों पर बच्चों से सस्ती मजदूरी की लालच में काम करवाया जाता है। ऐसे बच्चे हमेशा ईमानदार और सस्ते नौकर माने जाते हैं। शैक्षिक योग्यता तो उनमें कम होती ही है, उन्हें अपने परिवारों की मदद करने में भी आनंद आता है।

स्टोरी 2 : पार्थ मेहता और रफिउल बारी दोनों 18 साल के हैं। दोनों महाराष्ट्र के जल संकट झेल रहे पालघर जिले में पाँच पानी संग्रहण के गड्ढे और एक चैक डैम बनाने के काम में शामिल रहे हैं, इसलिए उनका नजरिया पूरी तरह बदल गया है। वे मुंबई के केपीबी हिंदुजा कॉलेज के एनएसएस दल के सदस्य थे और पिछले साल इन्होंनें स्वच्छ भारत कैंपेन लॉन्च होने के बाद स्वच्छता और साफ-सफाई के लिए काम किया। इस साल उन्होंने बड़ी जिम्मेदारी लेते हुए एक आदिवासी गाँव को गोद लिया। फिर जब उन्होंने तीन फीट ऊँचा और 20 फीट चौड़ा चैक डैम बनाने का अपना काम गाँव के लिए पूरा किया तो उनके चेहरे पर गर्व की अनुभूति साफ देखी जा सकती थी। उन्हें खुशी थी कि वे समाज के लिए समस्या का समाधान करनेवाले बने हैं और यही तो समय की जरूरत है।

फंडा यह है कि इन गरमियों की छुट्टियों में यह सुनिश्चित करें कि आपके बच्चे समुदाय और समाज के लिए कुछ करें, इससे वे व्यापक सोचवाले बनेंगे। इसके बाद उन्हें व्यक्तिगत फायदे या परिवार के बिजनेस का कोई काम करने के लिए कहें। इससे वे शॉर्ट टर्म की जरूरतों और समस्याओं को सुलझाने में सक्षम बनेंगे।

□

उद्देश्य से ज्यादा पवित्र होना चाहिए तरीका

दोनों स्थानों पर परीक्षा का विषय समान था। यह बोर्ड की कठिन परीक्षा थी और स्वाभाविक रूप से विषय थे—विज्ञान और गणित, जिन्हें दसवीं बोर्ड की परीक्षा देनेवाले छात्र सबसे कठिन मानते हैं। दोनों स्थानों पर सभी लोग प्रार्थना कर रहे थे कि सभी छात्र पास हो जाएँ। लोग अपने-अपने तरीके से उनकी मदद कर रहे थे। दोनों स्थानों पर छात्रों को तसल्ली दी जा रही थी और पूछा जा रहा था, 'कैसा किया।' दोनों ही स्थानों पर सभी छात्र मुसकराते हुए कह रहे थे, 'बहुत अच्छा' और साथ ही मदद के लिए 'थैंक यू' भी कह रहे थे, किंतु दोनों स्थानों पर फर्क यह था कि कैसे इस अच्छे परिणाम को पाया गया। पूरे शुक्रवार मथुरा की एक खबर दिनभर चलती रही कि कैसे चीटिंग माफिया परीक्षा केंद्रों पर खिड़कियों से छात्रों को एक के बाद दूसरा उत्तर बोलकर लिखवाते रहे और कैसे एक-दूसरे के पास बैठे सभी छात्रों ने सारे जवाब लिख दिए। निश्चित रूप से पैसों के लिए ही ऐसा किया गया होगा। यह सब होता रहा, वहाँ निगाह रख रहे टीचर और मूक खड़े पुलिसकर्मी की आँखों के सामने, लेकिन इस हलचल भरी जगह से हजारों किलोमीटर दूर एक गाँव है—नाडा। बेंगलुरु से यहाँ पहुँचने के लिए 383 किलोमीटर का सफर करना होता है। यहाँ भी बच्चों की अच्छी मदद की जा रही थी, लेकिन अलग तरह से।

कर्नाटक के इस गाँव के स्कूल टीचर याकूब कोय्यूर ने 80 से ज्यादा यू-ट्यूब वीडियो बनाए हैं। 4000 से ज्यादा सबक वेबसाइट पर डाले हैं और इस तरह एक पूरी लेबोरेटरी खोल दी है। इसके पीछे उद्देश्य एक ही है कि बच्चे गणित और विज्ञान के डर से बाहर निकलें। सरकारी कन्नड़ माध्यम के स्कूलों के बच्चों

की मदद के उनके इस पवित्र विचार के पीछे उद्देश्य बच्चों का सीखने का स्तर सुधारना और परीक्षा में अच्छे अंक दिलाना था। सरकारी स्कूल के इस असिस्टेंट टीचर ने ग्रामीण स्कूल के छात्रों के लिए ऐसा कंटेंट तैयार किया, जो इन बच्चों की पहुँच में नहीं था। ये कंटेंट सामान्य तौर पर सिर्फ शहरी छात्रों के लिए अंग्रेजी भाषा में ही उपलब्ध था। आईटी आधारित यह पहल कक्षा 8 के बच्चों के लिए परीक्षा पास करने में उपयोगी साबित हुई। बच्चों ने कुछ सबक यू-ट्यूब वीडियो से सीख लिये और कुछ www.inyatrust.co.in/2016/05/yakub.html पर मौजूद नोट्स, सवाल-जवाब और पासिंग पैकेज से।

असल में उन्होंने देखा था कि अधिकतर छात्र गणित विषय में फेल हो जाते हैं, इसलिए उन्होंने मैथ्स वर्ल्ड लेबोरेटरी बनाई। यहाँ कक्षा 8वीं के बाद सभी छात्र मॉडल, ऑडियो-विजुअल टूल्स और चार्ट के जरिए सीख सकते हैं। उन्होंने 750 पेजों के नोट्स तैयार किए हैं, इसमें से 360 पेज कन्नड़ में हैं और बाकी अंग्रेजी में हैं। सवाल और जवाब के पासिंग पैकेज नोट्स 4000 पेजों में हैं। यह काम उन्होंने 2.5 लाख रुपए के आंशिक सरकारी सहयोग से शुरू किया था। स्कूल के पूर्व छात्रों ने इसमें 13 लाख रुपए लगाए। 2012-13 में सभी तरह के प्रयासों के बाद पास होनेवाले छात्रों का प्रतिशत 69 था, लेकिन लेबोरेटरी खुलने के बाद इसमें बढ़ोतरी हुई। अगले दो वर्षों 2013-14 और 2014-15 में परिणाम 77 प्रतिशत से ज्यादा रहा। 8वीं कक्षा के जो बच्चे इस लेबोरेटरी का इस्तेमाल कर रहे थे, उन्होंने एक साल बाद से ही 95 प्रतिशत से ज्यादा अंक हासिल करना शुरू कर दिया था। इस साल उनका लक्ष्य 100 प्रतिशत का है। इस मॉडल से प्रभावित होकर सरकारी हाई स्कूल और शिक्षक कोय्यूर के कदमों पर चल रहे हैं। भरोसा कीजिए जब परीक्षा के परिणाम आएँगे तो नाडा गाँव के बच्चों को मथुरा के बच्चों से ज्यादा गर्व का अनुभव होगा।

फंडा यह है कि उद्देश्य पवित्र हो और साथ ही प्रक्रिया भी तो उद्देश्य और पवित्र हो जाता है।

□

किराए के घरों में जादू करता है सॉफ्टवेयर!

कोच्चि की इस हफ्ते की यात्रा मेरी बेटी की मदद के लिए थी, जो एक इंटरनेशनल एयरलाइन कंपनी में काम करती है। 1 अप्रैल से 18 और लोगों के साथ उसका ट्रांसफर कर दिया गया है। आदेश सिर्फ सात दिन के छोटे से नोटिस पर आया था। कॉन्ट्रैक्ट के एग्रीमेंट के अनुसार कोई भी अपने मकान मालिक को इस महीने का नोटिस नहीं दे पाया था, इसलिए सभी को अप्रैल का रेंट भी देने का डर था, जो बड़ी रकम है। उसके अधिकतर कलीग तीन साथियों के साथ एक-एक फ्लैट शेयरिंग में रह रहे थे, लेकिन मेरी बेटी ने 2100 स्क्वेयर फीट का रिवर फेसिंग फ्लैट अपने लिए ले रखा था, क्योंकि इस तरह की लग्जरी मुंबई जैसे शहर में असंभव है। मुंबई में ही उसका जन्म हुआ था और यहीं उसकी शिक्षा भी हुई। एक ही कंपनी के सभी 55 सदस्य एक 15 मंजिल इमारत में एक साथ रह रहे थे, जिसमें सबसे ऊपर की मंजिल पर एक ओपन स्वीमिंगपूल, टेनिस कोर्ट और जिम है।

मेरे पास दो दिन का समय था, सारे काम पूरे करने के लिए। इसमें पैकेजिंग भी शामिल है और रेंटल एग्रीमेंट को खत्म भी करना था, साथ ही 31 मार्च के पहले सारे बैग्स और सामान के साथ उस जगह को खाली करना था। चूँकि इस तरह के क्विक ट्रांसफर्स की मुझे आदत है, इसलिए मैं जानता था कि सारे मकान मालिकों के लिए वे गंदे किरायेदार बुरे सपने की तरह होते हैं, जो यह नहीं जानते कि इस तरह के बड़े फ्लैट्स को कैसे हैंडल किया जाता है। अस्वच्छ तरीके से रहने से प्रॉपर्टी की कीमत तो गिरती ही है, बल्कि प्रॉपर्टी को फिर रेंट पर देने में भी दिक्कत होती है। मकान मालिकों के वर्ग में यह आम धारणा होती है कि अगर

गंदे किराएदार को मकान रेंट पर देने से पहले ही उसे पहचान पाएँ तो बड़े पछतावे से खुद को बचा सकते हैं। हालाँकि मेरी बेटी के फ्लैट का रखरखाव अच्छा था, पर मैंने सुनिश्चित किया कि फर्नीचर जिस स्थिति में मिला था, वैसा ही रखा हो, दीवारें साफ हों, सारे टॉयलेट्स स्वच्छ हों। किचन, फ्रिज, वॉशिंग मशीन, माइक्रोवेव सभी चीजें एकदम साफ हों।

मैंने एक विशेष क्लीनिंग एजेंसी को हायर किया और एक दिन के लिए उसे 1400 रुपए भुगतान किया, जबकि इतने रुपए मेरी बेटी इसी काम के लिए एक महीने में देती है। वह नाराज थी कि मैं ज्यादा पैसा दे रहा हूँ। मैंने यह भी सुनिश्चित किया कि बिस्तर साफ हो, तकिए के कवर साफ और प्रेस किए हुए हों। मेरी बेटी को लग रहा था कि मैं ज्यादा ही कर रहा हूँ। मैंने कहा कि हार्डवेयर की अपेक्षा सॉफ्टवेयर बेहतर काम करता है। देखना यह काम मकान मालिक पर कैसा जादू करता है। 30 मार्च की शाम को मकान मालिक सभी के पास आते थे। वे हमारे पास भी आए और घर को देखा। उन्होंने इस बात की प्रशंसा की कि हमने उनके घर को कितनी अच्छी तरह मेंटेन किया है। उन्होंने डिपॉजिट में से एक भी पैसा काटे बिना पूरा पैसा लौटाया और इस तरह अप्रैल के महीने के लिए किराए का एक रुपया भी चार्ज नहीं किया। अन्य किराएदारों को अप्रैल का किराया भी देना पड़ा और मकान मालिक इस बात से नाराज भी थे कि उनके फ्लैट को कितनी बुरी तरह इस्तेमाल किया गया है।

सात साल पहले मैंने अपना आखिरी किराए का मकान इंदौर में छोड़ा था। यह मकान नेत्ररोग विशेषज्ञ डॉ. सुरेश परवानी का था। आज भी वे इस बात का दावा करते हैं कि मैं ही एकमात्र ऐसा किराएदार था, जिसने उनका घर पहले से भी बेहतर स्थिति में उन्हें लौटाया। विदेशों में किराए की हर संपत्ति के एग्रीमेंट के साथ इस तरह की शर्तें होती हैं कि आपको इस विशेष क्लीनिंग एजेंसी या मेड को सफाई के लिए रखना होगा। ध्यान रखना चाहिए कि गंदगी सब्जेक्टिव है, जबकि स्वच्छता ऑब्जेक्टिव।

फंडा यह है कि हार्डवेयर की अपेक्षा सॉफ्टवेयर उच्च स्तर की स्वच्छता आकर्षक होता है। रियल एस्टेट के मामले में तो ऐसा ही है।

□

सिग्नल्स पर भी मिल सकते हैं लाइफटाइम अनुभव

रविवार को सुबह आठ बजे मैं अहमदाबाद-मुंबई वेस्टर्न एक्सप्रेस हाईवे के सबसे बड़े सिग्नल पर इंतजार कर रहा था। मुंबई में कैमरा और ई-चालान के आने के बाद से ट्रैफिक नियमों का पालन बढ़ गया है। यह सिग्नल्स पर खड़े रहनेवाले भिखारियों के लिए वरदान की तरह है। इनका पहला टार्गेट होती हैं कारें। वे पलभर में अनुमान लगा लेते हैं कि उनका टार्गेट कौन हो सकता है; अगर खिड़कियों पर गहरे शीशे लगे होते हैं और यह एकदम चमकदार है तो मतलब यह किसी सेलेब्रिटी की कार है। इस रविवार को मैं सिग्नल पर पहले पहुँचा, मेरी कार साफ और सफेद थी। यह लंबी थी और इसके शीशे भी गहरे थे। गरमी के मौसम को देखते हुए इसमें हाल ही में स्क्रीन लगाई गई थी। जाहिर है सिग्नल पर निशाना बनाए जाने की अधिकतर पात्रताएँ मेरे पास थीं, फिर यह अलग बात है कि मैं कोई सेलेब्रिटी नहीं हूँ।

मेरे दाहिनी ओर लाल रंग की एक नॉन एसी बेस्ट बस खड़ी थी और धुर दाहिनी ओर एक ऑटोरिक्शा था। मैं तैयार था कि बुजुर्ग महिला भीख के लिए मुझ पर हमला करेगी, क्योंकि मैं वहाँ मौजूद बेस्ट बस और ऑटोरिक्शा में तो कम-से-कम सबसे अमीर नजर आ ही रहा था। उसने जेबरा क्रॉसिंग पार किया और इंतजार कर रहे वाहनों के पास जाने लगी। मैंने गिअर के पास लगे कॉफी मग होल्डर में से कुछ सिक्के निकाल लिये थे और ड्राइविंग सीट के पास का शीशा मैंने थोड़ा नीचे कर लिया था, ताकि उसे पैसे दिए जा सकें। मैं उसे देख रहा था, लेकिन उस बुजुर्ग महिला ने मेरी कार की ओर देखा भी नहीं। वह बस के पास चली गई और खिड़कीवाली सीट पर बैठे सभी यात्रियों से पैसे माँगने लगी। बस

में कोई भी खड़ा नहीं था और सभी यात्री विंडो सीट पर थे। उसने नई मैनेजमेंट थ्योरी को अपनाया था—थ्योरी ऑफ प्रॉबेबिलिटी। इसमें आप अच्छे रिजल्ट के लिए ज्यादा-से-ज्यादा टार्गेट को लक्ष्य करते हैं। 11 खिड़कियों में बैठे यात्रियों में से 4 ने उसे पैसे दिए। फिर वह बस की दूसरी तरफ चली गई। मैं उस तरफ देख तो नहीं पाया, लेकिन वह 21 सेकंड बाद उधर से फिर सामने आई। इसके बाद वह ऑटोरिक्शा की ओर चली गई और उसमें बैठे यात्री और ड्राइवर को टार्गेट किया। उसने मुझे पूरी तरह नजरअंदाज कर दिया और स्पष्ट कहूँ तो इससे मैंने थोड़ा अपमानित भी महसूस किया।

मैंने ऑटोरिक्शा में बैठे व्यक्ति की ओर देखा। उसके चेहरे पर दया के भाव थे। ऑटोवाले को उसने मीटर में जितना पैसा बना था, वह दे दिया और इस महिला को 20 रुपए देकर ऑटो से उतर गया और पास ही खड़ी बस की ओर बढ़ गया, जिसमें कुछ ही यात्री सवार थे। महिला चकित थी और मैं भी। मेरे चेहरे की ओर देखकर रिक्शा ड्राइवर ने कहा कि वह अच्छा आदमी है। उसने बस से जाने को प्राथमिकता दी, जो इत्तफाक से वहीं जा रही है, जहाँ उन्हें जाना था। उन्होंने ऑटो से जाने की बजाय इसमें लगनेवाला पैसा इस महिला को दे दिया। अपने हाथ का सिक्का उसके बरतन में डालने के पहले मुझे थोड़ी झिझक हुई, लेकिन फिर भी मैंने ऐसा कर दिया। फिर ड्राइविंग करते हुए एक संत की बात मुझे याद आई। सतयुग में चार तरह के मार्ग हैं—तप (कीर्तन से तपस्या), शौच (शुद्धि), दया और सत्य। अगले त्रेता, द्वापर और कलयुग में ये धीरे-धीरे गायब हो गए। संत का असल में मतलब यह था कि समय के साथ लोग इंद्रियों से ज्यादा प्रभावित होंगे। वे मंत्रों को जपने में अक्षम हो जाएँगे, इससे संयम खत्म हो जाएगा। इससे वे अंदर और बाहर दोनों स्तर पर प्रदूषित हो जाएँगे और इस तरह अच्छाई भी कम हो जाएगी।

लेकिन मैंने देखा कि व्यक्तिगत खर्च में संयम दिखाकर ऑटोरिक्शा में सवार वह व्यक्ति अच्छाई की ओर बढ़ रहा है और भिखारी को भी यह समझ है कि इस कलयुग में ऐसा कौन कर सकता है—कम-से-कम मालिक तो नहीं!

फंडा यह है कि कभी-कभी सिग्नल्स पर भी जीवन के बड़े सबक मिल जाते हैं।

□

दुनिया में है
कई गॉड्स ऑफ स्मॉल थिंग्स की जरूरत

स्टोरी 1 : सभी लोग यह जानते है कि नेशनल क्राइम रिकॉर्ड्स ब्यूरो के डेटा के अनुसार 1.3 लाख लोग हर साल आत्महत्या कर लेते हैं। इनमें से 60 हजार फाँसी लगाकर जान देते हैं। इनमें 30 हजार लोग पंखे पर लटककर जान देते हैं। हर महीने 2.5 लाख पंखे बनते हैं, लेकिन क्रॉम्प्टन ग्रीव्स के एक रिटायर्ड असिस्टेंट जनरल मैनेजर शरद अशानी ने इस दिशा में काम किया है। उन्होंने पंखे की मूल रॉड के डिजाइन में लगातार 12 साल तक बदलाव किए और दो माह पहले इसका प्रोडक्शन शुरू कर दिया। यह रॉड करती क्या है। अगर कोई इस पर लटकने की कोशिश करे तो यह रॉड पंखे से अलग हो जाती है और व्यक्ति को सुरक्षित जमीन पर उतार देती है। रॉड एक गाँठ के मेकैनिज्म के साथ आती है, जैसे ही एक सीमा से ज्यादा वजन इस पर आता है, यह गाँठ या सिटकनी खुल जाती है। आशानी ने 250 रुपए देकर इस तकनीक का पेटेंट हासिल किया है। पिछले सप्ताह 61 साल के इस इलेक्ट्रिकल इंजीनियर ने लघु, छोटे और मध्यम उद्योग मंत्रालय से इसके लिए अप्रूवल माँगा है, ताकि इस सुरक्षित रॉड में वायरिंग की जा सके। 10 हजार रॉड प्रतिदिन उत्पादन क्षमता के साथ वे हॉस्टल्स की मदद के लिए तैयार हैं, ताकि उनमें युवकों की आत्महत्या की घटनाएँ रुक सकें। उनका अगला कदम होगा, इस सेट-अप में एक अलार्म लगाना, ताकि लोग इसके प्रति सतर्क हो सकें। उनका दावा है कि जिंदगी बचाने के लिए सिर्फ एक रॉड बदलने की जरूरत है।

स्टोरी 2 : इंटरनेशनल मैग्जीन 'द लानसेट प्लेनेटरी हैल्थ' ने अपनी एक नई स्टडी में सलाह दी है कि भारतीय लोगों को अधिक सब्जियाँ, फलियाँ, फल जैसे तरबूज, संतरे और पपीता खाना चाहिए। इससे देश की भूजल की समस्या का

समाधान होगा, क्योंकि इनकी उपज करने में कम पानी की जरूरत होती है, साथ ही इससे स्वस्थ लाइफस्टाइल भी बनेगा। लेकिन इस रिपोर्ट के आने के पहले ही कर्नाटक के एक गाँव के कैलाश मूर्ति ने अपने 11 एकड़ के खेत को हरा-भरा और उपजाऊ बना लिया था। वे ऊपर बताई गई चीजों की खेती पहले ही शुरू कर चुके थे। पूरा राज्य 40 साल के सबसे बड़े सूखे से गुजर रहा है। एक तरफ सभी लोग बाघ और हाथियों को बचाने की बात कर रहे हैं, जो जरूरी भी है, लेकिन दूसरी ओर मूर्ति सूक्ष्म जीवाणुओं को बचाने की बात करते हैं, क्योंकि ये भी खत्म होते जा रहे हैं। उनका मानना है कि सूक्ष्म जीव जैव विविधता के संरक्षक हैं। अगर आप उनके खेत की थोड़ी सी मिट्टी उठाएँगे तो उसमें जीवन देनेवाले जीवाणुओं सहित कुछ कुलबुलाते और रेंगते हुए कीड़े पाएँगे। वे किसी तरह के कीटनाशक का इस्तेमाल नहीं करते और वे खेत को खुद लड़ने और पनपने देते हैं। पौधे सूर्य की रोशनी में ही पलते हैं और वे बारिश का 90 प्रतिशत पानी संग्रहीत करते हैं। इसका प्रत्यक्ष असर यह है कि 11 एकड़ में पनपा यह छोटा जंगल उनके बड़े परिवार को पूरे साल भोजन उपलब्ध कराता है। वे आस-पास के किसानों की मदद भी अपने यहाँ मौजूद पानी से गरमियों के दिनों में करते हैं।

स्टोरी 3 : हीमोफीलिया के मरीज का उपचार आसान काम नहीं है। बहुत कम प्रशिक्षित डॉक्टर्स हैं, जो इसका उपचार कर सकते हैं। मरीज सिर्फ आपात स्थिति में ही ट्रेवल कर सकता है और वह छोटी चोट को नजरअंदाज करता रहता है। बाद में ये बड़ी समस्या बन जाते हैं। जब शरीर से रक्त बहने लगता है तो इसे रोकना मुश्किल हो जाता है, लेकिन पुणे के स्टार्टअप पेरविंकल टेक्नोलॉजी के आईटी प्रोफेशनल वीना मोकतली और कौस्तुभ इस मामले में बधाई के पात्र हैं कि उन्होंने व्हाट्सअप जैसा इंटरफेस बनाया है, जो वीडियो कंसल्टेशन की सुविधा बिना देर किए डॉक्टर को देता है।

फंडा यह है कि अच्छा समाधान देनेवाले हमेशा गॉड ऑफ स्मॉल थिंग्स माने जाते हैं और इस खूबसूरत दुनिया को ऐसे और लोगों की जरूरत है। अगर किसी समस्या पर ध्यान केंद्रित करें तो इनमें से एक बनने का मौका आपके पास भी है।

□

काम में अच्छा होना बहुत हुआ, अब बहुत अच्छे की ओर बढ़ें!

स्टोरी 1 : सभी अच्छे स्कूल पीटीएम—पैरेंट्स-टीचर्स मीटिंग करते हैं और निर्णय करने की प्रक्रिया में शामिल होने के लिए पैरेंट्-टीचर्स एसोसिएशन की इजाजत देते हैं, लेकिन केरल के तिरुवनंतपुरम से 8 किलोमीटर दूर स्थित अटुकल में 1932 में स्थापित प्राइमरी और अपर प्राइमरी स्कूल के हेडमास्टर के. भुआरी मानते हैं कि इतना पर्याप्त नहीं है। वे अगले स्तर पर जाना चाहते हैं—बहुत अच्छा। एक आम आदमी की नजर से देखेंगे तो आठवीं कक्षा से ऊपर सभी 555 छात्र एक जैसी यूनिफॉर्म में नजर आते हैं, लेकिन भुआरी ने इस यूनिफॉर्म के पीछे भी कुछ देखा। उन्होंने एक योजना शुरू की, जिसे मलयालम में कहा जाता है—कनिवू-ओरू स्नेहस्पर्शम। इसका मतलब है—अच्छाई एक दोस्ताना एहसास। इसका उद्देश्य था, संस्थान और छात्रों के पैरेंट्स को नजदीक लाना। इस कार्यक्रम के तहत पहला कदम यह तय किया गया कि सभी 555 छात्रों के घर जाकर उनके परिवारों से मिला जाए ताकि उनके रहन-सहन को समझा जा सके।

जो उन्होंने देखा, वह चौंकानेवाला था। वे नहीं जानते थे कि उन मुसकराते यूनिफॉर्म पहने चेहरों के पीछे कुछ अभावग्रस्त परिवार कितनी मुश्किल परिस्थितियों में रहते हैं। एक छात्र का परिवार तिरपाल से बनी छत के नीचे रहता था। तीन अन्य बच्चों की परवरिश उनकी बूढ़ी दादी कर रही थी, क्योंकि उनकी माँ ने उन्हें छोड़ दिया था और पिता हमेशा नशे में रहते थे। एक बच्चे के पिता की मौत कैंसर से हो गई थी और माँ मुश्किल से गुजारा कर रही थी। इसी तरह की कई अन्य दुःखभरी कहानियाँ थीं। पीटीए के साथ चर्चा के बाद तय किया गया कि इन परिवारों की समस्याओं के समाधान का प्रयास किया जाए और सभी बच्चों को,

जहाँ तक खुशी की बात है, एक स्तर पर लाने की कोशिश हो, लेकिन इस लक्ष्य में सबसे बड़ी बाधा थी—भूख। इसलिए कमेटी ने दिसंबर 2016 में एक और प्रोग्राम शुरू करने का फैसला किया—स्मॉल टिंस। इसमें सभी 555 छात्रों को एक छोटा डिब्बा दिया गया, जिसके उन्हें रोज 2 रुपए जुटाने थे या इतना कॉन्ट्रिब्यूशन देना था। सबसे ज्यादा पैसा जुटानेवाले बच्चे के लिए पुरस्कार भी रखा गया। 25 मार्च को जब बच्चों से डिब्बे फिर कलेक्ट किए गए तो आर्थिक रूप से कमजोर वर्ग के 555 बच्चों ने 1.8 लाख रुपए जुटा लिये थे। एक छात्र ने 100 दिन में 4,087 रुपए जमा किए थे।

पीटीए ने जरूरतमंद दस परिवारों की एक सूची बनाई और बच्चों की शिक्षा और भोजन की पूरे साल की जरूरतों को पूरा करने के लिए उनकी मदद का फैसला किया। जब इस बात का प्रचार हुआ तो मदद कई जगह से आने लगी, ताकि प्रोजेक्ट को पूरे साल सफलता से चलाया जा सके।

स्टोरी 2 : अहमदाबाद-पुरी एक्सप्रेस जब नागपुर से 60 किलोमीटर पहले अचानक रुकी तो विपिन खड़से को नहीं पता था कि उनके काम की इतनी अहमियत होगी। वे नागपुर के गवर्नमेंट कॉलेज और हॉस्पिटल से इंटर्नशिप कर रहे हैं। वे अधिकृत रूप से डॉक्टर नहीं बने हैं। जब टिकट कलेक्टर और गार्ड किसी डॉक्टर को खोजते हुए आए तो इस 24 साल के युवा ने खुद को इंटर्न के रूप में परिचित कराया। शुक्रवार को इसी ट्रेन के दूसरे कपार्टमेंट में 24 साल की चित्रलेखा लेबर पेन से गुजर रही थी। प्रसव जटिल हो गया था, क्योंकि बच्चे का सिर नहीं, शोल्डर नजर आ रहा था। स्थिति गंभीर थी, लेकिन ट्रेन में मौजूद दाई की मदद से विपिन ने डॉक्टर्स के व्हाट्सअप ग्रुप पर फोटो अपलोड किए। सीनियर रेसिडेंट डॉक्टर शिखा मलिक ने फोन पर ही डिलिवरी के लिए गाइड किया और इस तरह उसने दोनों को सुरक्षित बचा लिया।

फंडा यह है कि काम में अच्छा होना बहुत हुआ। अब हमें खुद को अगले स्तर पर ले जाने के लिए तैयार करना चाहिए और वह है—बहुत अच्छा।

□

अच्छे लोग अनकहे शब्द भी स्पष्ट सुन लेते हैं!

इस रविवार को 32 साल की स्वपना कुलकर्णी अजगाँवकर प्रतिष्ठित डेक्कन क्वीन के रिजर्व एसी कंपार्टमेंट में अपने पति और बच्चे के साथ पुणे से मुंबई की यात्रा कर रही थीं। चूँकि ट्रेन में काफी भीड़ थी, इसलिए स्वपना अपने बच्चे को ब्रेस्टफीड कराने के लिए किसी जगह की तलाश में थीं। नजदीक का कंपार्टमेंट पासधारियों के लिए रिजर्व था, इसलिए उसमें रविवार होने के कारण कम भीड़ थी। वे तेजी से एक खाली सीट की ओर बढ़ीं और बेटे को सँभालने लगीं। इसके पहले की बच्चा थोड़ा दूध पी पाता, एक पासधारी आ गया और जोर से चिल्लाने लगा कि कंपार्टमेंट खाली करो, ये नियमित यात्रियों के लिए है। पासधारियों और पास न रखनेवालों के बीच लड़ाई विशेष रूप से डेक्कन क्वीन में कोई नई बात नहीं है। साथी यात्री खामोशी से देखते रहे। टीसी ने उन्हें रूल बुक दिखाई और उसे फिर भीड़भाड़ भरे कंपार्टमेंट में धकेल दिया, जबकि माँ और बच्चे की चार आँखों में आँसू बह रहे थे। मेरे एक मित्र इस असंवेदनशीलता को देख रहे थे। उन्होंने बाद में स्वपना के लिए इंतजाम किया। उन्होंने मुझे कहा कि बच्चे की आँखों में देखते हुए मुझे लगा कि जैसे वह कह रहा हो—प्लीज, अंकल मेरी मदद करो, मैं भूखा हूँ, मुझे दूध पीना है।

इस घटना ने मुझे झकझोर दिया, बल्कि मुझे अपने पैतृक गाँव की याद दिला दी। हमारे परिवार की गाय लक्ष्मी बीमार थी। लक्ष्मी परिवार के सदस्य की तरह थी। वह किचन तक आ जाती थी, लेकिन कभी किचन में प्रवेश नहीं करती थी। वह मुथु के अलावा किसी को भी कभी उस बड़े आँगन में आने नहीं देती थी। मुथु पेड़ों से नारियल तोड़ने में हमारी मदद करने आता था। लक्ष्मी के छह महीने

के बछड़े को किसी तरह यह एहसास हो गया था कि उसकी माँ को कहीं शिफ्ट किया जाना है। पास के वेटरनरी हॉस्पिटल से लक्ष्मी को लेने एक बैलगाड़ी आ गई थी। लक्ष्मी जमीन पर बैठी थी और उसका बछड़ा हमारी तैयारियों को देख रहा था। वह परेशान और नर्वस हो रहा था। जैसे ही हमें लक्ष्मी को लाने का कहा गया, बछड़ा माँ की तरफ दौड़ पड़ा और उसके पास जाकर बैठ गया और दूध पीने लगा। चूँकि वह दूध पी रहा था, इसलिए मेरे चाचा ने कहा कि हमें थोड़ा इंतजार करना चाहिए। बछड़ा माँ का दूध पी रहा था और एक आँख से लगातार मेरे चाचा की ओर देख रहा था। वह इतनी जोर से दूध पी रहा था कि उसके मुँह से दूध ओवरफ्लो होने लगा था, यहाँ तक कि वह दूध पी भी नहीं रहा था, बस चूस रहा था और दूध को बाहर मैदान में फेंक रहा था। चमकदार कंचे के आकार की आँख लगातार मदद की तलाश में थी और वह अपलक मेरे चाचा की ओर देख रहा था। हो सकता है उसका सोच रहा हो कि जब तक वह दूध पीता रहेगा, कोई भी उसकी माँ को दूर नहीं ले जाएगा। मैं कभी उस दृश्य को भूला नहीं, बछड़े की आँखों से आँसू आ रहे थे और उसके मुँह से दूध गिर रहा था।

चाचा की आँखें नम थीं, उन्होंने कहा कि बच्चे की समझदारी देखो। फिर उन्होंने हमें कहा कि बछड़े को भी ले चलो ताकि लक्ष्मी जल्दी ठीक हो जाए और मानो या न मानो, तीन दिन में दोनों घर वापस आ गए, लेकिन जो दो रातें उनके बिना बिताईं वे काफी लंबी थीं, विशेष रूप से मेरे अंकल के लिए। पूरी रात वे लक्ष्मी और उसके बच्चे की कहानी अस्पताल में सुनाते रहे। यही वे दिन में भी करते। मेरी चाची भी उनसे सवाल करती रहीं।

फंडा यह है कि अगर आप बड़े दिलवाले अच्छे इनसान हैं तो आप अनकहे शब्द भी जोर से और साफ सुन सकते हैं। इसका तरीका है—हर प्राणी के लिए संवेदनशील होना और उनकी आँखों में देखना। कोई शक?

□

'सबका साथ, सबका विकास' पूरी मानवता का नारा बन सकता है

इस सोमवार को सुबह की सैर पर जानेवाले अधिकतर लोगों की बातचीत का विषय था प्रधानमंत्री नरेंद्र मोदी की पहल पर इसरो का पाकिस्तान को छोड़कर (क्योंकि उसे यह स्वीकार नहीं था) अपने पड़ोसियों को दिया गया 450 करोड़ रुपए लागत के सैटेलाइट का उपहार। प्रधानमंत्री नरेंद्र मोदी ने इसकी घोषणा रविवार को सुबह अपने रेडियो कार्यक्रम 'मन की बात' में की और कहा कि स्लोगन—'सबका साथ, सबका विकास' अब भारत की सीमा के बाहर भी जा रहा है। देखिए कुछ उदाहरण, जिनसे इस नारे की व्यक्ति और समूह से तुलना की जा सकती है।

उदाहरण 1 : उसकी उम्र के बच्चे अपनी छोटी सी पॉकेट मनी की बचत कहानियों की किताबें खरीदने, वीडियो गेम या स्मार्टफोन लेने में करते हैं, लेकिन जमशेदपुर के कक्षा सात की हिल टॉप स्कूल की छात्रा 11 साल की मोंद्रिता चटर्जी अपने पिगीबैंक के भरने का इंतजार इसलिए कर रही थी ताकि वे गरीब और जरूरतमंदों के लिए टॉयलेट बनवा सकें, खासकर वंचित बच्चों के लिए। इस बार उनके पिगीबैंक में जमा 19 हजार रुपए पारसूधी हलदबानी के आश्रम व एक्टिविटी सेंटर में टाटानगर सत्यायतन मंदिर के गरीब बच्चों के लिए दो टॉयलेट बनाने के लिए गिफ्ट किए गए हैं। राज्य के मुख्यमंत्री रघुबर दास से भी उन्हें इसके लिए प्रशंसा मिली है। टाटा टेक्नोलॉजीस की छोटी सी मदद, जो करीब 9 हजार रुपए थी, से उनका सपना पूरा हो गया। इस महीने के शुरू में कंस्ट्रक्शन का काम शुरू हुआ था और अब हलदबानी के परिसर

में लड़कों के लिए अलग और लड़कियों के लिए अलग टॉयलेट दो सप्ताह पहले शुरू हो गए हैं।

उदाहरण 2 : एक तरफ जब कुछ लोग सुरक्षा बलों पर पत्थर बरसाने में व्यस्त हैं, दूसरी तरफ भारतीय सेना करगिल जैसे कश्मीर के आतंकग्रस्त दक्षिणी और उत्तरी हिस्से से आनेवाले छात्रों की मदद आईआईटी में प्रवेश का सपना पूरा करने में कर रही है। कश्मीर के सुपर 40 के रूप में पहचान रखनेवाले और श्रीनगर में चलनेवाले आर्मी के सामाजिक जिम्मेदारी और लर्निंग-ट्रेनिंग पार्टनर सेंटर द्वारा इसे कई आंतरिक बाधाओं के बावजूद चलाया जा रहा है। इस बार यहाँ के 26 लड़कों और दो लड़कियों ने आईआईटी-जेईई परीक्षा क्रेक की है। परिणाम पिछले सप्ताह आया। सारे रिकॉर्ड तोड़ते हुए इसने 78 प्रतिशत सफलता पाई।

उदाहरण 3 : उनके खानाबदोश पुरखे जंगलों में फल-पत्ते और टहनियाँ जमा करते थे, कुछ अभी भी ऐसा करते हैं, लेकिन बोकारो के उत्तरी-पूर्वी हिस्से के गाँव के कुछ बिरहोर युवा अब अलग दिशा में चल पड़े हैं। इन्हें अपनी कम्युनिटी से मिला है एक नया रोल मॉडल। यह समुदाय विशेष आदिवासी समूह से आता है। बोकारो स्टील लिमिटेड (बीएसएल) ने ज्ञान ज्योति स्कीम के तहत 15 बिरहोर लड़कों को अडॉप्ट किया है। ये बोकारो के बीएसएल ट्रेनीज हॉस्टल में रहते हैं और कल्याण विद्यालय में पढ़ते हैं। यह सीबीएसई से मान्यताप्राप्त स्कूल है। कक्षा 6 में पढ़ रहे सभी बच्चे हायर एजुकेशन भी लेना चाहते हैं और इंजीनियर, डॉक्टर, टीचर, पुलिसकर्मी बनना चाहते हैं। ये लड़के बीएसएल द्वारा अडॉप्ट किए गए पहले के 15 बिरहोर युवाओं के बैच से प्रभावित हैं, जिसमें से तीन स्पेशल इंडिया रिजर्व बटालियन में कॉन्सटेबल के रूप में शामिल हुए हैं।

उदाहरण 4 : पिराना डंपिंग यार्ड को ऐसे कचरा बम के रूप में जाना जाता है, जिसमें कभी भी विस्फोट हो सकता है। यह गुजरात की सबसे बड़ी घरेलू कचरे की लैंडफिल साइट है। लगातार बन रहे गंदगी के पहाड़ और विषाक्त धुएँ से आस-पास रहनेवाले लोग प्रभावित हो रहे हैं और इसके आस-पास कोई नहीं रह सकता, लेकिन हर शाम 150 से ज्यादा गौरेया, जो सबसे शर्मीला पक्षी माना जाता है, इस पहाड़ के पास आना पसंद करती हैं। इसकी वजह है एक ऑटो रिक्शा ड्राइवर इमरान शेखानी से मिल रहा प्यार और देख-रेख। उन्होंने कई कृत्रिम घोंसले बनाए और पाँच साल पहले गौरेया का पालन-पोषण शुरू

किया। इन चिड़ियाओं ने हमारे कंक्रीट के जंगल को छोड़ना तय किया है, जिसे हम अधिक सुंदर बना रहे हैं। इन्होंने इमरान के बनाए घोंसलों को रहने के लिए चुना, जहाँ उन्हें प्यार व देख-रेख मिलती है।

फंडा यह है कि देश, व्यक्ति, कॉर्पोरेट और समुदाय कोई भी 'सबका साथ, सबका विकास', के नारे को अपना सकता है और अपने तरीके से पूरी मानवता के भले के लिए काम कर सकता है।

□

कई बार आपका दयालु मन दिमाग से बेहतर होता है

वर्ष 2012 में किसी वक्त सारिका शुक्ला भोपाल के मिसरोद में एसडीओपी (अनुविभागीय दंडाधिकारी) नियुक्त हुईं। गश्ती दल से देर रात आए फोन कॉल में उन्हें बताया गया कि विधाननगर की किसी बहुमंजिला इमारत के तीसरे फ्लोर की एक खिड़की से किसी व्यक्ति का शरीर लटका हुआ है और सिर अंदर की ओर फँसा है। वह मदद के लिए चीख रहा है। पुलिस को यह समझने में ज्यादा वक्त नहीं लगा कि सेंध लगाने की कोशिश में यह व्यक्ति फँस गया है। उस व्यक्ति को बचा लिया गया और उसके पास से कुल्हाड़ी का फल बरामद हुआ, जिससे उसका इरादा जाहिर होता था। किसी चोर को चोरी करते समय पकड़ा जाना आम नहीं है और यह भी जगजाहिर है कि ऐसा कोई व्यक्ति पकड़ा जाए तो जाँच अधिकारी अपने सारे अनसुलझे चोरी के प्रकरण उसके मत्थे मढ़कर सराहना बटोर लेता है, क्योंकि इस विभाग को आमतौर पर काफी मीडिया कवरेज मिलते हैं।

अगली सुबह सारिका ने थाना प्रभारी को चोर को उनके ऑफिस में पेश करने को कहा। सारिका की अनुभवी आँखों ने कुछ ही सेकंड में मामले का अनुमान लगा लिया। उन्होंने आँखों से इशारा कर साथ में आए पुलिसकर्मी को बाहर जाने को कहा और फिर अपराधी को गौर से देखने लगीं। सारिका के मन ने आकलन शुरू किया। भूरी आँखोंवाला गोरा-दुबला और मासूम से चेहरेवाला 14-15 साल का लड़का किसी भी दृष्टि से आदतन अपराधी नहीं लगता था, जैसा कि उसे धर दबोचने वाली टीम ने बताया था। उनके दिल ने कहा कि इसने शायद पहली बार ही यह अपराध किया है।

जिस क्षण पुलिसकर्मी कमरे से बाहर गया, वह लड़का हाथ जोड़कर रोने

लगा। उसने बताया कि वह एक हफ्ते पहले ही बिलासपुर से भोपाल काम की तलाश में आया, क्योंकि उसकी माँ को दो बहनों सहित तीन बच्चों का पालन-पोषण करने में काफी संघर्ष करना पड़ रहा है। माँ की इच्छा के विरुद्ध उसने अपना शहर इस वादे के साथ छोड़ा कि वह जल्द ही शहर में कोई अच्छा काम ढूँढ़ लेगा। एक हफ्ते तक काम नहीं मिला तो उसने लौटने का इरादा किया, लेकिन उसके नाजुक शरीर के भीतर के 'पुरुष' ने उसे खाली हाथ लौटने से मना किया और इसलिए उसने उस रात चोरी करने की कोशिश की।

सारिका ने उसे बताया कि कैसे बिना पढ़ा-लिखा व्यक्ति भी सब्जियाँ बेचकर अथवा लांड्री का काम करके सम्मानजनक जीवन जी सकता है। उन्होंने उससे वादा लिया कि वह फिर कभी ऐसी हरकत नहीं करेगा। लड़का गौर से सुन रहा था और स्वीकार में गरदन हिला रहा था। इस बीच पुलिसकर्मी कई बार कमरे में झाँककर देख चुका था, ताकि वह उसे लेकर आगे की काररवाई करे, जिसका नतीजा अलग भी हो सकता था।

साथी पुलिसकर्मियों की आलोचना के विरुद्ध सारिका ने उसे खाने को दिया और बुरी तरह जख्मी गरदन का इलाज कराया, उसे हबीबगंज स्टेशन पर छोड़ा और बिलासपुर का टिकट देकर रवाना कर दिया। उन्हें अपने इस काम का नतीजा तो पता नहीं था, लेकिन कहीं पर गहरा विश्वास था कि यह अच्छा ही होगा। तीन वर्ष बीत गए। 2015 में सारिका के फोन की घंटी बजी—वे तब तक विशेष सशस्त्र बल में वरिष्ठ अधिकारी बन चुकी थीं। फोन नंबर अज्ञात था। दूसरी तरफ से आई आवाज उन्हें बार-बार धन्यवाद दे रही थी कि उन्होंने उसे सम्मानीय जीवन शुरू करने में मदद की। यह वही लड़का था, जो अब बिलासपुर के शनिचरी बाजार में लांड्री चला रहा था। माँ-बेटे दोनों वहाँ काम करते हैं और उसने एक बहन की शादी भी कर दी थी। जब इतने बरस पुराने अपने फैसले का नतीजा उन्हें मालूम पड़ा, तो उनका दिल खुशी से नाच उठा, लेकिन वे खुद के लिए सिर्फ तालियाँ ही बजा सकीं, क्योंकि वे यूनिफॉर्म में थीं। फिलहाल वे भोपाल में आईजी (कानून-व्यवस्था) हैं।

फंडा यह है कि दिल-दिमाग की लड़ाई में, जो ज्यादातर जिस पद पर आप हैं, उससे नियंत्रित होती है, अपने दिल की आवाज सुनें, लोगों को माफ करें, दयालुता दिखाएँ। आमातौर पर आप गलत साबित नहीं होंगे।

□

क्या कभी खुशी को तब मुसकराते देखा है जब पुरानी यादें और हसरतें मिलती हैं

इस वीकेंड नासिक जाते समय मैं ट्रैफिक जाम में फँस गया और जब भी मैं इस तरह फँस जाता हूँ तो मुझे सतगुरु की सलाह याद आती है, जिन्होंने कहा है, "यदि आप अपनी कार से प्रेम करते हैं तो दूसरों पर उत्तेजित और गुस्सा होने की बजाय यात्रा तथा आस-पास के दृश्यों का आनंद लीजिए।" इसलिए मैंने आस-पास का जायजा लेना शुरू कर दिया। सुबह का वक्त था, फिर भी गरमी ज्यादा थी और मैं धैर्यपूर्वक इंतजार करने लगा। स्कूल बस से एक बच्चा लिमोसिन देख रहा था और लिमोसिन का मालिक बस को देख रहा था। मैं चार आँखों को आदान-प्रदान करते देख रहा था—एक जोड़ी में वह कार खरीदने की हसरत थी और सफल बिजनेसमैन की एक जोड़ी आँखें अपने स्कूल के दिनों को याद कर रही थीं।

तभी एक भिखारी ने खिड़की पर दस्तक देकर दखल दिया। मैंने उसे बिस्कुट का एक पैकेट और पानी की छोटी बोतल दी, जो मैं हमेशा लंबी यात्रा में साथ रखता हूँ। उसने फुटपाथ पर बैठी अपनी अपंग बेटी की ओर इशारा करते हुए कुछ और की माँग की। चूँकि मुझे दो दिन पहले पढ़ी कहानी याद थी तो मैं। बिस्कुट के चार पैकेट और दोनों के लिए बोतलें दीं। ये चीजें लेकर वह दौड़ता हुआ अपनी बेटी के पास गया। छोटी आँखें चमक उठीं और उन छोटे हाथों ने सारी बोतलें झपट लीं। पिता की आँखें बेटी के गले के नीचे उतरती पानी की हर बूँद को देख रही थीं। जब तक बेटी ने अच्छी तरह खा-पी नहीं लिया, पिता ने पानी नहीं पिया। फिर बेटी ने एक और बोतल खोल ली और पिता को सामने झुकने को कहकर अपने हाथों से खिलाने लगी, क्योंकि पोलियो प्रभावित पैरों के कारण वह खड़ी नहीं हो सकती थी। दिल को छू लेनेवाला दृश्य था। मेरी आँखों में आँसू छलक आए।

वह वाकई पिता-पुत्री के बीच का प्यार व चीजों को साझा करने की भावना थी। मैंने जो कहानी पढ़ी थी, वह सोशल मीडिया पर वायरल हुई थी और जो जीएमबी आकाश नामक फोटोग्राफर ने फेसबुक पर लिखी थी।

सुमैया हर दिन अपने पिता कवसर हुसैन के साथ वहाँ तक आती है, जहाँ वे भीख माँगते हैं। जब पिता भीख माँगते हैं तो शर्म के मारे वह आँखें झुका लेती है। फिर वे उसका हाथ अपने हाथ में लेकर घर लौटते हैं। बारिश के दिनों में वे दोनों भीगकर अपने सपनों की चर्चा करना पसंद करते। किसी-किसी दिन उन्हें कुछ भी नहीं मिलता, तो वे चुपचाप घर लौटते। उन दिनों उन्हें ऐसा लगता कि मर जाना ही बेहतर है, लेकिन रात को जब उनके बच्चे उनसे गले लगकर सोते तो उन्हें लगता कि जिंदा रहना उतना बुरा भी नहीं है।

कहानी के मुताबिक हुसैन ने दुकानदार को पाँच टका नोट (बांग्लादेशी मुद्रा) के खुल्ले पैसे दिए तो दुकानदार चिल्लाया, "क्या तुम भिखारी हो?" उनके साथ मौजूद बेटी सुमैया को यह अपमान बरदाश्त नहीं हुआ। वह रोते हुए पिता के शर्ट की खाली बाँह खींचने लगी, क्योंकि दुर्घटना में हुसैन अपनी बाँह खो चुके थे, जिसने उन्हें भिखारी बना दिया। हुसैन अपने दूसरे हाथ से उसके आँसू पोंछते हैं और दुकानदार से कहते हैं, "हाँ, मैं हूँ।" वे एक पीले रंग का फ्रॉक खरीदते हैं, बेटी के लिए यह तोहफा वे दो साल तक भीख माँगने के बाद खरीद पाए हैं, क्योंकि उनकी यही बेटी तो रोज उन्हें खाना खिलाती है। वे उसे पास के बगीचे में ले जाते हैं, उसे वह फ्रॉक पहनाते हैं और उस मोबाइल से फोटो खींचते हैं, जो उन्होंने पत्नी को बताए बिना पड़ोसी से लिया था। परिवार की कोई फोटो नहीं थी और उन्हें हमेशा लगता कि उसके बच्चों की फोटो हो और वह यादगार हमेशा पास रहे। अगली बार मैं यात्रा करूँगा तो मैं अपने साथ पोलरॉइड कैमरा रखूँगा ताकि इन भिखारियों को यादगार तोहफा दे सकूँ। संभव हुआ तो वे पूरी जिंदगी इससे खुशी पाते रहेंगे। मैं जानता हूँ कि सिर्फ बिस्कुट और पानी की बजाय यह उन्हें ज्यादा खुशी देगा।

फंडा यह है कि पुरानी यादों और हसरतों में हमेशा खुशी मुसकराती है।

□

खुशहाल देश समस्या देखता है तो समाधान खोजता है

स्टोरी 1 : महाराष्ट्र में आलंदी से पंढरपुर पदयात्रा कर विठोबा के दर्शन करने की 800 साल पुरानी परंपरा है। साल-दर-साल दर्शन करनेवालों की संख्या बढ़ती जाती है और पिछले साल यह आँकड़ा आठ लाख तक पहुँच गया। आषाढ़ी एकादशी के दिन खत्म होनेवाली 21 दिन की इस यात्रा में ज्ञानेश्वर और तुकाराम सहित कई संतों की पादुकाओं की पालकियाँ निकलती हैं। इस साल पवित्र तुलसी माला पहने पदयात्री यात्री विठोबा की महिमा का गान तो करेंगे ही, साथ ही 248 किलोमीटर के रास्ते में 'सीड बॉल्स' भी बिखराते चलेंगे। लोगों को पर्यावरण कार्यकर्ताओं के माध्यम से ये बीज मुफ्त मिलेंगे। सोसाइटी ऑफ साइंस, एनवायरमेंट ऐंड पीपल ने पर्यावरण रक्षा का नया तरीका अपनाया है। उद्देश्य है हरियाली की चादर को बढ़ाना और पद यात्रा के दौरान पुणे से गुजरनेवालों के माध्यम से देसी पेड़ों को फैलाना।

ग्रुप ने लोगों से अपील की है कि वे देशी पेड़ों के बीज कार्यकर्ताओं तक पहुँचाएँ, ताकि इनसे सीड बॉल तैयार की जा सके। बॉल बनाने में मिट्टी, गाय के गोबर और गोमूत्र का इस्तेमाल होगा। बॉल्स वारी यात्रा में इस साल शामिल होने वाले पदयात्रियों को दी जाएँगी, जिन्हें वारकरी कहा जाता है। उनसे कहा जाएगा कि इसे आलंदी से पंढरपुर तक यात्रा मार्ग पर फैलाते जाएँ। यह क्षेत्र इन दिनों वन कटाई के दौर से गुजर रहा है। मानसून के दौरान जब सीड बॉल्स को पर्याप्त पानी मिल जाएगा तो इनके अंदर के बीज अंकुरित होने लगेंगे। मिट्टी और गाय के गोबर के अंदर दबे बीज पक्षी, कीड़ों और कीट-पतंगों का भोजन बनने से बचे रहेंगे। इस तरह इसका अधिकतम परिणाम मिल सकता है। ये बॉल्स ट्रेकिंग करनेवालों और

प्रकृति प्रेमियों को भी दी जाएँगी, ताकि इन्हें हाईवे के किनारे बंजर, बेकार पड़ी जमीन आदि तक भी पहुँचाया जा सकें। नीम, पीपल, गुलमोहर, बादाम, जामुन, बबूल आदि के पेड़ वे प्रजातियाँ हैं, जो इस क्षेत्र में हाईवे के किनारे आसानी से पनप सकती हैं। पदयात्रियों को बीज देने का एक कारण यह भी है कि लोगों के ये समूह हर साल यात्रा पर जाते हैं और रास्ते में कम हो रही छाँव की समस्या को समझते हैं। वे हरियाली की चादर को लेकर संवेदनशील हैं।

स्टोरी 2 : आज सुबह इस अखबार के पाठक आनंद मोहन जिंदल ने हमें पत्र लिखा, जिसमें इस बात का उल्लेख है कि कैसे देशभर के कई मुख्य डाकघरों में डाक सेवक बनने के इच्छुक लोगों से 100 रुपए सिर्फ नकद के रूप में ही लिये जा रहे हैं। और कैसे लोग मौसम की विषम परिस्थितियों में भी लंबी कतारों में लगे हैं। वे परोक्ष रूप से डिजिटल बनने में डाकघरों की असफलता की ओर इशारा कर रहे थे। इस शिकायत ने मेरा ध्यान चिन्मय कवि और केंद्रीय मंत्री नितिन गडकरी की मुलाकात की ओर दिलाया। 30 साल के चिन्मय पुणे में मिसल पाव ईटरी के मालिक हैं। मुलाकात में उन्होंने मंत्री को पुणे जैसे शहरों में ट्रैफिक क्राइम के संबंध में कुछ सुझाव दिए। चिन्मय ने जान-बूझकर ट्रैफिक सिग्नल तोड़ा, यह देखने के लिए कि सीसीटीवी कैमरा काम कर भी रहा है या नहीं। आरटीओ से उन्हें जुर्माने का पत्र मिला, जिसमें ट्रैफिक नियम तोड़ने का चित्र भी था, लेकिन उन्होंने यह जुर्माना कई महीनों तक नहीं चुकाया और किसी ने उनसे संपर्क भी नहीं किया। उन्होंने एक कारगर योजना मंत्री को बताई कि लाइव फीड्स देखने का काम आउट सोर्स कर युवाओं को सौंपा जा सकता है। वे पिक्चर्स और जुर्माने का ब्योरा आरटीओ को भेजेंगे। बाद में इसका फॉलोअप और कलेक्शन आउट सोर्स कंपनी के साथ मिलकर साझेदारी में किया जाएगा। हाल ही में गडकरी के ऑफिस ने चिन्मय से संपर्क किया है और इस विचार को स्मार्ट सिटी प्रोजेक्ट में आजमाने का भी विचार है।

फंडा यह है कि आपको कोई समस्या नजर आए तो समाधान के बारे में सोचिए और इसे साझा कीजिए। यह हमें परेशान देश से खुशहाल देश बनाएगा।

□

आपकी जिंदगी का उद्‌देश्य क्या है, जो आपके काम को सार्थकता दे?

शब्दों से राहत देने का उद्‌देश्य : 38 वर्षीय जितेंदर सिंह गुर्जर राजस्थान के भरतपुर जिले के रहनेवाले हैं। उनके जिले के कई लोग भारतीय सेना में हैं। उन्होंने इन जवानों को अपनी पोस्टिंग की जगह से परिवारों को लंबे पत्र लिखते देखा है। उन्होंने परिवारों को उन पत्रों को भीगी आँखों के साथ चूमते देखा है, उन्हें सुरक्षित रखते देखा है और उनकी कद्र सोने के जेवरों से अधिक करते देखा है। जाहिर था कि उन्हें एहसास हो गया कि ये पत्र इन परिवारों को बहुत सुकून देते हैं। न जाने कैसे इस घटना ने सेना को उनके दिल के करीब लाने में बहुत बड़ी भूमिका निभाई।

युवावस्था में उन्होंने भारतीय सेना में शामिल होने की कोशिश की, पर शारीरिक परीक्षण में नाकाम रहे, क्योंकि सीने और ऊँचाई के मामले में वे निर्धारित मानक से 1 सेंटीमीटर कम थे। फिर भी उन्होंने वर्दी पहनने का निश्चय कर लिया, चाहे इसके लिए उन्हें किसी निजी सुरक्षा एजेंसी का सिक्योरिटी स्टाफ ही क्यों न बनना पड़े। वे फिलहाल सूरत में वॉचमैन हैं। उसी दौरान उन्हें एहसास हुआ कि उनकी देशभक्ति मौसमी नहीं है, बल्कि यह सदाबहार जुनून उन पर तभी सवार हो गया था, जब वे किशोर उम्र में थे। वे हमेशा से भारतीय सेना के लिए कुछ करना चाहते थे। हालाँकि अब वे अपने 14 वर्षीय पुत्र कक्षा 10वीं के छात्र हरदीप सिंह के जरिए भारतीय सेना में भर्ती होकर देशसेवा करने का अपना अधूरा सपना पूरा करने का प्रयास कर रहे हैं।

फिर करगिल युद्ध हुआ। सैनिकों की शहादत पर उन्हें बहुत दुःख हुआ। उनकी नौकरी ऐसी है कि वे किसी तरह की आर्थिक मदद नहीं कर सकते थे। इससे उन्हें नया विचार आया। उन्होंने अंतरराष्ट्रीय सीमा पर शहीद होनेवाले सैनिकों के

परिवारों को पत्र लिखकर शहीदों को श्रद्धांजलि देने के साथ परिजनों को सांत्वना देना शुरू किया। 1999 के करगिल युद्ध के बाद से गुर्जर ने अब तक शहीदों के परिवारों को करीब 4,000 पत्र लिखे हैं और उनसे उन्हें 125 जवाबी पत्र भी मिले हैं। वे एक बात जानते हैं कि शब्द लोगों को सांत्वना देते हैं और ये उनके पास प्रचुरता में हैं। ध्यान रहें कि सिक्योरिटी गार्ड जैसा थैंकलेस जॉब करते हुए सैनिकों की पूरी जानकारी हासिल करना आसान नहीं है, लेकिन जितेंदर यह करते हैं।

उद्देश्य है जागरूकता फैलाना : उन्हें किसी चीज की आवश्यकता नहीं है। पूरी जिंदगी उन्होंने काम किया, ठीक-ठाक बचत भी उन्होंने की है और उन्हें हर माह 25 हजार रुपए पेंशन भी मिलती है, उस रकम से पाँच गुना अधिक, जो वे खुद पर खर्च करते हैं। शेष पैसा वे उच्च शिक्षा प्राप्त करने की हसरत रखनेवाले बच्चों पर खर्च करते हैं, लेकिन वे यह रकम उनकी शिक्षा पर खर्च नहीं करते! वे यह पैसा उन बच्चों को विभिन्न राज्य और केंद्र सरकारों की योजनाओं से छात्रवृत्ति दिलाने में मदद देने पर खर्च करते हैं। इसके लिए वे युवा पीढ़ी में जागरूकता फैलाते हैं।

जबसे उन्होंने अपना नया पद—स्कॉलरशिप मास्टर लिया है, उनका दिन सुबह ठीक 8 बजे शुरू हो जाता है। वे हर साल 160 सरकारी स्कूल-कॉलेज में जाते हैं और योग्य छात्रों को छात्रवृत्ति यानी स्कॉलरशिप प्राप्त करने में मदद करते हैं। उनका काम है छात्रवृत्ति के बारे में जानकारी जुटाना और छात्रों में उसका प्रसार करना। उनकी आर्थिक मदद सिर्फ सरकारी फायदा पहुँचाने तक सीमित है। वे मजदूरों के रूप में काम करनेवाले लोगों का श्रम कल्याण विभागों में पंजीयन कराने में भी मदद करते हें ताकि उन्हें सरकारी फायदे मिल सकें। यह सब करके उन्होंने आर्थिक रूप से कमजोर समुदाय में अत्यधिक विश्वास हासिल कर लिया है कि वे उनके कहने पर कुछ भी करने को तैयार रहते हैं। उदाहरण के लिए निर्माण कार्य में लगे छह मजदूरों को उनकी मदद से काफी फायदा मिला, तो वे एक विधवा के लिए छह लाख रुपए की लागत से मकान बनवा रहे हैं। मिलिए मैंगलोर स्थित बंटवाल तालुका के 75 वर्षीय के नारायण नाईक से, जो किसी एफएमसीजी एग्जीक्यूटिव से अधिक व्यस्त हैं और जिले में सबसे अधिक वांछित व्यक्ति हैं, क्योंकि उनके जीवन का उद्देश्य ही ऐसा है।

फंडा यह है कि हर व्यक्ति की जिंदगी का कोई उद्देश्य होना चाहिए, क्योंकि इन्हें छोटे-बड़े में वर्गीकृत नहीं किया जाता।

□

अदृश्य रहकर मदद करनेवाले ही असली देवदूत हैं

केस 1 : महाराष्ट्र के जलगाँव की रहनेवाली भाग्यश्री ने 2016 में हुई एस.एस.सी. परीक्षा में 96 फीसदी अंक हासिल किए। फिर भी मोटेतौर पर उसका भविष्य अधर में ही था, क्योंकि उसका परिवार आर्थिक रूप से इतना सक्षम नहीं था कि उसे आगे पढ़ा सके। वह जब सातवीं में थी तो उसके पिताजी गुजर गए थे। उसके भाई की स्कूली पढ़ाई पूरी हो रही थी और उसकी महत्त्वाकांक्षा इंजीनियरिंग करने की थी। घर में बचे पैसे और थोड़ी-बहुत बचत से उसके भाई आशुतोष का सपना पूरा हो गया। अब वह चेन्नई में एम.टेक. कर रहा है। उसकी माँ ज्योति महाजन ने कोई जॉब पाने की उम्मीद में नर्स की ट्रेनिंग ली और स्थानीय अस्पताल में नर्स का जॉब करने लगीं। उस आय से घर आर्थिक रूप से आगे नहीं बढ़ रहा था तो कम-से-कम जो स्थिति थी, वह बनी हुई थी, किंतु भाग्यश्री की शिक्षा के लिए पैसा लगाने में परिवार के आर्थिक भविष्य पर असर होने का जोखिम था। इस तरह परिवार भाग्यश्री की पढ़ाई को लेकर असमंजस में था, जबकि उसका सपना सीए बनने का था।

केस 2 : जलगाँव के ही प्रसाद राजेंद्र पाटिल के पिताजी भी उसे तभी छोड़ गए थे, जब वह सिर्फ 15 माह का था। जब यह गाज गिरी, तब उसकी माताजी 25 वर्ष की थीं और सिर्फ चौथी पास थीं। उसकी बहन 11 साल की थी, उनकी माँ ने न सिर्फ अपने सास-ससुर की देखभाल की, बल्कि कई घरों में काम करके उन्होंने सुनिश्चित किया कि उनके बच्चों को मूलभूत शिक्षा तो मिल जाए। प्रसाद ने अपनी माँ को निराश नहीं किया, 89 फीसदी अंक हासिल किए, लेकिन फिर उसके और इंजीनियर बनने के सपने के बीच आर्थिक दिक्कत आ गई।

केस 3 : जलगाँव के ही निशांत लागू गावहाणे ने 2 वर्ष की उम्र में पिता और 4 वर्ष की उम्र में माँ को खो दिया। उन्हें उनकी चाची शोभा अजय जाधव ने पाला-पोसा। 10वीं की परीक्षा में उसने 86 फीसदी अंक हासिल करके अपने पालकों को गौरवान्वित कर दिया, किंतु भविष्य की शिक्षा के बढ़ते खर्च ने उसकी आगे की पढ़ाई पर प्रश्न-चिह्न लगा दिया।

इन तीनों के अलावा ऐसी ही नियतिवाले 25 विद्यार्थी हैं, जिन्हें जलगाँव के रजिस्टर्ड ट्रस्ट 'गार्जियंस-द फाउंडेशन' ने खोज निकाला। यह ट्रस्ट ऐसे बच्चों की आगे की शिक्षा में मदद के लिए आगे आया है और उसने कम-से-कम 11वीं से ग्रेजुएशन तक पाँच वर्षों का खर्च उठाने का वादा किया है। स्थानीय डॉक्टरों, इंजीनियरों और यहाँ तक कि कोचिंग क्लास चलानेवालों ने मिलकर यह ट्रस्ट बनाया है और उन्होंने अपने जीवित रहने तक हर साल 51 हजार रुपए का योगदान देने का वादा किया है। इस तरह से इकट्ठा किया गया पैसा उन बुद्धिमान बच्चों की पढ़ाई पर खर्च किया जाएगा, जो आर्थिक परेशानियों के कारण अपने सपने पूरे नहीं कर सकते।

फाउंडेशन का लक्ष्य है कि हर साल आर्थिक रूप से पिछड़े इलाकों से 25 छात्रों का चयन किया जाएगा और हर साल 11 ऐसे गार्जियंस भी खोजे जाएँगे, जो निर्धारित राशि का योगदान करने को तैयार हों। हाल ही में फाउंडेशन ने पहली व चौथी कक्षा के दो बच्चों को अपनाया है, क्योंकि उनके पालक किसान थे और सूखे के कारण उन्होंने आत्महत्या कर ली। गार्जियंस में 25 वर्षीय अविवाहित युवक से लेकर 82 वर्षीय बुजुर्ग हैं, जिन्होंने अमेरिका में अपने बेटे व बहू को खो दिया।

इस फाउंडेशन के सबसे अच्छे नियमों में से एक यह है कि किसी के नाम का प्रचार नहीं होगा। वे दुनिया के सामने गुमनाम ही रहेंगे, लेकिन वे हर छात्र की तरक्की पर व्यक्तिगत रूप से निगाह रखेंगे, मानो उन्होंने उन बच्चों को गोद ही ले लिया है।

फंडा यह है कि जब आप 'अदृश्य' रहकर किसी की और खासतौर पर किसी गरीब की जिंदगी बनाते हैं, तो आप वाकई देवदूत बन जाते हैं।

□

अलग ही तरीके से समाज का बदला चुकाते हैं नेकदिल लोग

स्टोरी 1 : अरुणाचल प्रदेश के ठेठ पूर्वी छोर पर दिबांग नदी के किनारे घाटी में बसा है सुंदर दृश्योंवाला कस्बा रोइंग। यहाँ की भौगोलिक स्थिति में समतल से लेकर बर्फ से ढँके पहाड़ तक आते हैं। जिला उत्तर की तरफ पहाड़ी और दक्षिण की तरफ समतल है। कई आड़ी-तिरछी धाराओं, नदियों और छोटी नदियों में यह बँटा है, जो पर्यटकों को आकर्षित करता है।

एक खास जनजाति जो यहाँ रहती है, वह है—इदू मिशमी। ये लोग तिब्बती और बर्मी की मिली-जुली भाषा बोलते हैं। इस भाषा में सबसे बड़ी समस्या यह है कि इसमें वेस्ट के लिए कोई शब्द नहीं है। इसलिए वे नहीं जानते कि बेकार हुए पॉलिथीन बैग्स, स्टेरोफोम प्लेट्स, पाईटी बॉटल्स और पेपर सहित अन्य वेस्ट चीजों के साथ क्या किया जाए।

उदयपुर में इको-हट नाम का डिजाइन स्टोर चलानेवाले विशाल सिंह के साथ सॉलिड वेस्ट इंजीनियगिं और मैनेजमेंट में विशेषज्ञता रखनेवाली इंडो-जर्मन कंपनी के विश्वास विद्यानाथ, फर्दर ऐंड बियोंड एनजीओ के मर्विन कटिन्हो, राजीव राठोड़, फ्रीलांस राइटर श्वेता डागा जैसे कुछ नेकदिल लोग यहाँ पहुँचे और इस पहाड़ी क्षेत्र से सारा कूड़ा एकत्र किया। उन्होंने स्थानीय लोगों से बात की और उन्हें उनके शब्दकोश के लिए एक नया शब्द दिया—वेस्ट। उन्हें बताया कि वेस्ट को सुरक्षित तरीके से एकत्र और नष्ट करें।

आठ दिन के काम के बाद उन्हें अचानक एडिशनल डिप्टी कमिश्नर श्रेष्ठ यादव का पत्र मिला कि हम आपको यहाँ से जल्दी नहीं जाने देंगे। आप बाहरी हैं, लेकिन यहाँ पर जमीनी काम कर रहे हैं, जो सरकार को करना चाहिए। आप यहाँ से नहीं जा सकते, जब तक रोइंग में वेस्ट मैनेजमेंट के लिए एक ब्लू प्रिंट तैयार

नहीं कर देते। यह खूबसूरत हिल स्टेशन देश के अन्य पहाड़ी इलाकों की तरह ही है। शहरीकरण और पर्यटन यहाँ के प्राचीन स्वरूप और वातावरण को बदल रहा है। पिछले दशक में यहाँ सर्वाधिक प्लास्टिक, कंक्रीट, कारें, बैटरी, पेस्टिसाइड आए हैं। इसने संवेदनशील रोइंग के पर्यावरण तंत्र को खतरे में डाल दिया है। यहाँ की नदियों, धाराओं, हवा को प्रदूषित किया है और जंगलों, वनस्पति और जीव-जंतुओं को नुकसान पहुँचाया है। यह कस्बा आज हर दिन 5.6 टन वेस्ट पैदा करता है। इन लोगों ने यहाँ के लिए पूरा वेस्ट मैनेजमेंट सिस्टम बनाने का प्लान तैयार किया है। हालाँकि सभी लोग अपने-अपने स्थानों पर लौट गए हैं, लेकिन वे नियमित रूप से स्थानीय लोगों के संपर्क में रहते हैं। इन्हें पूरा भरोसा है कि इस साल के अंत तक यह शहर वेस्ट की अपनी समस्या का समाधन कर लेगा, साथ ही अपनी भाषा में वेस्ट के लिए एक शब्द भी तलाश लेगा।

स्टोरी 2 : भुवनेश्वर के अभय कुमार मोहंता, कृष्ण चंद्र त्रिपाठी, निहार रंजनदास, भवानी शंकर पारिदा सभी अपने-अपने कॅरियर में अच्छे से सेटल युवा हैं। इन्होंने अपनी कंपनी वी4यू के माध्यम से दृष्टिहीन छात्रों की मदद के लिए ऑडियो बुक्स तैयार की है। उन्हें एहसास हुआ कि देश में 1 करोड़ 20 लाख दृष्टिहीन छात्र हैं, जिसमें से सिर्फ ओडिशा में ही 25 हजार हैं और इनकी जरूरतें पूरी करने के लिए देश में मात्र 10 ब्रेल प्रेस यूनिट्स हैं। इस समस्या के एहसास ने इस प्रयास का विचार सामने रखा।

ये सभी साथ आए और 70 कार्यकर्ताओं की एक टीम तैयार करके कक्षा 7 से लेकर पी-एच.डी. तक की कक्षाओं की किताबों की रिकॉर्डिंग शुरू की। छह वर्षों में वे 15 हजार छात्रों को उनकी कक्षाओं की ऑडियो बुक्स दे चुके हैं। इनकी मदद से ये छात्र हर साल अच्छे नंबर ला पा रहे हैं। एक माइक्रोफोन, एक एम्लिफायर और एक एयर फिल्टर के छोटे से सेट की मदद से सीडी और डीवीडी के रूप में ऑडियो फाइल बनाई जा रही हैं। दूरस्थ इलाकों के छात्रों को ये फाइलें सेलफोन में भी उपलब्ध कराई जा सकती हैं। जब पैसों की कमी हो जाती है तो वे कॉर्पोरेट इवेंट का आयोजन करते हैं।

फंडा यह है कि समाज हमें जो देता है, उसका बदला चुकाना एक कला है, जो दिल से आती है और नेक दिल लोग हमेशा ऐसा अलग ही तरीके से करते हैं।

□

समाज सेवा में समुदाय अथवा शहर के व्यापक हित का ध्यान रखें

महाराष्ट्र से शुरू हुई किसानों की हड़ताल ने मध्य प्रदेश को भी अपनी जद में ले लिया है और मंगलवार को पुलिस गोलीबारी के दौरान पाँच किसानों की मौत हो गई। मैंने इस हड़ताल के दौरान सब्जी बेचनेवालों में एक तरह की एकता देखी है। मंगलवार को रात मेरे ध्यान में आया कि कुछ सब्जी उगानेवाले किसान कुछ कमाने के इरादे से स्वतः तुरंत एकत्र हो गए, ताकि अगर जरूरत पड़े तो अपने आंदोलन को कुछ और समय के लिए आगे बढ़ा सकें। वे एक पॉश कॉलोनी के किनारे बैठ गए। हड़ताल पर नजर रख रहे किसानों के आंदोलन से यह जगह सात सौ मीटर की दूरी पर थी। ये लोग स्ट्रीट लाइट की रोशनी में सब्जियाँ बेचने लगे। इन लोगों की जिस चीज ने मेरा ध्यान खींचा, वह था एक व्हाइट बोर्ड। मुझे लगा यह किसी राजनीतिक दल का तो नहीं हो सकता, क्योंकि किसी पार्टी का कोई झंडा तो वहाँ नहीं था। आइडिया शायद किसी सोशल सर्विस एक्टिविस्ट का था। इस बोर्ड पर सब्जियों की कीमत लिखी जा सकती थी। कोई भी किसी से बात नहीं कर रहा था। लोग सिर्फ बोर्ड पर लिखी सब्जी की कीमत देखते। आधा या एक किलो सब्जी माँगते। कीमत चुकाते और चले जाते। सबकुछ ऐसे हो रहा था, जैसे कोई कोरियोग्राफ्ड डांस सीक्वेंस हो। मैं जानता हूँ कि यह कोई फ्लैश डांस जैसा नहीं था, जिसमें लोग एक-दूसरे को पहचानते नहीं हैं। दिलचस्प बात यह है कि जिस व्यक्ति ने बोर्ड पर कीमत लिखी थी, उसकी तसवीर बोर्ड के एक कोने में लगी थी।

बोर्ड पर सब्जियों के नाम उनकी कीमत की तुलना में बहुत छोटे अक्षरों में लिखे थे। अगर कोई सब्जी बेचे जाने की शिकायत करता तो जिस व्यक्ति का फोटो बोर्ड पर लगा था वह लिखे हुए अक्षरों को तुरंत मिटा देता। यूँ भी सब्जियों के नाम

मंद रोशनी की वजह से बहुत छोटे नजर आ रहे थे। लिखने के इस स्टाइल ने देशभर के रेलवे स्टेशनों पर लगे उन बड़े पीले बोर्ड्स की याद दिला दी, जिन पर स्थानीय भाषाओं में शहरों का नाम बड़े व काले अक्षरों में लिखा होता है। आपमें से कई लोगों ने ये बोर्ड देखे होंगे, लेकिन इसके नीचे छोटे अक्षरों में लिखे आँकड़ों पर शायद ही किसी का ध्यान गया हो। ये आँकड़े खासतौर पर समुद्र तल के नजदीक के रेलवे स्टेशनों के बोर्ड पर लिखे होते हैं। असल में ये अंक बताते हैं कि समुद्र तल से इस स्थान की ऊँचाई कितनी है। रेलवे बोर्ड पर इस तरह समुद्र तल से स्टेशन की ऊँचाई लिखने की परंपरा 170 साल पहले रेलवे के शुरुआती दिनों से है।

छोटे आकार में लिखे ये आँकड़े समुद्र की ऊपरी सतह का औसत स्तर होते हैं, जहाँ से निर्माण की खड़ी ऊँचाई को मापा जा सके। रेलवे के लिए ये महत्त्वपूर्ण होते हैं, क्योंकि भारी बारिश के दौरान ट्रैक पानी में डूबना नहीं चाहिए और पानी निकलते रहना चाहिए। आज के दिनों में आधुनिक मशीनें यह काम मिनटों में कर देती हैं, लेकिन उन दिनों समुद्र के स्तर का पहले से हिसाब लगाया जाता था। पहले अधिकतर रेलवे स्टेशन शहर के केंद्र में होते थे या शहर के भीड़भाड़वाले इलाके से होकर गुजरते थे। ये अंक सोच-समझकर स्टेशन बोर्ड पर दर्ज किए जाते थे, ताकि रेलवे के सिविल इंजीनियर्स को विकास कार्यों में मदद मिले, साथ ही ये जानकारी उस शहर की सिविल कंस्ट्रक्शन एजेंसीज के भी काम आती थी, ताकि वे अपनी प्रॉपर्टी समुद्र सतह को ध्यान में रखकर बना सकें और शहर में बाढ़ की स्थिति से निपट सकें। समय के साथ कुछ स्टेशन पर ये अंक लिखने बंद कर दिए गए।

इसी तरह क्लॉक टावर बनाने और यूनिवर्सिटी या रेलवे स्टेशनों पर घंटे बजानेवाली घड़ी लगाना भी लोगों को घर बैठे समय की जानकारी देने की सुविधा देना ही था। याद रखिए रिस्ट वॉच खरीदना और दीवार घड़ी खरीदना सौ साल पहले सुपर लग्जरी होता था।

फंडा यह है कि भले ही आप किसी भी समुदाय या वर्ग के हों, जब सोशल सर्विस की बात आती है तो उन कामों को प्राथमिकता देनी चाहिए, जो शहर या समाज के बड़े हिस्से को प्रभावित करते हों।

□

दृढ विश्वास से बच्चे बनाते हैं बेहतर समाज

तमिलनाडु के मदुरै जिले में छोटे गाँव थिरुवाथावुर के नजदीक कोई रेलवे स्टेशन नहीं है, लेकिन इस छोटे गाँव के लोगों की बरसों से एक आदत है, जिसका ये धर्म की तरह पालन करते। वे हर मानसून के पहले गाँव के हर छोटे-बड़े तालाब को साफ करते। इसमें कोई स्थानीय सरकारी तंत्र शामिल नहीं होता। लोग इसके लिए स्वेच्छा से काम करते हैं और हर परिवार से कम-से-कम एक सदस्य इसमें काम करने आता। तमिल में इसे कहा जाता—ओरानी कप्पाथी, मतलब तालाबों की रक्षा।

तब प्राथमिक स्कूल में रहे राजामनिकम इस काम को साल-दर-साल करते रहे। उन्हें बताया गया था कि तालाबों को साफ करने से आस-पास के तालाबों को रिचार्ज करने में मदद मिलती है। वे खुद भी यह देखते, क्योंकि उनके घर के कुएँ में पानी का स्तर कभी कम नहीं होता। राजामनिकम बाद की पढ़ाई के लिए बाहर चले गए। जब लौटकर आए तो देखा कि स्थानीय पानी के स्रोतों को साफ रखने के उनके विश्वास ने पानी की छोटी-मोटी दिक्कतों को हल करने में मदद की।

फिर 2015 में बाढ़ आई, जिसने तमिलनाडु की राजधानी को तैरते शहर में बदल दिया और इसके बारे में उनके साथियों में खूब चर्चा हुई। उन्होंने महसूस किया कि शहर में जलप्रलय का एक बड़ा कारण यह है कि आस-पास की जल संरचनाएँ खत्म हो गई थीं। या तो इनके ऊपर निर्माण हो गया था या इन्हें कृषि भूमि में बदल दिया गया था। पानी जमा करने के प्राकृतिक गड्ढे अवरुद्ध हो गए थे। फिर जब जोरदार बारिश हुई तो चेन्नई शहर बाढ़ से घिर गया। इस घटना से उनका बचपन का विश्वास और मजबूत हो गया कि हर छोटे और बड़े पानी के

स्रोत को जीवित और साफ रखना चाहिए।

इस विश्वास के साथ जब वे आईएएस अधिकारी बने और कलेक्टर नियुक्त हुए तो उन्होंने केरल के एरनाकुलम की गंदी झील को साफ करने का काम किया। यह काम उन्होंने 2016 के मानसून के पहले किया। उनकी टीम के कुछ सदस्य इसे लेकर चौकन्ने हो गए। कुछ स्थानीय लोगों को सफाई के उनके इस काम पर संशय हुआ।

जिस जगह वे कलेक्टर थे, वहाँ का उन्होंने शोध किया तो पता चला कि 1980 में यहाँ 2300 तालाब थे। धीरे-धीरे इनकी संख्या घटती गई और 2015 में ये 800 ही बचे। आईएएस अधिकारी राजामनिकम के लिए यह समय जिले के तालाबों को फिर से साफ और जीवित करने का था। सफाई में मुख्य रूप से तालाब में से कीचड़ और कचरा निकालना शामिल था, ताकि इसकी जल संग्रहण क्षमता बढ़ाई जा सके और पानी को इनसानों के इस्तेमाल के लायक बनाया जा सके।

लेकिन जब इस आईएएस अधिकारी और उनकी टीम ने चार-पाँच तालाब साफ कर दिए तो उसके बाद स्थानीय लोग भी इनके काम में हाथ बँटाने लगे। देखते-ही-देखते इस पहल ने सामुदायिक पहल का रूप ले लिया। फिर जब तक उन्होंने वर्षा का जल संग्रहीत करने के लिए और तालाब बनाने का फैसला किया, उनका तबादला केरल स्टेट रोड ट्रांसपोर्ट कॉर्पोरेशन के एमडी के पद पर हो गया।

सौभाग्य से उनके उत्तराधिकारी केएमवाय सफीरुल्ला ने भी इस प्रोजेक्ट को आगे बढ़ाने का फैसला किया। इस साल उन्होंने 50 दिन में 100 तालाबों को साफ करने का लक्ष्य रखा है और इस लक्ष्य को हासिल करने के लिए गाँव, एनजीओ, ग्रीन एक्टिविस्ट, स्थानीय लोग, छात्र, एनएसएस के वॉलेंटियर ने भी इसमें हाथ बँटाना शुरू किया है। अब प्रशासन की योजना जिले के तीन सबसे अच्छे रख-रखाव वाले तालाबों के लिए एक पुरस्कार स्थापित करने की है। अच्छी बात यह हुई कि अच्छे असर नजर आने लगे हैं और अब पूरा गाँव अपने लिए पानी की समस्या का समाधान करने लगा है।

फंडा यह है कि बच्चों में दृढ भरोसे के बीज रोपने चाहिए। उन्हें इसका अनुभव करने दीजिए और फिर देखिए कैसे वे भविष्य में समाज बनाते हैं।

□

आप अपने संगठन में कितने अलग हैं?

स्टोरी 1 : मुंबई महानगर पालिका के असिस्टेंट कमिश्नर उदय कुमार शिरूरकर डोंगरी नाम की जगह से बहुत निकट से जुड़े हैं। क्या आप डोंगरी के बारे में यह सोचने लगे हैं कि इसका सबसे बड़ा योगदान तो अंडरवर्ल्ड को डॉन देना है, जिसके कारण इसका संबंध बॉलीवुड की फिल्म 'डोंगरी का राजा' से हो गया। आप बिल्कुल सही हैं, लेकिन दूसरी बात यह है कि यहाँ स्कूल छोड़नेवाले बच्चों की संख्या बहुत ज्यादा है। उदय कुमार ने इस साल 23 लोगों को ऐसा कुछ करने की प्रेरणा दी, जिसे करने की उन्होंने कभी हिम्मत नहीं की। वे सब डोंगरी के ही थे; स्कूल ड्रॉप आउट उम्र के चौथे दशक या पाँचवें दशक के प्रारंभवाले। वे तब से उसी पद पर काम कर रहे हैं, जिस पर उन्होंने ज्वॉइन किया था। वे चतुर्थ श्रेणी कर्मचारियों के रूप में काम करते हैं—सफाई करनेवाले, मैन होल साफ करनेवाले, रोड और पाइप लाइन सुधारनेवाले। इस कठोर मेहनत के बदले उन्हें मिलते हैं प्रतिमाह छह हजार रुपए से भी कम। उदय कुमार ने उन्हें डोंगरी नाइट स्कूल में भर्ती होने के लिए प्रेरित किया और हायर सेकंडरी परीक्षा पास करने में मदद की। अब इस माह इन 21 पुरुषों और दो महिलाओं का वेतन तीन हजार रुपए बढ़ जाएगा, साथ ही भविष्य में पदोन्नति पाने के अवसर काफी बढ़ जाएँगे, क्योंकि अब वे हायर सेकंडरी पास हैं। कोई आश्चर्य नहीं कि उनके मिशन को लोगों ने 'मिरेकल 23' का नाम दिया है, जो बिहार के 'सुपर 30' से कम नहीं है।

स्टोरी 2 : पिछले हफ्ते राँची स्थित सदर थाने के डीएसपी विकासचंद्र श्रीवास्तव सांप्रदायिक रूप से संवेदनशील क्षेत्र बर्गई में एक राजनीतिक दल की 'सद्भावना यात्रा' पर निगरानी रखने गए और उन्हें एहसास हुआ कि इसमें

तो एक घंटे की देरी हो गई है। अन्य पुलिसकर्मियों की तरह उन्होंने यात्रा शुरू होने के पहले पास की चाय की दुकान पर वक्त नहीं बिताया, बल्कि उन्होंने पास के अल्पसंख्यक माध्यमिक स्कूल को चेक करने का निर्णय लिया, जहाँ एक कक्षा में टीचर की गैर-हाजिरी के कारण अराजकता मची हुई थी। वे क्लासरूम में गए, शिक्षकहीन कक्षा के बच्चों से अनुमति ली और आठवीं कक्षा के 45 बच्चों को भूगोल और सामाजिक विज्ञान के कुछ अध्याय पढ़ाए, क्योंकि यह पीरियड उन्हीं विषयों का था। बच्चों ने वर्दीधारी शिक्षक को बड़े गौर से सुना। फिर उन्होंने सामाजिक मूल्यों पर कुछ बातों के साथ अपना सबक खत्म किया। बच्चों ने खुश होकर जोर से तालियाँ बजाईं, जिसकी आवाज उस शोर से अधिक थी, जो थोड़ी देर पहले उस कक्षा में हो रहा था। किसी को भरोसा ही नहीं हो रहा था कि कोई पुलिस अधिकारी भी इतना अच्छा शिक्षक हो सकता है। एक घंटे बाद श्रीवास्तव फिर पुलिस अधिकारी की भूमिका में आ गए और अधिक सतर्कता के साथ रैली में शामिल हो गए।

स्टोरी 3 : विजय कुमार सिंगापुर में व्यस्त कॉस्ट अकाउंटेंट हैं। वर्ष 2006 में उन्होंने अपने द्विभाषी ब्लॉग 'पोएट्री इन स्टोन' में टेंपल आर्ट को डाक्यूमेंट करना शुरू किया। उसमें उन्होंने शौक के बतौर शिल्पों के बारे में बहुत विस्तार से लिखा। 2013 में इससे दुनिया के विभिन्न हिस्सों में खो चुके मंदिरों को खोज निकालने के ऑनलाइन आंदोलन 'ब्रिग अवर गॉड्स होम' की शुरुआत हुई। यह उनके द्वारा शुरू की गई 'इंडिया प्राइड प्रोजेक्ट (आईपीपी) नाम की कंपनी के तहत काम करता है। यह पूरी तरह से स्वयंसेवकों से संचालित संगठन है, जिसने भारत से तस्करी कर ले जाई गई मंदिरों की बेशकीमती मूर्तियों का पता लगाने का काम किया है।

विजय की ताजा जीत है ऑस्ट्रेलिया की गैलरी से 1000 साल पुरानी नरसिंह की मूर्ति को वापस लाना (वहाँ इसे 'लॉयन लेडी' कहते थे)। यह मूर्ति तमिलनाडु के वृदाचलम स्थित मंदिर से चुराई गई थी। उनका अनुमान है कि भारत हर दशक में करीब 10,000 कलाकृतियाँ खो देता है। वजह है चोरी रोकने के खिलाफ कोई कड़ा कानून न होना। वे इसे अपनी मातृभूमि को अपना योगदान मानते हैं कि वे जितनी संभव हो, उतनी कलाकृतियों को विदेश से भारत ले आएँ। आईपीपी इसे केवल सोशल मीडिया की ताकत के बलबूते ही कर रहा है। लोग कोई कलाकृति देखते हैं और यदि उन्हें संदेह हो

कि भारत की हो सकती है तो वे फोटो लेकर उसे पोस्ट कर देते हैं। वहाँ से विजय कुमार का काम शुरू हो जाता है। वे इसे ठीक तरह से डाक्यूमेंट करते हैं और फिर उसे स्वदेश लौटाने की लड़ाई शुरू हो जाती है।

फंडा सीधा सा है कि आप अपने ही संगठन में कितने भिन्न हैं, जरा इस पर सोचिए। यदि संभव हो तो ऐसा कुछ अलग से करें, जो समाज में फर्क पैदा कर सके।

□

सही फैसले का महत्त्वपूर्ण अंग है संवेदनशीलता

स्टोरी 1 : इस माह के आरंभ में नई दिल्ली में अतिरिक्त सत्र न्यायालय के जज विनोद यादव के कोर्ट रूम में एक छोटी लड़की को सुनवाई के दौरान व्यस्त रखने के लिए एक कागज और कुछ रंग दे दिए गए। अपने-अपने पक्ष के लिए बहस कर रहे दोनों वकीलों को सुनने में बिना कोई रुचि दिखाए वह ड्रॉइंग करने में डूब गई। उसके शराबी पिता ने माँ के निधन के बाद उसे छोड़ दिया था और उसकी चाची उसे कोलकाता से दिल्ली लेकर आई थी और किसी और के घर पर काम करने के लिए रख दिया था।

केस उसके चाचा अख्तर अहमद के खिलाफ था, जिस पर उसे निर्वस्त्र करने और कई बार शारीरिक रूप से प्रताड़ित करने का आरोप था। फिर वह भाग निकली और एक बस में लावारिस मिली। तीन साल बाद कथित घटना को साबित करना अभियोग पक्ष के वकील के लिए मुश्किल था। बचाव पक्ष की जोरदार दलील थी कि बच्ची को आरोप लगाने के लिए सिखा-पढ़ाकर लाया गया है और उसे भरोसेमंद गवाह नहीं माना जा सकता। जज बहस सुन रहे थे, जबकि उनकी निगाहें स्केच पर थीं। ड्रॉइंग में एक खाली घर था, एक बच्ची हाथ में धागों से बँधे गुब्बारे थामे खड़ी थी और उसके पीछे एक वस्त्र पड़ा था। ड्रॉइंग को वह विषाद भरे रंगों से भर रही थी। जज विनोद यादव ने स्केच की संवेदना को बच्ची के कटु अनुभव का प्रकटीकरण माना। उन्होंने कहा, अगर ड्रॉइंग की चीजों को तथ्यों की पृष्ठभूमि में देखा जाए और मामले की परिस्थितियों को देखा जाए तो उसके घर में किसी के द्वारा उसे निर्वस्त्र कर शारीरिक शोषण करने की बात पता चलती है। अगर कोई तथ्य नहीं जानता है तो भी उसके समक्ष बच्ची की पीड़ा साबित करने के लिए यह

ड्रॉइंग पर्याप्त है, इसलिए मैं पीड़ित को भरोसेमंद मानता हूँ।

बच्ची की देखरेख और पुनर्वास के लिए कोर्ट ने 3 लाख रुपए का हर्जाना उसके खाते में फिक्स डिपॉजिट के रूप में डालने का आदेश दिया। इसके अलावा आरोपी को कठोर कारावास की सजा सुनाई। बच्ची अब बालगृह में रह रही है और नियमित रूप से स्कूल जाती है। पढ़ाई में वह बहुत अच्छा कर रही है। बच्ची की वकील और बाल अधिकार कार्यकर्ता चंद्रा सुमन कुमार को उम्मीद है कि मुआवजा उसका भविष्य बेहतर बनाने में मददगार होगा।

स्टोरी 2 : इस शनिवार को ट्रैफिक सब-इंस्पेक्टर एमएल निजलिंगप्पा को बेंगलुरू के ट्रिनिटी सर्किल पर यातायात इंतजाम की बहुत महत्त्वपूर्ण जिम्मेवारी दी गई थी। यह काफी महत्त्वपूर्ण था, क्योंकि कुछ देर में यहाँ से देश के प्रथम नागरिक यानी राष्ट्रपति प्रणब मुखर्जी गुजरनेवाले थे। वे सिटी मेट्रो के आखिरी चरण का उद्घाटन करने आए थे। सबकुछ ठीक था। वायरलेस पर संदेश आया था कि राष्ट्रपति का काफिला सिर्फ 150 फीट की दूरी पर है। सभी क्षेत्रों से आ रहा ट्रैफिक रोक दिया गया था। अचानक निजलिंगप्पा ने देखा कि एक एंबुलेंस की गति बता रही है कि इसमें मौजूद मरीज की स्थिति गंभीर है। अगर प्रोटोकॉल की बात की जाए तो इस तरह के वीवीआईपी के आने की स्थिति में उन्हें ऊपर से इजाजत लेनी पड़ती, लेकिन उन्हें लगा कि इसके लिए समय नहीं है। यह एक त्वरित फैसला था, उन्होंने एंबुलेंस को अस्पताल पहुँचने के लिए निकल जाने का इशारा कर दिया। निश्चित रूप से उन्होंने जीवन के लिए संघर्ष कर रही एक जान बचा ली। इस काम के लिए उन्हें हर वरिष्ठ से सराहना मिली। ट्विटर पर उन्हें जीवन बचाने के प्रति प्रतिबद्धता के लिए प्रशंसा और बधाइयाँ मिलीं। इस तरह के फैसले करना आसान नहीं होता, भले ही आपके पास बहुत दिन हों या सिर्फ कुछ सेकंड।

फंडा यह है कि संवेदनशीलता बड़ा पहलू है, जो निर्णय करने में भूमिका निभाता है। यह व्यक्ति के लिए तो अच्छी है ही, समाज के लिए भी व्यापक महत्त्व की है।

□

जब कोई खुद से पहले दूसरों को रखता है तो समाज आगे बढ़ता है

स्टोरी 1 : वे आधुनिक समय के शाहजहाँ बनना चाहते थे, कम-से-कम छोटे पैमाने पर और वह भी निजी स्तर पर। कई लोग अपनी प्रेयसी को लुभाने के लिए ताजमहल बनाने का वादा करते हैं, लेकिन उन्होंने बहुत ईमानदारी से अपनी वृद्ध पत्नी से इसका वादा किया और उसे वह जमीन दिखाने भी ले गए, जहाँ वे इसके निर्माण का इरादा रखते थे। 2011 में पत्नी की मृत्यु के बाद उन्होंने अपनी जीवनसंगिनी से किए वादे के मुताबिक निर्माण कार्य शुरू किया। मुगल सम्राट् शाहजहाँ ने अपनी प्रिय पत्नी मुमताज महल की याद में उत्तर प्रदेश के आगरा शहर में ताजमहल का निर्माण करवाकर पुरुषों के लिए प्रेयसी के प्रति प्रेम का इजहार करने में वाकई बहुत ऊँचा मानक स्थापित कर दिया।

उत्तर प्रदेश के बुलंदशहर के पास और मूल ताजमहल से कुछ सौ किलोमीटर दूर स्थित छोटे से गाँव केसर कलाँ में रहनेवाले रिटायर्ड पोस्टमास्टर फैजुल हसन कादरी अपनी दिवंगत पत्नी ताजमुल्ली बेगम की याद में मिनी 'ताजमहल' बनाकर दुनिया का एक और 'आश्चर्य' बनाने की कोशिश कर रहे हैं। 'मिनी' ही क्यों न हो, पर ताजमहल बनाना, वह भी 15 हजार रुपए मासिक पेंशन पानेवाले रिटायर्ड पोस्टमास्टर के लिए, कोई आसान बात नहीं है, किंतु पत्नी के लिए प्रेम आर्थिक प्रबंध पर भारी पड़ा और फिर पैसे की कमी के कारण निर्माण बीच में ही रुक गया। ऐसा भी नहीं है कि उन्होंने अपना सबसे महत्त्वाकांक्षी प्रोजेक्ट त्याग दिया हो, बल्कि वह अपनी ही रफ्तार से आगे बढ़ रहा है। हालाँकि वे खुद 81 साल के हो गए हैं। शायद इसीलिए उन्होंने आधे बने ढाँचे के भीतर खुद के लिए भी जगह रखी ताकि उनके गुजरने पर उन्हें पत्नी की कब्र के पास ही दफनाया जा सके।

दो साल पहले जब उत्तर प्रदेश के तत्कालीन मुख्यमंत्री अखिलेश यादव को कादरी के प्रयास के बारे में पता चला तो उन्होंने उनकी मदद करने का निश्चय किया, लेकिन पोस्टमास्टर की योजना कुछ और ही थी। उन्होंने मुख्यमंत्री से वादा लिया कि वे उनकी मदद लेंगे और फिर अपना सपना बताया। वे लड़कियों का हाईस्कूल चाहते थे और उसके लिए वे अपने 'ताजमहल' के पासवाली जमीन देने को तैयार थे। मुख्यमंत्री राजी हो गए, निर्माण शुरू हुआ और इस माह पूरा भी हो गया। छठी से कक्षा 12वीं तक की नियमित कक्षाओं के लिए फंड भी जारी हो गया और इस साल जुलाई से गाँव की लड़कियों को पढ़ने के लिए बाहर जाने की जरूरत नहीं रहेगी।

मुझे 'चक दे इंडिया' फिल्म का डायलॉग याद आया, 'इस टीम को सिर्फ वे प्लेयर्स चाहिए, जो पहले इंडिया के लिए खेलें ··· फिर अपनी टीम में अपने साथियों के लिए···और उसके बाद भी अगर थोड़ी-बहुत जान बच जाए तो अपने लिए···' मुझे पक्का पता है कि कासेर कलाँ गाँव की छात्राओं की तरक्की होगी, फिर चाहे 'मिनी ताज' का काम पूरा हो या न हो।

स्टोरी 2 : जब कोई परोपकार का काम करता है तो वह हमेशा उन लोगों की मदद करना पसंद करता है, जो अपना आभार अपनी आँखों से व्यक्त करते हैं, क्योंकि आँखों से व्यक्त होनेवाले भाव होंठों से निकलनेवाले शब्दों की तुलना में अधिक प्रभावशाली होते हैं। पिछले हफ्ते शिलांग स्थित एनजीओ बेथनी सोसाइटी ने मेघालय में दृष्टिहीनों के लिए पहली ब्रेल लाइब्रेरी खोली है, क्योंकि राज्य में अभी सरकारी ब्रेल लाइब्रेरियों में ब्रेल में लिखी किताबें मौजूद हैं। राज्य में 6,980 दृष्टिहीन छात्र हैं, जो जी भरकर किताबें पढ़ना चाहते हैं। बेथनी सोसाइटी ज्योति स्रोअत इंक्लूजिव स्कूल चलाता है, जहाँ 80 दृष्टिहीन छात्र हैं। इस लाइब्रेरी से निश्चित ही उन्हें फायदा होगा, किंतु लाइब्रेरी राज्य के सुदूरवर्ती भागों के दृष्टिहीन छात्रों को शिक्षा मुहैया कराएगी।

फंडा यह है कि जब कोई व्यक्ति अथवा संगठन समाज को खुद से पहले प्राथमिकता देता है तो वह समाज निश्चित रूप से तरक्की करता है।

□

आँखों की दृष्टि से ज्यादा शक्तिशाली होता है विजन

चालीस साल पहले उन्हें दृष्टिहीनों के स्कूल में भर्ती किया गया था, क्योंकि वे जन्म से ही देख नहीं सकते थे। स्कूल में कक्षा आठ तक उनका पता डिवाइन लाइफ ट्रस्ट फॉर ब्लाइंड ही था। उस समय बेंगलुरु के एक बड़े दिलवाले परिवार ने उन्हें गोद लिया। इससे उन्हें अपने स्कूल की पढ़ाई पूरी करने में तो मदद मिली ही, उन्होंने अर्थशास्त्र में एमए तक की पढ़ाई पूरी कर ली। फिर एमबीए भी किया। अपने अनाथालय परिवार की मदद से ही शादी की और आज उनकी दो बड़ी संतानें हैं। हालाँकि वे पूरी जिंदगी दृढता से यह मानते रहे कि दृष्टिहीन और शारीरिक रूप से अपंग अन्य लोगों को भी समाज में अपना योगदान देना चाहिए, साथ ही उन्हें कार्यस्थल और वातावरण में सहभागी बनकर सामान्य जिंदगी जीना चाहिए, लेकिन उनके अलावा कोई और इसे लेकर इतना आश्वस्त नहीं था। अब 2017 में आ जाते हैं। उन्होंने एक बैंक में जॉब करते हुए खुद को तो समाज के लिए उपयोगी बनाया ही, साथ ही हर साल करीब 80 लोगों को अपने जैसा प्रोडक्टिव बनाने की कोशिश कर रहे हैं। इसके लिए उन्हें तकनीकी प्रशिक्षण और जॉब के लिए जरूरी कंप्यूटर और कम्यूनिकेशन स्किल का प्रशिक्षण दिलाया। 48 साल के पॉल मुधा बेंगलुरु के कैनरा बैंक में सीनियर मैनेजर हैं। पिछले कई वर्षों से उनके पुराने घर का एक कमरा दृष्टिहीन और सुनने में अक्षम लोगों के लिए प्रशिक्षण केंद्र बना हुआ है। इसमें कंप्यूटर और वोकेशनल स्किल के संसाधन और उपकरण

मौजूद हैं। ये चीजें इस आधुनिक युग में स्वतंत्र जीवन गुजारने और रोजगार कमाने के लिए जरूरी हैं।

कई वर्ष पहले दृष्टिहीन लोग सिर्फ टेलीफोन बूथ या फिर कुरसियों की केन बुनाई के कामों में लगाए जाते थे, या उन्हें संगीत शिक्षक बनने और आयुर्वेद थेरेपी सेंटर में काम मिल जाता था, लेकिन कंप्यूटर के प्रवेश ने न सिर्फ सामान्य लोगों बल्कि दृष्टिहीनों का जीवन भी बदल दिया, क्योंकि इसने सुनकर समझने और काम करने की सुविधा भी दी है। अपने शुरुआती संघर्ष से प्रेरित होकर पॉल ने जितने संभव हों, उतने दिव्यांगों की मदद करने का फैसला किया। वे अपने बैंक की जॉब और पारिवारिक जीवन के बीच दिव्यांगों की हर संभव मदद के लिए संकल्पित हैं। पिछले नौ वर्षों से पॉल सुनने और देखने में अक्षम देशभर के लोगों को उस दुनिया के काबिल बनाने के प्रयास में लगे हैं, जो टेक्नोलॉजी के कारण नया रूप ले रही है।

सेंटर छह और नौ महीने के दो ट्रेनिंग कार्यक्रम चलाता है। इसमें छात्रों को कंप्यूटर का ज्ञान और अंग्रेजी की स्किल सिखाया जाता है। हाल ही के दिनों में प्रशिक्षण की उनकी सुविधा उन लोगों के लिए भी शुरू की गई है, जो सुनने में अक्षम हैं। इनके प्रशिक्षण के लिए अलग तरह की तकनीक का उपयोग किया जा रहा है। बीते वर्षों में उनके यहाँ से प्रशिक्षित लोग स्थानीय एनजीओ 'स्नेहदीप' की मदद से छोटी और मध्यम कंपनियों में ही नहीं, बैंक के अलावा बड़ी आईटी कंपनियों जैसे टीसीएस, विप्रो, सिस्को और इंफोसिस में भी जॉब हासिल कर चुके हैं, यहाँ तक कि कुछ छात्र लेक्चरर बने हैं तो कुछ प्राइवेट कंपनियों में सीए और स्वतंत्र लॉयर भी हैं।

पिछले साल डिमॉनिटाइजेशन के साथ उनकी ट्रेनिंग में अब नेट बैंकिंग, मोबाइल बैंकिंग और अन्य प्लास्टिक मनी के इस्तेमाल को भी शामिल किया गया है। 2008 से अब तक उनका ट्रेनिंग सेंटर 850 दृष्टिहीन युवाओं को प्रशिक्षण दे चुका है, साथ ही 12000 से 15000 दिव्यांगों को शैक्षणिक सहयोग, सहायता और उपकरण मुहैया कराए हैं।

वे यहीं नहीं रुके, क्योंकि वे जानते हैं कि जब लोग प्रशिक्षण के लिए आते हैं तो उन्हें सस्ते निवास की जरूरत होती है, इसलिए उन्होंने दृष्टिहीनों के लिए तीन हॉस्टल भी शुरू किए। उनकी नेटवर्किंग इतनी अच्छी है कि ये सभी सुविधाएँ जारी रखने के लिए उन्हें कई समाजसेवियों से धन का इंतजाम

करना होता है। ये लोग इनके समर्पण में सहयोग करते हैं। कंपनियों को कॉर्पोरेट सोशल रिस्पॉन्सिबिलिटी फंड से भी सहयोग मिलता है।

फंडा यह है कि दृष्टि भी हमारे शरीर के ही अन्य अंगों की तरह एक अंग का गुण है, लेकिन कोई भी विजन विकसित कर सकता है, जो सामान्य नजर से ज्यादा शक्तिशाली होता है।

□

जब अच्छाई ऊपर से शुरू होती है तो तेजी से फैलती है

मैं नहीं जानता कि हमारी प्रतिक्रिया क्या होगी, अगर कोई हमारे दरवाजे पर दस्तक दे और दरवाजा खोलते ही हमारे पैरों में गिरकर कहे कि सिर्फ आप ही मेरे बेटे को मरने से बचा सकते हैं। वह भी ऐसा बच्चा, जिसके लिए डॉक्टर्स ने चेतावनी दी हो कि तीन महीने में सर्जरी करनी जरूरी है, क्योंकि बच्चे के दिल में छेद है। बीमारी का नाम है—आर्टियल सेप्टल डिफेक्ट (एएसडी)।

महाराष्ट्र के उस्मानाबाद की नसरीन कुरैशी ने एएसडी से पीड़ित अपने 11 साल के बेटे जल्खैरनेन गौस कुरेशी के साथ 42 साल के पार्टटाइम पेंटर प्रतापसिंह अनिल यादव के घर का दरवाजा खटखटाया। कहा कि मेरे पास अपने बेटे को बचाने के लिए 5 लाख रुपए नहीं है। यादव ने पलक तक नहीं झपकाई। उन्होंने सोचा ईश्वर ने उन्हें अवसर दिया है कि पिछले साल उन्हें जो मिला है, उसे लौटाया जा सकता है। वे बिना एक पल गँवाए सक्रिय हो गए।

यादव की भतीजी छह साल की वैशाली ने पिछले साल प्रधानमंत्री नरेंद्र मोदी का ध्यान खींचा था, जब उसने पत्र लिखकर अपनी सर्जरी फ्री करने की अपील उनसे की थी, क्योंकि वह गरीब थी। उसके दिल में भी छेद था और प्रधानमंत्री के हस्तक्षेप के बाद सर्जरी पुणे में हो सकी थी। इसके बाद से वह सामान्य जीवन जी रही है। एक पल के लिए यादव को खयाल आया कि प्रधानमंत्री अगर हजारों किलोमीटर दूर उनकी भतीजी की मदद कर सकते हैं तो वे खुद 300 किलोमीटर दूर जरूरतमंद माँ की मदद के लिए हाथ क्यों नहीं बढ़ा सकते।

कुरेशी के बेटे को साँस लेने में दिक्कत और थकान की समस्या थी। इसके साथ ही धड़कन तेज हो जाती थी। जब वह सोलापुर के एक डॉक्टर के पास उसे

ले गई तो डॉक्टर्स ने बताया कि उसके हार्ट के ऊपर के दो चैंबर्स में एएसडी है। उन्होंने बताया कि सर्जरी जरूरी है। उसने कहा कि वह तो घरों में काम करती है, इसलिए पाँच लाख रुपए का इंतजाम करने में अक्षम है। परिचितों में बात फल गई। कुछ रातें वह सो नहीं सकी। फिर किसी ने उसे वैशाली यादव की वीडियो क्लिप दिखाई कि कैसे पीएमओ की मदद से उसकी निःशुल्क हार्ट सर्जरी हुई। इस तरह वह पुणे में यादव के दरवाजे तक पहुँची थी।

फिर दोनों परिवारों ने उन अस्पतालों के चक्कर लगाने शुरू किए, जो मुफ्त हार्ट सर्जरी करने का दावा करते हैं। उन्होंने जिला प्राथमिक स्वास्थ्य केंद्र से लेकर पुणे के बड़े अस्पातालों तक का दरवाजा खटखटाया। गरीबों के लिए मुफ्त सर्जरी की सुविधा है, लेकिन इन्हें निराशा हाथ लगी। फिर एक दिन यादव को एक व्हाट्सअप मैसेज मिला कि डेक्कन एरिया में सह्याद्रि अस्पताल मुफ्त सर्जरी कर रहा है। अस्पताल ने उन्हें आश्वस्त किया कि राजीव गांधी जीवनदायी आरोग्य योजना (आरजीजेएवाय) के तहत मदद की जा सकती है, अगर परिवार आधार कार्ड और रोगी के नामवाला राशन कार्ड ले आए।

कुछ आरंभिक जाँचों के लिए परिवार को भुगतान करना पड़ा, जब सर्जरी का समय आया तो उन्हें पता चला कि जुल्खैरनेन का नाम राशनकार्ड में नहीं है। लेकिन इलाज के इस मौके को वे गँवाना नहीं चाहते थे, इसलिए यादव और बच्चे के चाचा शिराज ने एक पड़ोसी से दोपहिया वाहन लिया और 300 किलोमीटर दूर चलाकार उस्मानाबाद पहुंचे। वे सुबह 4 बजे वहाँ पहुँचकर समाज के एक सदस्य की मदद से तहसीलदार के घर पहुंचे, ताकि बच्चे का नाम राशनकार्ड में जुड़वाया जा सके। ऑपरेशन बड़ा नहीं था, लेकिन जटिल तो था ही।

फंडा यह है कि अगर अच्छाई ऊपर से ही शुरू हो जाती है तो भरोसा कीजिए यह तेजी से फैलती है। इसे खुद भी आजमाइए।

□

शक्तिशाली कुरसियों पर बैठे लोग हृदयहीन नहीं होते

मध्य प्रदेश के छिंदवाड़ा स्थित एक सत्र न्यायालय में एक गरीब युवक आरोपी के कठघरे में खड़ा था। वह वहाँ से 85 किलोमीटर दूर स्थित पातालकोट से आया था। उसके खिलाफ मामला यह था कि उसकी बकरी किसी दूसरे की जमीन पर जाकर चर आई थी और उसके और जमीन मालिक के बीच झगड़े के दौरान युवक ने कानून हाथ में लेकर भूस्वामी की पिटाई कर उसकी छोटी अंगुली तोड़ दी। उस पर आईपीसी की धारा 325 के तहत गंभीर चोट पहुँचाने का मुकदमा दायर हुआ और इसीलिए वह वहाँ मौजूद था। गरीब युवक की असहाय स्थिति साफ दिखाई दे रही थी। जो पातालकोट के बारे में नहीं जानते, उन्हें बता दूँ कि यह देश की एकमात्र ऐसी जगह है, जो समुद्र की सतह से 1500 फीट नीचे स्थित है और वहाँ सूर्य की रोशनी दिन में सिर्फ तीन घंटे रहती है। क्या आप कल्पना कर सकते हैं कि भरपूर धूपवाले इस देश में ऐसी कोई जगह हो सकती है, जहाँ धूप दुर्लभ है। यहाँ तो पेड़ भी सूरज की रोशनी के लिए आपस में संघर्ष करते हैं और 70 से 90 फीट की ऊँचाई तक बढ़ते हैं ताकि अधिकतम रोशनी मिल सके। बेचारी घास को यहाँ बचे रहने के ज्यादा अवसर नहीं हैं और इसीलिए बकरी व अन्य जानवर लगातार खाने के लिए हरियाली खोजते रहते हैं। इसीलिए पशुपालकों के सामने हमेशा ही संघर्ष की स्थिति रहती है।

चूँकि इस गरीब युवा के पास अपना बचाव के लिए कोई वकील नहीं था तो जज ने नि:शुल्क विधि सहायता की पेशकश की और मामले को अगली

तारीख तक स्थगित कर दिया। उन्होंने अपने स्टाफ को युवक के लिए वकील उपलब्ध कराने का आदेश दिया, ताकि मामले पर फैसला देने के पहले वे दोनों पक्षों की व्यवस्थित सुनवाई कर सकें। इस युवक के साथ भी न्याय हो सके। चूँकि यह मामूली घटना थी तो जज इसे जल्दी निपटाना चाहते थे। उन्होंने तत्काल बाद की तारीख दे दी। तारीख सुनकर आरोपी युवक ने जज से अनुरोध किया कि उसे कुछ अंतराल के बाद तारीख दी जाए। जब न्यायाधीश महोदय ने कारण पूछा तो गरीब युवक ने बताया कि उसे इतनी दूर पातालकोट से आना पड़ता है। चूँकि जज पातालकोट की भौगोलिक परिस्थितियाँ जानते थे तो उन्होंने पूछा, "तो क्या हुआ? कई बस सेवाएँ हैं और तुम एक घंटे में यहाँ पहुँच जाओगे।" उसने कहा, "जज साहब, मेरे पास पैसा नहीं है। मैं पूरे 85 किलोमीटर चलकर आया हूँ और कल दोपहर बाद 3 बजे रवाना हुआ था। तीन जगह रुकने के बाद मैं आज सुबह 10 बजे आपकी अदालत में पहुँच सका हूँ। मैं तीन वक्त का भोजन साथ लाया था, जो खत्म हो गया है। अब मैं चलना शुरू करूँगा और कल पहुँच पाऊँगा और वह भी बिना किसी भोजन के, क्योंकि साथ लाया सारा भोजन तो खत्म हो चुका है और खरीदने के लिए पैसे नहीं हैं। अत: मुझे कुछ आराम की जरूरत होगी ताकि मैं अगली सुनवाई की यात्रा शुरू कर सकूँ।" उसकी दास्ताँ सुनकर जज महोदय स्तब्ध रह गए। उन्हें एहसास हुआ कि यदि उन्होंने उस पर जुर्माना लगाया भी तो यह चुका नहीं सकेगा। चूँकि प्रोबेशन ऑफ आफेंडर्स एक्ट में न्यायिक विवेक का प्रावधान है कि या तो चेतावनी देकर आरोपी को क्षमा कर दे अथवा बॉन्ड लिखवा ले कि वह अगले तीन साल तक ऐसी कोई हरकत फिर नहीं करेगा। दोनों ही मामले में वह आरोपी को तत्काल रिहा कर सकते हैं। जज महोदय ने दूसरा विकल्प चुना, जिसके तहत बॉन्ड की अवधि गुजरने के बाद आरोपी बॉन्ड के नियमों के बंधनों से अपने आप मुक्त हो जाता है। इस तरह न्यायाधीश ने उसे फिर आने के झंझट से ही मुक्त कर दिया, लेकिन वे यहीं तक नहीं रुके। उन्हें उस गरीब युवक की चिंता हो रही थी। बाहर से वे तटस्थ जज दिखाई दे रहे थे, लेकिन भीतर से उनका हृदय युवक की व्यथा-कथा से द्रवित हो गया था। फिर उन्होंने अपना पर्स निकाला और साथ आए पुलिसकर्मी को पैसे देकर कहा कि वह उसे कोर्ट के कैंटीन में ले जाकर भोजन कराए, उसे जाने के लिए बस का टिकट दिलवाए और यह पक्का करे कि वह बस में सवार हो जाए। जज ने उसे पैसे नहीं दिए, क्योंकि वह तथा उसका परिवार इतना भूखा था कि उन्हें

लगा कि पैसे देने पर यह बिना खाए-पीए फिर पैदल जाएगा ताकि उस पैसे से परिवार के लिए खाने को कुछ ला सके।

इस शनिवार को मैंने यह कहानी मध्य प्रदेश स्टेट ज्युडिशियल एकेडमी, जबलपुर में, यानी जहाँ मुझे एक व्याख्यान के लिए आमंत्रित किया गया था, सुनाई, जिसमें राज्य का पूरा न्यायिक तंत्र मौजूद था।

□

दूसरों को सहानुभूति के साथ सुनना बड़ी समाज सेवा

एक ऐसे युग में, जब हर व्यक्ति प्रसन्न होने के लिए मजबूर है, फेसबुक पर खुश होने का कम-से-कम एक फोटो डालना तो नियम सा हो गया है, अन्यथा फेसबुक की ही एक और शाखा व्हाट्सअप के सक्रिय सदस्यों की बढ़ती संख्या का क्या स्पष्टीकरण देंगे। बीते गुरुवार को व्हाट्सअप पर रोज के यूजर की संख्या एक अरब तक पहुँच गई। प्रतिमाह 1.30 अरब सक्रिय यूजर तो भारत की आबादी के बराबर होते हैं। ये यूजर रोज 55 अरब मैसेज भेजते हैं और 4.5 अरब फोटो तथा 1 अरब वीडियो भी रोज शेयर करते हैं। यह जबरदस्त वृद्धि 2014 के बाद हुई है।

और तो और फेसबुक पर लगातार आपसे पूछा जाता रहता है, 72 घंटे से आपने कुछ शेयर नहीं किया है, जैसे अपने बारे में कुछ शेयर करने लायक न होना कोई अपराध है। यदि कोई यूँ ही कमेंट कर देता है कि वे लॉन्ग वीकेंड पर छुट्टी मनाने शिमला गए थे, तो गोवा, ऊटी, सिंगापुर और स्विट्जरलैंड से फोटो या नई पोस्ट का सैलाब ही आ जाएगा, जैसे पूरा देश ही छुट्टी मना रहा है।

अपने बारे में कुछ वास्तविक या काल्पनिक अच्छा शेयर करने की इस बाध्यता का सीधा परिणाम स्वाभाविक रूप से यह हुआ है कि सारे ही 'दु:खी प्राणी' कम-से-कम इस सोशल नेटवर्क से तो बाहर कर दिए गए हैं। इसलिए फिर ये दु:खी आत्माएँ ब्रश करने से लेकर नया पाजामा पहनने और सोने जाने तक की सेल्फी खींचकर कहानियाँ बनाते हैं, ताकि अज्ञात फॉलोवर्स से 'वॉव' कमेंट मिल सकें। जोड़नेवाला समान धागा निरर्थकता और नाउम्मीदी का सर्वव्यापी

एहसास है। यह प्राय: भविष्य न देख पाने की अक्षमता है, जिसमें नतीजा कुछ अलग ही होता है।

यही वजह है कि 80 वर्षीय असिस्टेंट डायरेक्टर और वरिष्ठतम कार्यकर्ता कई अन्य लोगों के साथ टेलीफोन पर या आमने-सामने की बातचीत के जरिए लोगों की सुनने की सेवाएँ देते हैं। इससे अपनी बात किसी से कहने की इच्छा रखनेवाले को चुनौतियों से निपटने में मदद मिलती है और वे भावनात्मक रूप से आत्मनिर्भर बनते हैं। दो दशक पहले हताश लोगों को नि:शुल्क भावनात्मक सहारा उपलब्ध कराने के लिए मुंबई के ख्यात जेजे अस्पताल स्थित मनोचिकित्सक डॉ. सियारा दस्तूर ने ब्रिटेन स्थित समूह 'बीफ्रेंड्स' के तहत 'समारिटंस' की स्थापना की थी।

2015 तक तो समारिटंस अपना पूरा कामकाज कुछ कार्यकर्ताओं और सिर्फ एक फोन लाइन से चलाता रहा। उसके बाद तीन साल से भी कम समय में यह कई फोन लाइन और 30 से ज्यादा कार्यकर्ताओंवाला बड़ा संगठन हो गया। यह वही दौर था, जिससमें व्हाट्सअप तेजी से बढ़ा। समारिटंस हर माह कम-से-कम 250 फोन कॉल लेता है और रोज कम-से-कम नौ हताश आवाजों को सुनता है, जो कई घंटे चलती रहती हैं। 'समारिटन' का नारा है, 'हम सुनते हैं, समझते हैं और परवाह करते हैं।' ये कार्यकर्ता विविध फलक की भावनाओं से निपटते हैं—हताशा, अकेलेपन, तनाव, असहायता और विचारों के कोलाहल की समस्याएँ सुनते हैं।

समारिटन कोई समाधान नहीं सुझाता। कार्यकर्ता सिर्फ फोन करनेवाले को अपने भावनात्मक जंजाल से निकलने के लिए प्रोत्साहित करते हैं, जिसमें कॉलर खुद को पाते हैं। दोनों पक्षों की बातचीत मुख्यत: निष्पक्ष और आलोचनाहीन ढंग से होती है। जब फोन करनेवाला शख्स अपने दिल की पूरी बात कह देता है तो उसे धीरे-धीरे भावनात्मक स्वतंत्रता प्राप्त होती है, जिससे उसमें अपनी जिंदगी से जुड़े फैसले लेने का आत्मविश्वास पैदा हो जाता है।

चूँकि जहाँ तक मानसिक स्वास्थ्य की बात है, भारत उतना परिपक्व नहीं है, इसलिए कई तरह से अनिश्चय के भँवर में फँसे व्यक्ति के लिए ऐसे व्यक्ति से संपर्क करना तार्किक कदम है, जो धैर्यपूर्वक उसकी बातें सुनें तथा उसमें किसी को भी मित्र बनाने की काबिलीयत हो। स्थितियों से निपटने का घटता हुनर और सामाजिक सहारे के अभाव के कारण ज्यादातर लोगों को भीड़ में रहने

के बावजूद अकेलापन महसूस हो रहा है। स्वस्थ समाज के लिए वक्ताओं की तरह ही श्रोता यानी सहानुभूतिपूर्वक सुननेवाले भी महत्त्वपूर्ण हैं और समारिटंस यही करते हैं।

फंडा यह है कि एक ऐसे युग में, जहाँ हर कोई प्रसन्न मुद्रा में दिखाई देने पर मजबूर है और जो कई बार वास्तविकता से विपरीत होता है, तो किसी की समस्याओं को सहानुभूतिपूर्वक सुन लेना निश्चित ही बहुत बड़ी समाज सेवा है।

□

इनसानियत किसी युग को अच्छा या बुरा बनाती है

स्टोरी 1 : यह उनके परिवार में पहली शादी थी, वह भी उनकी बेटी की। इसलिए पूरा परिवार एक साल पहले इस आयोजन को भव्य और यादगार बनाने के लिए जुटा था। शादी फरवरी 2018 में होनेवाली थी। जगह तय हो गई थी और शॉपिंग शुरू ही होनेवाली थी। फिर अचानक बड़ी बाढ़ आई और पूरा दक्षिण गुजरात इसकी चपेट में आ गया। इससे जान और माल का बड़ा नुकसान हुआ। नुकसान देखकर सूरत की दुलहन ए. तुशारिका की पुरानी यादें उभर आईं, जब 2006 में बाढ़ में पूरा परिवार प्रभावित हुआ था और उबरने व सामान्य जीवन में लौटने में लंबा समय लगा था। तुशारिका ने शादी में होनेवाले पूरे खर्च को दान करने और कुछ नजदीकी रिश्तेदारों के सामने कोर्ट में शादी करने का फैसला किया। दूल्हे और परिवार को राजी करने में कुछ समय लगा, लेकिन बाद में उन्होंने प्रस्ताव मान लिया। जीवन में एक ही बार होनेवाले इस इवेंट को रद्द करना और पूरा पैसा जरूरतमंदों के लिए देना आसान फैसला नहीं होता। युवा तुशारिका का फैसला प्रशंसनीय है।

स्टोरी 2 : राजस्थान की बिचिवाड़ा पंचायत में महिपालपुरा स्कूल 25 साल पुराना है। इसमें छह कमरे हैं और कक्षा एक से आठ तक 187 बच्चे पढ़ते हैं, लेकिन एक कमरे का इस्तेमाल पंचायत ऑफिस के लिए होता है। इस मानसून के मौसम में तीन कमरों की छत से पानी इस तरह टपक रहा है कि किसी भी समय छत गिर सकती है। इससे छात्रों की जान को भी खतरा है। एक ही स्पष्ट विकल्प था कि जब तक इसे सुरक्षित न बना दिया जाए, तब तक इसे बंद रखें और पढ़ाई में नुकसान की फिक्र किसे थी ? लेकिन टीचर मगनलाल नारथ चिंतित थे। उन्होंने अपना दिल और स्कूल के सामने सड़क की दूसरी ओर स्थित घर बच्चों के लिए

खोल दिया और बच्चों को पढ़ाने लगे। अन्य शिक्षकों ने भी उनका साथ दिया और बच्चों को पढ़ाना जारी रखा, ताकि बच्चों का नुकसान न हो। भाग्य से उनके घर में तीन अतिरिक्त कमरे थे और इस तरह पूरा स्कूल उनके घर में आ गया।

स्टोरी 3 : कभी बच्चों के खेल और हँसी से गूँजनेवाले स्कूल के कमरे भारी बाढ़ के कारण शांत, जर्जर हो गए हैं। कम-से-कम 19 प्राथमिक स्कूल तो पूरी तरह गायब हो गए हैं, जबकि 3000 स्कूल आंशिक रूप से असम के कई हिस्सों में क्षतिग्रस्त हुए हैं। जो स्कूल क्षतिग्रस्त हुए हैं, उन्हें सरकार की ओर से दुरुस्त करने या फिर से बनाए जाने का इंतजार करना होगा। इस बीच कक्षा किसी और बिल्डिंग में शिफ्ट कर दी जाएगी, लेकिन गुवाहाटी से 300 किलोमीटर दूर स्थित गोहपुर गाँव के लोगों ने यह जिम्मेदारी अपने ऊपर ले ली। उन्होंने कलमाऊ गुरी लोअर प्राइमरी स्कूल और नॉर्थ कलमाऊ गुरी गाँव के राजीव गांधी मिडिल इंग्लिश स्कूल की मिट्टी हटाने और दीवारों को साफ करने का काम शुरू किया। गोहपुर से 15 किलोमीटर दूर स्थित यह गाँव सिर्फ दो दिन में क्लास शुरू करने में सफल रहा। लोग अपने बच्चों को बारिश के कारण तीन दिन भी स्कूल से दूर नहीं रखना चाहते थे। इस साल बाढ़ ने 83 लोगों की जान ली है, इसमें से 30 की उम्र 14 साल से भी कम थी। असम के 4000 गाँव में 25 लाख लोग इससे प्रभावित हुए हैं। 1.36 लाख लोग बेघर हो गए हैं। इन्होंने 363 राहत शिविरों में शरण ली है। बाढ़ ने 2.09 लाख हेक्टेयर कृषि भूमि को खराब कर दिया है और किसानों की रोजी-रोटी प्रभावित की है। चूँकि गाँववाले सरकार की प्राथमिकताएँ जानते हैं, इसलिए उन्होंने स्कूल को ठीक करने का काम खुद पर ले लिया। इससे कोई फर्क नहीं पड़ता कि आप महिला हैं या पुरुष अथवा समुदाय हैं। यह आप पर है कि आपदा के समय आप किस तरह अलग कदम उठाते हैं।

फंडा यह है कि इनसानियत किसी काल को अच्छा या बुरा बनाती है, कलयुग सिर्फ एक नाम है, जो हमारे कामों के अनुरूप दिया गया है।

□

अच्छाई बड़ी हो तो पोस्टल एड्रेस छोटा हो जाता है!

जो बच्चे सरकारी स्कूलों में पढ़ते हैं, आम तौर पर गरीब पृष्ठभूमि के परिवारों से आते हैं और उनके लिए घर में या बाहर एकेडमिक सामग्री के अलावा किताबें नहीं होतीं। उनके लिए निश्चित रूप से लाइब्रेरी ही ज्ञान और रचनात्मकता तक पहुँचने की खिड़की होती है। हाल ही में अपनी दिल्ली की यात्रा के दौरान मैं एनजीओ प्रथम के एक स्वयंसेवक से मिला। एनजीओ दिल्ली के 200 सरकारी स्कूलों में लाइब्रेरी चलाता है और हर लाइब्रेरी में 200 से 300 किताबें हैं। 2003 में शुरुआत करने के बाद पिछले 14 साल से वह इन्हें चला रहा है, लेकिन अब चाहता है कि ये अपने स्तर पर चलें। इनसे करीब 50 हजार बच्चों को फायदा हो रहा है। उस समय महाराष्ट्र के पुणे में प्रदीप लोखंडे का काम चर्चा में आया। वे कई ग्रामीण पुस्तकालय चलाते हैं। प्रदीप रूरल रिलेशंस के फाउंडर हैं और यह ग्रामीण भारत के छात्रों के लिए क्रांतिकारी है।

प्रदीप महाराष्ट्र के सतारा जिले के वाई गाँव से हैं। वे कॉमर्स ग्रेजुएट हैं और मार्केटिंग में डिप्लोमा किया है। जॉन्सन एंड जॉन्सन जैसी कंपनियों में काम कर चुके हैं। मध्य प्रदेश, गुजरात और महाराष्ट्र के कई गाँवों में काम के सिलसिले में घूम चुके हैं। काम के दौरान उन्होंने और उनकी टीम ने कई तरह के डेटा जुटाए। जैसे दुकानों की संख्या, क्या बिक रहा है, कितने टेलीविजन सेट हैं, गाँव में इंटरनेट कनेक्टिविटी है या नहीं आदि, ताकि पता चले कि ग्राहकों का व्यवहार क्या है और बाजार में क्या खरीदा जाता है। इस जानकारी के कारण उनका विश्वास बना कि गाँव के लोगों का ज्ञान बढ़ाने के लिए कुछ किया जाना चाहिए और उन्होंने 'ज्ञान के इनिशिएटिव' के तहत गाँवों में सेकंडरी स्कूलों में लाइब्रेरी बनवाना शुरू किया।

2001 में इसकी शुरुआत हुई। छात्रों की, छात्रों के लिए यह एक विशेष तरह की लाइब्रेरी है। हर लाइब्रेरी एक छात्रा मैनेज करती है, जिसे 'ज्ञान-की मॉनीटर' कहा जाता है। इसे दुनिया का सबसे बड़ा ग्रामीण रीडिंग इनिशिएटिव भी कहा जाता है। 2001 से ही उन्हें लोगों और कंपनियों की ओर से इस्तेमाल किए हुए कंप्यूटर मिलने लगे थे और उन्हें गाँव के स्कूलों में बुलाया जाने लगा। 2009 तक महाराष्ट्र, गुजरात, मध्य प्रदेश, राजस्थान, उत्तर प्रदेश, उत्तराखंड, छत्तीसगढ़, तेलंगाना, आंध्र प्रदेश और कर्नाटक के 20 हजार गाँवों में 28 हजार डोनेटेड कंप्यूटर लगाए गए। अब वे या तो नए कंप्यूटर खरीद रहे हैं या आईटी कंपनियों से पुराने कंप्यूटर हासिल कर रहे हैं, जो तीन साल में बदल दिए जाते हैं। जब पुस्तकालय आकार लेने लगे, उसके बाद से आज तक ग्रामीण सेकंडरी स्कूलों में 3600 ज्ञान की लाइब्रेरी स्थापित की जा चुकी हैं। वह भी 1390 कार्यशील दिनों में। इनसे 8.5 लाख बच्चों को फायदा हो रहा है। हर लाइब्रेरी में कई विषयों की 180 से 200 तक किताबें हैं। करीब 6,25,000 किताबें इन लाइब्रेरियों को दी गई हैं। इनकी कीमत है करीब 1.56 करोड़ रुपए। इन पुस्तकालयों में मैनेजमेंट, डिजास्टर मैनेजमेंट, फिजिकल ट्रेनिंग, भारतीय संविधान, नाटक, संगीत, सामाजिक और यहाँ तक कि सेक्स एजुकेशन की किताबें भी हैं। खास बात यह है कि ये सभी स्थानीय भाषाओं में हैं। हर लाइब्रेरी आस-पास के करीब 270 ग्रामीण छात्रों के काम आ रही है। लोखंडे को नियमित रूप से आईआईएम और दुनिया भर के अन्य मैनेजमेंट स्कूलों से प्रेक्टिकल मार्केटिंग स्ट्रेटजी पर बात करने के लिए बुलाया जाता है। लाइब्रेरी स्थापित करने के लिए डोनर को 6,700 रुपए का एक चैक पब्लिशर के नाम लिखना होता है, जो सीधे किताबें पहुँचा देता है और छात्रों को प्रदीप की टीम ट्रेनिंग देती है। छात्र किताब पढ़ सकते हैं और फिर सीधे डोनर को या उन्हें पोस्टकार्ड लिखते हैं। जब मैंने 54 साल के इस आंत्रप्रेन्योर से संपर्क करने के बारे में पूछा तो मुझे बताया गया कि मैं भी उन्हें एक सिंपल पोस्टकार्ड लिख सकता हूँ, जिस पर पता लिखना होगा—प्रदीप लोखंडे, पुणे-13। यह उन तक पहुँच जाएगा।

फंडा यह है कि जब सामाजिक कामों में योगदान बढ़ जाता है तो पोस्टल एड्रेस छोटा हो जाता है। इससे आपके काम के महत्त्व का पता चलता है।

□

एक्सचेंज प्राइस पर हासिल कीजिए खुशी!

हमारे पुराने एलईडी को अधिकृत और गैर-अधिकृत सेंटर्स पर रिपेयर करवाने में नाकाम रहने के बाद इस महीने हमें नया टीवी लेना पड़ा, क्योंकि मेरी बेटी को बिना टीवी के घर पर रहना मुश्किल हो रहा था। जिस दिन टीवी घर आया, डिलीवरी करनेवाले को मेरे फ्लैट का रास्ता एक पड़ोसी की मेड ने दिखाया। वह बड़े धीरज के साथ नए टीवी के खुलने तक इंतजार करती रही। मौका देखकर उसने धीरे से पूछा, "आप अपने पुराने टीवी का क्या करेंगे?" लहजे में सवाल नहीं अनुरोध था—क्या आप अपना पुराना टीवी मुझे दे देंगे? एक पल के लिए मुझे बुरा लगा।

पिछले 30 वर्षों में, जबसे मेरा अपना घर है, तब से मैंने पाँच टीवी बदले हैं और हमेशा ही बेहतर टेक्नोलॉजी के लिए लिया है। कभी कोई टीवी खराब नहीं हुआ था। मेरे घर से बाहर जानेवाले चारों किसी-न-किसी के घर गए हैं। मैंने मेड को बात करते भी सुना है कि उनमें से दो तो अब भी काम कर रहे हैं।

यह बात मैंने परिवार को बताई तो पत्नी ने कहा था अपने चेहरे पर आई बच्चों जैसे खुशी तो देखो। हाँ, कोई महँगा नया गैजेट खरीदने के स्थान पर मुझे हमेशा तब बहुत खुशी होती है, जब पता चलता है कि मैं किसी तरह किसी के काम आ रहा हूँ। पुराना टीवी वॉचमैन या मेड को देने का पहला कारण तो यह है कि कोई भी रंगीन टीवी 500 रुपए में नहीं खरीद सकता। यही कीमत तो बड़े शोरूम तब एक्सचेंज प्राइस में ऑफर करते थे। आज वही शोरूम बंद टीवी के लिए 1000 रुपए ऑफर करते हैं और चालू टीवी के लिए 1500 रुपए। वे इसे मेरे घर से ले जाकर किसी ई-वेस्ट सेंटर पर डंप कर देते होंगे।

जब मैंने मेड को कहा कि सॉरी, मेरा पुराना टीवी तो मेरे तमाम प्रयासों के बाद भी रिपेयर नहीं हो सकता तो उसका चेहरा मुरझा गया, क्योंकि वह मुझसे बड़ी

उम्मीद लेकर आई थी कि मैं उसे पुराना टीवी गिफ्ट कर दूँगा। इन तीन दशकों में दो रेफ्रिजरेटर और एक-एक होम थिएटर और मिक्सर भी कभी एक्सचेंज के लिए किसी दुकान पर नहीं गए।

इस घटना के बाद पिछले एक पखवाड़े से डिनर टेबल पर हमारी बातचीत का विषय यही है कि कैसे योजनाबद्ध तरीके से गैजेट निर्माताओं ने सभी तरह के प्रोडक्ट की क्वालिटी गिरा दी है। समय के साथ हम इन प्रोडक्ट को फेंकने लगे हैं, बजाय इसके कि इसे ठीक कराकर फिर इस्तेमाल किया जाए। अमेरिकी स्टाइल की यह जीवनशैली मानवता से बड़ी कीमत वसूलेगी। यह मेरा पेटेंट डायलॉग है और मेरी बेटी इसे हमेशा हँसी-मजाक में लेती है।

किसी वजह से बेटी को लग रहा था कि नया टीवी आने के बाद मेरा टीवी देखने का समय कम हो गया है, हालाँकि यह सही नहीं है, क्योंकि मैं हमेशा से ही ज्यादा टीवी नहीं देखता। मेरी बेटी ने इस घटना को अपने व्हाट्सअप ग्रुप पर शेयर किया और दो दिन पहले एक पुराना टीवी हमारे घर आ गया। उस मेड को उपहार में देने के लिए, जिसे मैं अपना पुराना टीवी नहीं दे सका था।

मेरी बेटी ने वह टीवी अपने ग्रुप के किसी सदस्य से 1500 रुपए में लिया था, जो नया टीवी ले रहा था। इतनी ही कीमत उन्हें एक्सचेंज प्राइस के रूप में ऑफर की गई थी। उस दिन निराश लौटी पड़ोसी की उस मेड को जब यह टीवी उपहार में दिया गया तो उसका चेहरा देखने लायक था। उसके भावों को व्यक्त करने के लिए शब्द कम हैं। यह 1500 रुपए से कहीं ज्यादा कीमती है।

फंडा यह है कि खुशी अनमोल है, लेकिन कभी-कभी यह छोटी सी एक्सचेंज प्राइस से भी मिल सकती है।

□

‘उसकी सेना’ करे ‘उसके’ लोगों और धरती की देखभाल

स्टोरी 1 : 2017 की बात है। योगेश मलखारे की पत्नी रमा को पुणे के वायसीएम अस्पताल में भर्ती किया गया था, जहाँ उन्हें किफायती इलाज मिला, लेकिन भोजन घर से लाना पड़ता था। दूसरे दिन रमा ने पति से कहा कि वे घर से दो लोगों के लिए भोजन लेकर आएँ, क्योंकि उनके पास के बिस्तर पर महिला ने हाल ही में बच्चे को जन्म दिया था। वह अपने पति को सात महीने पहले खो चुकी हैं। पिता इस युवा माँ को इतना भोजन कराने में भी सक्षम नहीं है कि वह दूध पिलाने लायक हो सके। इस दृश्य ने इस दंपती के दिमाग पर अमिट छाप छोड़ी। जब तक रमा अस्पताल में भर्ती रही, योगेश जरूरतमंदों के लिए भोजन लाते रहे। यह सिलसिला उन्होंने बाद में भी बंद नहीं किया। वे उन लोगों की मदद करते रहे, जो माँ और माँ बननेवाले अपनों के पोषण में सक्षम नहीं थे। वित्तीय रूप से बहुत अच्छी हालत न होने के बावजूद परिवार ने यह काम 2012 तक जारी रखा। तब सरकार ने राजीव गांधी जीवनदायी आरोग्य योजना के तहत गर्भवती महिलाओं को अस्पताल में भोजन उपलब्ध कराना शुरू किया था, लेकिन योगेश और रमा की यात्रा इससे कहीं आगे बढ़ गई थी। योगेश एक दिन मानसिक रूप से अस्थिर व्यक्ति 45 वर्षीय वेंकटेश नायडू से मिले, जो सड़क पर भीख माँग रहे थे। उन्होंने उसे यरवडा मेंटल हॉस्पिटल में भर्ती करा दिया। बाद में उन्होंने उसकी जानकारी निकाली तो पता चला कि वह व्यक्ति तमिलनाडु के तिरुचिरापलली के एक गाँव का रहनेवाला है और पिछले आठ साल से पुणे की सड़कों पर भीख माँग रहा है। नायडू अमीर व्यक्ति थे और उनके परिवार के पास 160 एकड़ जमीन थी। उन्होंने नायडू को अपने परिवार से मिलवाने की कोशिश की।

नायडू के परिवार की खुशी को योगेश कभी भूल नहीं सके। इसके बाद से खोए लोगों को घर पहुँचाना उनका नियमित काम बन गया, जैसा कि पहले युवा माताओं को भोजन कराना था। पुणे के पिंपरी के 36 साल के योगेश 2016 से एक एनजीओ चला रहे हैं—स्माइल प्लस सोशल फाउंडेशन। इसके माध्यम से वे 300 लोगों का सफलतापूर्वक पुनर्वास कर चुके हैं। इसमें से 33 लोगों को वे अपने परिवारों से मिला चुके हैं। इस अच्छी सेवा को करते हुए उन्होंने कभी कानून को हाथ में नहीं लिया। हर मामले में पूरे नियमों का पालन किया। मानसिक रूप से बीमार लोगों को पहले जाँच के लिए अस्पताल ले जाया जाता। फिर उनका यरवडा अस्पताल में पुनर्वास किया जाता। अनाथों को बालगृह ले जाया जाता। यही बाल कल्याण समिति के नियम हैं, जबकि बड़ी उम्र के लोगों को वृद्धाश्रम ले जाकर सरकारी नियमों के तहत नामांकन किया जाता। सरकारी प्रक्रिया पूरी करने के बाद वे खोज का अपना अभियान शुरू करते और फिर अपने स्तर पर उनके पुनर्वास की कोशिश करते, जो उन्हें मानसिक शांति देता।

स्टोरी 2 : योगेश एक तरफ लोगों की देखभाल के काम में लगे थे तो दूसरी तरफ मुंबई के नजदीक ठाणे म्यूनिसिपल कॉर्पोरेशन ने अपने तरीके से धरती की देखभाल का जिम्मा लिया है। उन्होंने गणेश उत्सव के लिए साइकिल शेयरिंग सुविधा शुरू की है। शुरुआत में 500 साइकिल 50 बड़े स्टैंड पर पार्क की गई है, जिन्हें 10 रुपए प्रति घंटे के किराए पर लिया जा सकता है। यूजर को न्यूनतम 250 रुपए का स्मार्ट कार्ड खरीदना होता है। जीपीएस लगी साइकिल को म्यूनिसिपल क्षेत्र की सीमा में कहीं भी ले जा सकते हैं। साइकिल और इसे इस्तेमाल करनेवाले को होनेवाले किसी भी नुकसान की भरपाई इंश्योरेंस ग्रुप से की जाएगी। प्रदूषण कम करना और हर प्राणी के लिए जीवन की गुणवत्ता सुधारना इसके पीछे का लक्ष्य है, जबकि मुख्य उद्देश्य तो धरती को कार्बन उत्सर्जन से बचाना है।

फंडा यह है कि हम सभी अपने निर्माता के प्रतिनिधि हैं, इसलिए समय आ गया है कि हम अन्य लोगों व धरती की देखभाल करें और इसका संकल्प लें। पूरा जगत् उसके निर्माण का हिस्सा है।

□

अपने रहवासी इलाके की परवाह करना भी देशभक्ति है

स्टोरी 1 : अगस्त 2017 में हरियाणा के पंचकुला शहर ने 1977 में इसकी स्थापना के बाद की सर्वाधिक भीषण हिंसा देखी। अपने प्रमुख को दुष्कर्म का दोषी ठहराए जाने के बाद वाहनों व इमारतों में आग लगा रहे डेरा सच्चा सौदा के अनुयायियों को काबू में करने के लिए पुलिस को गोली चलानी पड़ी, जिसमें तीस से ज्यादा लोग मारे गए और ढाई सौ से ज्यादा घायल हुए। जलते वाहनों से निकले धुएँ और आँसू गैस के गोले फोड़े जाने से पंचकुला व चंडीगढ़ के नियोजित शहरों का दम घुटने लगा और कर्फ्यू के कारण घबराहट फैल गई। हिंसा सबसे पहले सेक्टर 3 से शुरू हुई, जहाँ डेरा अनुयायी मंगलवार से डटे हुए थे। वे पहले राष्ट्रीय राजमार्ग और सेक्टर 21 पर आए और पथराव करने लगे। फिर सड़क किनारे पार्क किए वाहनों को नुकसान पहुँचाते हुए रहवासी क्षेत्रों की ओर बढ़े। तोड़फोड़ की खबर जंगल की आग की तरह फैल गई और सेक्टर 16 में पहुँची, जहाँ 7000 लोग रहते हैं, जिन्हें एक के बाद एक बुरी खबरें मिल रही थीं। पहला शिकार सेक्टर 16 का राउंडअबाउट बना, जिसके बाद एचडीएफसी बैंक का नंबर आया, स्थानीय 'पल्लवी होटल' जलकर राख हो गया। फिर पास ही का शोरूम व फिटनेस सेंटर, हरियाणा मत्स्य विभाग तथा मेडिकल व रिसर्च की इमारतें देख गुस्सा और बढ़ा, जिन्हें बहुत नुकसान पहुँचाया गया। कम-से-कम उन चंद घंटों में शहर अंधकार के युग में पहुँच गया और बेकाबू भीड़ अपने पीछे विनाश का मंजर छोड़ती आगे बढ़ रही थी।

सेक्टर 16 के लोग जानते थे कि क्या होनेवाला है। सामने आनेवाली स्थिति से निपटने की कोई योजना तो नहीं थी, लेकिन हर किसी ने पूरी कॉलोनी को

बचाने की जिम्मेदारी ली, क्योंकि वे जानते थे कि उनके पास जो कुछ भी था, वह उनकी खून-पसीने की कमाई थी। वे जानते थे कि इन कीमती चीजों को वे यूँ ही लपटों के हवाले नहीं होने दे सकते थे। उन्होंने फिर वही किया, जो वे कर सकते थे—एकजुट होकर अपनी ताकत दिखाना।

बुजुर्ग फायर ब्रिगेड को कॉल लगाते रहे, पर कोई जवाब नहीं मिला। एक अन्य गुट लपटें बुझाने के लिए पानी का टैंकर खींच लाया, जबकि 16 से 21 वर्ष आयु के 150 युवाओं का समूह सेक्टर की रक्षा में तैनात हो गया। उन्होंने न सिर्फ पूरे सेक्टर की रक्षा की, बल्कि हिंसक भीड़ से कड़ा मुकाबलाकर उसे खदेड़ दिया। आखिरकार राजीव कॉलोनी और इंदिरा कॉलोनी के झुग्गीवासी सेक्टर 16 के रहवासियों और दुकानदारों के तारणहार सिद्ध हुए।

स्टोरी 2 : कौन नहीं जानता कि केरोसीन लैंप से निकलनेवाले विषैले तत्त्व कमजोर होती दृष्टि व श्वसन प्रणाली आदि जैसी व्याधियों को बढ़ा रहे हैं। फिर अधिकांश गरीब घरों में आग लगने का खतरा तो लगातार बना ही रहता है। हम सब जानते हैं कि सारे लोगों के लिए समान जीवनस्तर का लक्ष्य तभी साकार होगा, जब हम अक्षय ऊर्जा की टेक्नोलॉजी को अपनाएँगे, लेकिन सवाल यही है कि पहला कदम कौन उठाएगा। नई दिल्ली की कालकाजी/गोविंदपुरी झुग्गी बस्ती के हाई स्कूल के छात्रों और गृहिणियों ने दिल्ली यूनिवर्सिटी के हिंदू कॉलेज व एनजीओ 'शांति सहयोग' के साथ मिलकर सौर ऊर्जा से चलनेवाले एलईडी लैंप बनाए, जिसमें उच्च गुणवत्ता की फोटोवोल्टिक और लिथियम ऑयन बैटरी लगी है। इन्हें सूर्य की रोशनी से चार्ज किया जा सकता है। एक बार चार्ज करने पर यह आठ घंटे चलती है। इन लोगों ने सिर्फ कुछ सौ या कुछ हजार लैंप नहीं बनाए हैं। इन 'लैंप्रेन्योर्स' ने नए युग के ऐसे दो लाख प्रोडक्ट बनाकर अपने आस-पास बहुत बड़ा फर्क पैदा कर दिया है।

फंडा यह है कि नई पीढ़ी अपने आस-पास के इलाके को सुरक्षित व बेहतर बनाकर धीरे-धीरे देशभक्ति को नया अर्थ दे रही है।

□

देने से अमीर बनता है आपका शहर

एक बात मैं निश्चित रूप से कह सकता हूँ कि मुंबई शहर में 1956 से 2017 के बीच कुछ भी नहीं बदला है। जलमग्न हो जाना मुंबईकर के लिए कोई नई बात नहीं है। मैं भी उनमें से एक हूँ। प्रकृति के इस प्रकोप को अपने जीवनकाल में 20 से अधिक बार सह चुका हूँ। सबसे बुरे हालात 26 जुलाई, 2005 को बने थे, तब शहर 400 मौतों का गवाह बना था। मुंबईकर आमतौर पर ऐसी बातों की परवाह नहीं करता, लेकिन 26/7 की यादों ने उन्हें इस बार व्यग्र कर दिया। वे अपने साथी मुंबईकरों की मदद के लिए तैयार दिखे। आने-जानेवाले और बाहरी आबादी परेशान हो गई, पर नियमित मुंबईकर जानते थे कि कैसे घुटने तक पानी में लोगों की मदद की जाती है। मंगलवार को देश की वित्तीय राजधानी मुंबई 315 एमएम पानी में डूबी थी। दोष मढ़ने और शब्दों से प्रहार के खेल शुरू हो गए थे, लेकिन मुंबईकरों ने वही किया, जिसकी उन्हें आदत है—देना।

शहर की लाइफ लाइन उपनगरीय ट्रेनें बंद हो गईं। सड़कों पर पानी भर गया। अस्पतालों तक में पानी भर गया और लोगों को कमर तक पानी का सामना करना पड़ा, लेकिन लोगों ने अपने दिल और घरों के दरवाजे यहाँ-वहाँ फँसे लोगों के लिए खोल दिए। अपने टॉयलेट इस्तेमाल करने की इजाजत दी और गरम चाय लोगों को पिलाई। न्यायालयों में कोर्ट रूम लोगों के ठहरने के लिए खोल दिए गए। रेलवे स्टेशनों ने अनाज के आखिरी दाने तक लोगों को फूड सर्व किया, यहाँ तक कि कोई चार्ज भी नहीं लिया। यह भी नई बात थी। धार्मिक स्थलों मंदिरों, गुरुद्वारों और मसजिदों के दरवाजे सभी के आश्रय के लिए खोल दिए गए, लेकिन गुरुद्वारों के स्वयंसेवकों ने तो कमर तक पानी में लोगों के पास पहुँचकर उन्हें गुरुद्वारे में ठहरने के लिए बुलाया। लोगों को भोजन कराया। यह भी नई बात थी।

इस बार तो सोशल मीडिया ने भी मुंबईकर के हाथों को मजबूत किया। नई पीढ़ी ने उन लोगों को जोड़ा, जिन्हें मदद की जरूरत थी और जो मदद के लिए तैयार थे। इसके लिए मुबईरेंस डॉट ओआरजी और रेनहोस्ट सहित कई हैशटैग चलते रहे। इन्होंने कई दु:खद कहानियों को यादगार अनुभवों में बदल दिया। लोअर परेल के बॉम्बे कैंटीन नाम के रेस्तराँ में किचन बंद कर दिया गया था, क्योंकि खाने-पीने का सारा सामान खत्म हो गया था, लेकिन फिर भी रेस्तराँ सभी लोगों की शरणस्थली के रूप में खुला रखा गया। इस क्षेत्र में शहर के अधिकतर अस्पताल स्थित हैं। यहाँ लोगों को चाय और कॉफी सर्व की जाती रही। उन्होंने ट्वीट भी किया कि गरम पेय के लिए रेस्तराँ खुला है; वह भी फ्री। इसने मुझे 1956 की एक कहानी की याद दिला दी। हमारे परिवार के सबसे बुजुर्ग अंकल बॉम्बे (अब मुंबई) आए थे, वे नौकरी की तलाश में आए थे और दिन में तीनों समय थिरुशुर मैस में नाश्ता-भोजन करते थे, क्योंकि वहाँ पूरे दिन के भोजन की कीमत मात्र 56 रुपए थी। इसका भी एक यूनिक पॉइंट यह था कि यहाँ आनेवाले 70 प्रतिशत युवा जॉबलेस थे और नौकरी की तलाश में थे। उन्हें अपने भोजन के लिए एक भी पैसा चुकाने की जरूरत नहीं थी, लेकिन शर्त एक ही थी कि जैसे ही उन्हें जॉब मिलेगा, उन्हें पैसा चुकाना होगा, जितनी किस्तों में वे चाहें, उतनी में। यह शहर के लोगों की मदद का अनोखा तरीका था, जो इसके तब के मालिक रामास्वामी ने अपनाया था।

जब मेरे अंकल ने उनसे पूछा कि वे कैसे इन सैकड़ों बेरोजगारों पर नजर रखते हैं तो रामास्वामी ने कहा कि कैश काउंटर के ऊपर जो भगवान् गणेशजी हैं, वे ही हिसाब रखते हैं, अगर लोग पैसा नहीं चुकाते हैं तो वे उन्हें अपराधबोध का एहसास कराते हैं, यहाँ तक कि मैं तो नियमित रूप से भोजन करनेवाले कई लोगों का नाम तक नहीं जानता, लेकिन यह भी सच है कि इनमें से अधिकतर धोखा नहीं देते। अगर कोई करता है तो भी क्या, मैंने तो भूखे को खाना ही खिलाया है! कोई आश्चर्य नहीं कि मुसीबतों के बाद आज भी मुंबई अमीर है।

फंडा यह है कि आपका शहर आपके काम से अमीर बनता है, उन पैसों से नहीं, जो आप कमाते हैं।

□

छोटी सी मदद युवाओं को गरीबी से समृद्धि की ओर ला सकती है

इंफाल के मुख्य बाजार ख्वैरमबंद में कुछ वेंडर्स के पास आमतौर पर दोपहर और शाम के समय ही ग्राहकों की अधिक भीड़ जुटती है। वे पानी-पूरी, चाय, गन्ने का रस, आइसक्रीम और स्थानीय स्नैक्स जेसी कई चीजें बेचते हैं। सांख्यिकी की समझ रखनेवाले मेरे एक मित्र किसी कारण से कई घंटों वहाँ खड़े रहे तो उन्होंने इस बिजनेस में एक अनोखी चीज देखी। अधिकतर यंग वेंडर खुश थे, जबकि कुछ ग्राहक तो उनकी दुकान पर आकर अचानक किसी और दुकान पर चले गए थे। ग्राहकों का इस तरह छोड़कर जाना उन्हें बिल्कुल भी परेशान नहीं कर रहा था, जबकि यह दोपहर बाद 3 से 8 बजे बिजनेस का व्यस्त समय था। मेरे सांख्यिकीविद् मित्र को यह दृश्य अजीब लगा। मणिपुर में करीब 7.01 लाख युवा बेरोजगार हैं, जबकि राज्य की जनसंख्या सिर्फ 27.21 लाख है।

दरअसल, शेयर्ड कस्टमर सिस्टम ने इन लोगों को खुशी दी है, क्योंकि ये सभी एक ही संस्थान केईडीओ (कांगलाई इकोनॉमिक डेवलपमेंट ऑर्गेनाइजेशन) के तहत काम करते हैं। यह एक सेल्फ एम्प्लॉइड ग्रुप है। इसमें करीब 100 वालेंटियर इंफाल में काम करते हैं। स्वादिष्ट स्नैक्स बेचकर ये सभी हर महीने करीब 24 हजार रुपए का मुनाफा कमा लेते हैं। ज्यादा ग्राहकों को आकर्षित करने का एक कारण और यह है कि हर व्यंजन में स्थानीय लोगों की पसंद के अनुसार स्वाद और सामग्री होती है। केईडीओ 20 अप्रैल, 2007 को इंफाल में मणिपुर की अर्थव्यवस्था को सुधारने के लिए शुरू किया गया था। उद्देश्य था वर्क कलचर और स्थानीय प्रोडक्ट्स को लोगों के मन में बिठाना। इनमें से कुछ लोग दूध, कैरोसीन, खाद्य तेल और फूड प्रोडक्ट के वितरण का काम देखते हैं। कुछ सब्जियाँ उगाने और

उन्हें घर-घर पहुँचाने का काम भी करते हैं। ग्रामीण पृष्ठीाूमि के कई युवा कड़ी मेहनत करने के लिए तैयार हैं, लेकिन उनके पास इस तरह का छोटा बिजनेस शुरू करने के लिए भी पैसे नहीं हैं। बिजनेस के लिए आरंभिक राशि की जरूरत का महत्त्व समझते हुए स्थानीय राजनीति से जुड़े लोगों व पार्लियामेंट्री सेक्रेटरी एल. सुसिंद्रो मिताई ने इस विचार को आगे बढ़ाया कि 20 हजार रुपए का सुनिश्चित लोन स्थानीय बैंकों से मिल जाए।

इस बात ने मुझे 1983 की एक घटना याद दिला दी। मेरी माँ ने दो हजार रुपए का लोन एक सब्जीवाले के. राजू को दिया था, ताकि वह अपना ठेला मुंबई के उपनगर में लगा सके। हालाँकि यह मेरी इच्छा के खिलाफ था, क्योंकि मैं उसे जानता नहीं था और दूसरा तब मेरी तनख्वाह इस अमाउंट से थोड़ी ही ज्यादा थी। राजू माँ के स्कूल के समय के एक पुराने दोस्त के परिचय से करीब 2000 किलोमीटर दूर उनके पैतृक गाँव से आया था। सब्जियों के बिजनेस की समझ न होने की वजह से उसे नौ महीनों में 1500 रुपए का नुकसान हुआ और फिर हमें माँ की आलोचना का मौका मिला, लेकिन इस आलोचना से वे अविचलित रहीं और किसी को भी बताए बिना उसे फिर 2000 रुपए का टॉपउप लोन दे दिया, क्योंकि माँ का मानना था कि उस लड़के में आगे बढ़ने की पूरी संभावना है और अगले तीन साल में माँ ने मुझे गलत साबित कर दिया। राजू का बिजनेस सिर्फ उपनगर में ही कई दुकानों तक नहीं पहुँचा, बल्कि कई उपनगरों में भी फैला, फिर नई कॉलोनियों में भी। तब माँ ने कहा था कि जैसे पढ़ाई में तुम्हें अपने अंकल से मदद मिली, वैसे ही राजू जैसे लोगों को भी जरूरत होती है कि कोई उन पर भरोसा करे। अगर हम लोग इन सक्षम युवाओं की ओर से आँखें बंद कर लें तो उनके गलत रास्ते पर जाने की संभावना बहुत बढ़ जाती है और वे सही थीं। आज राजू कल्याण मंडी में सबसे बड़े होलसेलर हैं। वे लाखों रुपए में सब्जियों से भरे ट्रकों का सौदा करते हैं।

फंडा यह है कि आस-पास सक्षम युवा हैं और उन्हें हमारी छोटी सी मदद की जरूरत है, ताकि वे गरीबी से समृद्धि की ओर छलाँग लगा सकें। अगर संभव हो तो किसी एक की मदद करके प्रयोग कीजिए।

□

इंडिपेंडेंट बनना नया ट्रेंड, भले ही उम्र कोई भी हो

उम्र 30-40 : कोटेश मुक्कमाला अमेरिका के आईटी प्रोफेशनल हैं। जैसे आईटी प्रोफेशन के प्रति उनका प्यार विशुद्ध है, वैसा ही ऑर्गेनिक मिल्क को लेकर भी उनमें पैशन है। वे इनसान को मिले प्रकृति के इस उपहार की शुद्धता को बनाए रखने में भरोसा करते हैं, बल्कि यह भी मानते हैं कि गरीब किसान शुद्ध दूध अफोर्डेबल प्राइस पर लोगों को दे सकते हैं, अगर श्रेष्ठ गोवंश की ब्रीडिंग हो जाए। अमेरिका में सुविधाजनक जॉब के अलावा उन्होंने तेलंगाना में ऑर्गेनिक फार्म भी विकसित किया है। यह नौ एकड़ भूमि पर फैला है, जिसमें से आठ एकड़ का उपयोग पशुओं के लिए चारा उगाने के लिए किया जाता है। यह काम सिर्फ बारिश के पानी से किया जाता है। इसमें पेस्टिसाइड और केमिकल फर्टिलाइजर का उपयोग भी नहीं होता। चारा स्वयं उगाने का विचार एनजी रंगा यूनिवर्सिटी से आया था। इससे 150 पशुओं, जिसमें 70 गाय और 80 भैंस हैं, को चारा मिल जाता है। उनका मानना है कि ऑर्गेनिक इंडस्ट्री स्थापित करने का यह सही समय है, क्योंकि शहरों में ऑर्गेनिक प्रोडक्ट के प्रति क्रेज बढ़ता जा रहा है, हालाँकि दूध की कुल सप्लाई 1000 लीटर से कम है, पर यह बहुत महत्त्वपूर्ण है कि दूध निकालने के सिर्फ 2 घँटे के भीतर इसका वितरण हो जाए और इसे किसी प्रोसेसिंग से गुजारने की जरूरत न पड़े। पशुओं के दूध की मात्रा बढ़ाने और गुणवत्ता बरकरार रखने के लिए आईटी और डेटा का उपयोग किया जा रहा है। कोटेश ने कई स्तरों पर डेटा पॉइंट और कैप्चर मैकेनिज्म विकसित किया है। ये इस तरह की जानकारी एकत्र करते हैं, जैसे अलग-अलग महीनों में दूध उत्पादन की मात्रा, अलग-अलग मौसमों में पशुओं पर असर, बीमारी का प्रभाव और इससे कैसे अच्छी तरह से निपटा जाए।

कोटेश ब्रीडिंग के क्षेत्र में भी काम करना चाहते हैं। वे साबित हो चुके रिकॉर्ड्स के आधार पर बेस्ट क्वालिटी के बुल्स का सीमन उपलब्ध कराना चाहते हैं। इससे देश में अगले पाँच साल में पशुओं से व्यवसाय में लाभ कम-से-कम 20 प्रतिशत तक बढ़ सकता है।

उम्र 55-65 : सुबह के सात बजे हैं। चेन्नई के एक उपनगर अयनावरम में एक घर के बाहर स्पोर्ट्स के कपड़े पहने कई लोग खड़े हैं, जैसे वे अभी जॉगिंग या किसी आउटडोर गेम से लौटे हों। घर के बाहर लगे बोर्ड पर लिखा है कि कॉफी के लिए अंदर आइए। यह रिटायर्ड स्टेट बैंक प्रोफेशनल वी. अनंत नारायणन का घर है। ताजा बनी कॉफी की खुशबू गली के कोने तक फैल रही है। उन्होंने अपने घर के पोर्च में एक छोटी कॉफी शॉप खोली है। वे रिटायरमेंट के बाद प्रोफेशनल आजादी तो चाहते ही थे, साथ ही यह भी चाहते थे कि कैश का फ्लो बना रहे। पैसा कमाने से ज्यादा उनका लक्ष्य स्थानीय लोगों के बीच नाम कमाना था, इसलिए उन्होंने कीमतें कम रखी हैं। जल्दी ही यह एक संपूर्ण कॉफी शॉप के रूप में विकसित हो गया। लोगों का रिस्पॉन्स इतना अच्छा रहा कि लोग कॉफी के साथ कुछ स्नैक्स की माँग भी करने लगे। आज अनंतनारायण के पास काम करनेवाले लोग भी हैं, लेकिन वे खुद भी कुक करते हैं, क्योंकि उनका मानना है कि कुकिंग तनाव से मुक्ति भी देती है।

उम्र 8-18 : साहस सुधाकर की कंप्यूटर गेम्स खेलने और वेबसाइट ब्राउजिंग में कोई दिलचस्पी नहीं थी, लेकिन जब उनके दादा ने उन्हें एक लेख दिखाया कि कैसे 14 साल की एक लड़की ने अपने लिए वेबसाइट बनाई है, तो कक्षा 4 के छात्र नौ साल के साहस ने पिछले साल अक्तूबर में इंटरनेट पर सर्च किया और पता किया कि कैसे आसान तरीके से वेबसाइट डिजाइन की जाती है। इसके चार घंटे बाद ही उन्होंने curiothoughts.com बना दी। यह उन बच्चों के लिए है, जिनके पास क्रिएटिव विचार हैं और जो अपने टैलेंट को निश्चित लक्ष्यों में बदलना चाहते हैं। यह साइट बच्चों को सीखने और अपने आइडिया सामने लाने के लिए प्रेरित करती है। अपने ज्ञान, क्षमताओं की समझ और फोकस को अधिक प्रोडक्टिव कामों में लगाने की सुविधा देती है। साहस अब अपनी उम्र के बच्चों के लिए एक मोबाइल गेम एप डेवलप करना चाहते हैं।

फंडा यह है कि इंडिपेंडेंट बनना नया ट्रेंड है, इसलिए आप किसी भी उम्र में इस मार्ग पर चल सकते हैं।

□

कस्टमर सर्विस में सामाजिक संवेदनशीलता दिखाएँ

वर्ष 2005 में 'कैटरीना' तूफान आने के बाद अमेरिका में न्यू ऑर्लियंस के एक लाख लोगों ने अपना सामान समेटा और हमेशा के लिए ह्यूस्टन जाकर नई जिंदगी की शुरुआत करने का फैसला किया। उनमें मेरे एक संबंधी भी शामिल थे। अब जब 12 साल बाद 28 अगस्त, 2017 को हार्वे तूफान ने ह्यूस्टन पर प्रहार किया, तो उन्होंने खुद को उसी स्थिति में पाया, क्योंकि यह तूफान तो कैटरीना से भी भयंकर था। उनके घर में हर चीज पानी में तैर रही थी, केवल बेटे का टेडी बीयर बच गया था, क्योंकि वह प्लास्टिक बैग में पैक था। प्लास्टिक बैग तैर रहा था, पर टेडी सूखा था और ले जाया जा सकता था। चूँकि उन्होंने फ्लड इंश्योरेंस करवा रखा था, वे इस आपदा से उन ज्यादातर लोगों की तुलना में बेहतर ढंग से उबर जाएँगे, जिनका कोई इंश्योरेंस नहीं था। हार्वे के कारण 190 अरब डॉलर का नुकसान होने का अनुमान है, जिससे यह अमेरिकी इतिहास का सबसे ज्यादा नुकसान पहुँचानेवाला तूफान हो गया है। संयोग की बात है कि अगले दिन 29 अगस्त को मुंबई में भी भारी वर्षा हुई और हम दोनों ने वॉट्सएप पर कई अन्य बातों के साथ एक-दूसरे की सुरक्षा के बारे में जानकारी भी साझा की। एक बात जो मैंने उन्हें टैक्स्ट की कही, वह यह थी कि मैं माफी चाहता हूँ, मुझे एक घंटे के लिए अमेरिकन एक्सप्रेस के लिए क्रेडिट कार्ड का चेक डालने बैंक जाना है, क्योंकि उस दिन आखिरी तारीख थी। जवाब में उन्होंने मुझे स्माइली भेजी और लिखा, ईश्वर का शुक्र है कि मैं अमेरिका में हूँ और क्रेडिट कार्ड पेमेंट, लोन की किस्त आदि जैसी 'मूर्खतापूर्ण' बातों की वे परवाह नहीं करते, क्योंकि ये सुविधाएँ देनेवाले अपने कस्टमर के प्रति बहुत सहानुभूतिपूर्ण रवैया रखते हैं, खासतौर पर तब, जब प्राकृतिक आपदा आई

हो।' मैंने वही स्माइली भेजते हुए लिखा, 'सॉरी डियर, मैं भारत में रहता हूँ और यहाँ तक कि अमेरिकी कंपनियाँ भी हमारे प्रति सहानुभूति नहीं दिखाएँगी, फिर चाहे नुकसान और उसका कारण समान हो यानी प्राकृतिक आपदा।' फिर एक हफ्ते बाद उन्होंने मुझे उनके बैंक से मिला एक इ-मेल फॉरवर्ड किया, जो कुछ इस प्रकार था—

डियर कस्टमर,

हार्वे तूफान से प्रभावित हर व्यक्ति के लिए हमारे दिल में पूरी सहानुभूति है। हमारी कस्टमर सर्विस टीम के सदस्य प्रभावित लोगों की मदद करने के लिए तैयार खड़े हैं। यदि आप पीड़ितों में से हैं तो कृपया चौबीसों घंटे में कभी भी हमें कॉल कीजिए ताकि आपकी मदद के लिए उपलब्ध कई विकल्पों अथवा उन विकल्पों के बारे में आप जान सकें, जिनके बारे में समय की बाध्यताओं के कारण आपको पता न हो। हम सभी प्रभावित कस्टमरों के होम लोन, क्रेडिट कार्ड की लेट फीस माफ करके उन्हें रीफंड कर रहे हैं। ऑन-साइट टीम सारे मापदंड पूरे करनेवाले बीमा दावे के सभी चेक एंडोर्स करेगी। यदि आप किस्त चूक गए हों तो भी क्रेडिट ब्यूरो को कोई नेगेटिव रिपोर्टिंग नहीं की जाएगी। हमारी टीम चौबीसों घंटे लगातार ऐसी जानकारियाँ जुटा रही है, जिससे आपकी मदद हो सके और जो आप जानना चाह रहे हों। हमारे स्पेशल हेल्प सेल के बारे में और अधिक जानकारी पाने के लिए।

□

आपका कद 'ऑन स्क्रीन' नहीं 'ऑफ स्क्रीन' टेस्ट से तय होता है

बॉलीवुड से जुड़ा कोई भी आयोजन हो तो आमतौर पर मैं दो लोगों को नहीं चूकता। एक सुपरस्टार अमिताभ बच्चन, सार्वजनिक स्तर पर उनके व्यवहार के कारण और दूसरी 'हरी ओम् हरी' गानेवाली गायिका उषा उत्थुप, जो हमेशा से अपने ऊर्जावान स्वभाव और जिस तरह अपनी जादुई आवाज से किसी भी आयोजन पर छा जाती हैं, उसके लिए जानी जाती हैं। ज्यादा लोगों को पता नहीं होगा कि लोगों के प्रति दयालुता दिखाने में भी उषा का कोई जवाब नहीं है।

आपमें से कई लोगों ने उन्हें सितंबर 2017 को केबीसी कार्यक्रम में देखा होगा, अमिताभ जिसके होस्ट थे। वहाँ यह प्रतिभाशाली गायिका ट्रांसजेंडर गौरी सावंत के साथ आई थीं। उषा के कहने पर अमिताभ से रवींद्रनाथ टैगोर का लिखा सबसे लोकप्रिय बंगाली गाना 'एकला चालो रे' गाया, पर बहुत कम लोगों को पता होगा कि उषा गौरी के लिए साड़ी और अमिताभ के लिए शॉल लेकर आई थीं। खैर, इस स्तर के लोगों से तो यही अपेक्षित होता है, लेकिन उसी शुक्रवार की शाम इस बात ने मेरा दिल छू लिया कि इसी केबीसी कार्यक्रम में छह साल पहले 5 करोड़ रुपए का जैकपॉट जीतनेवाले 35 वर्षीय सुशील कुमार ने टीचर एलिजिबिलिटी टेस्ट 2017 पास कर लिया है। पटना से 179 किलोमीटर दूर मोतीहारी के हनुमानगढ़ी में रहनेवाले सुशील कुमार ने बिहार स्कूल परीक्षा बोर्ड द्वारा शुक्रवार को घोषित नतीजे में 140 में से 100 अंक हासिल किए। वे परीक्षा पास करनेवाले 16.07 फीसदी कैंडीडेट में से हैं। यह परीक्षा पहली से आठवीं तक के सरकारी स्कूलों में कॉन्ट्रेक्ट टीचर्स की भर्ती के लिए हुई थी। उनकी इस सफलता का जश्न मनाने के दो कारण हैं। एक तो यह कि सुशील पूर्वी चंपारन के कोटोवा ब्लॉक की मचारगावा पंचायत

में करीब सौ छात्रों को पिछले 18 महीनों से मुफ्त पढ़ा रहे हैं, लेकिन उनकी पत्नी ने उनसे कहा कि यदि वे एक पेशेवर टीचर बन जाएँ तो अपने काम में और बेहतर हो जाएँगे। इसीलिए वे शुक्रवार को पेशेवर टीचर बन गए।

किंतु सबसे महत्त्वपूर्ण बात तो यह है कि अन्य पिछड़ा वर्ग (ओबीसी) के सुशील चाहते तो इस श्रेणी के तहत आवेदन कर सकते थे, क्योंकि इस परीक्षा में 2.43 लाख लोग बैठे थे, क्योंकि वे इसी वर्ग के थे। सुशील ने सामान्य श्रेणी में आवेदन किया मुख्यरूप से इसलिए, क्योंकि वे सोचते थे कि 8 लाख रुपए से ज्यादा की सालाना आय के साथ वे क्रीमी लेयर में आते हैं और निश्चित ही वे अन्य आवेदकों के अवसरों में अड़ंगा नहीं लगाना चाहते थे।

मनोविज्ञान में पोस्ट ग्रेजुएट सुशील कुमार पश्चिम चंपारन जिले के चनपटिया ब्लॉक में कंप्यूटर ऑपरेटर का काम करके हर माह 6 हजार रुपए कमाते थे। उसी वक्त 2011 में वे अमिताभ बच्चन के टीवी शो के पाँचवें संस्करण में जीतकर रातोरात मशहूर हुए। वे 5 करोड़ का जैकपॉट जीतनेवाले पहले व्यक्ति बने थे। टैक्स चुकाने के बाद उन्होंने कुछ हिस्से से मकान बनाया और शेष राशि निवेश कर दी। वर्तमान में दिल्ली में ट्रांसपोर्ट बिजनेस, मोतीहारी में कुछ दुकानें और बैंक के फिक्स्ड डिपॉजिट से मिलनेवाला ब्याज उनकी आय के स्रोत हैं। इस तरह से उनकी आय विशेष श्रेणी के तहत आवेदन के लिए तय सीमा से ज्यादा हो गई। वे सितार भी सीख रहे हैं और उन्हें उम्मीद है कि निकट भविष्य में अपना संगीत स्कूल भी खोलेंगे। सुशील मोतीहारी के ग्रामीण इलाकों में पोस्टिंग चाहते हैं ताकि वे अधिकतम समय गरीब छात्रों को दे सकें। सुशील के इस कदम और ईमानदारी ने कई लोगों को चकित कर दिया। मुख्यतः इसलिए, क्योंकि लोग कई सरकारी फायदे हासिल करने के लिए 'दस्तावेज बना' लेते हैं, खासतौर पर बिहार में ऐसा ज्यादा होता है।

फंडा यह है कि दूसरों के सामने कुछ करके तो आप महान् व्यक्ति बन जाते हैं, लेकिन आप लोगों की पीठ के पीछे कुछ करके महानतम बन जाते हैं, जिसके बारे में हो सकता है कि तत्काल उन्हें पता न चले, पर जाहिर है वह नाम और काम अधिक समय तक बना रहता है।

□

गरीबी के दैत्य को मारने के लिए 'रीसाइकलिंग' छोड़ 'अप-साइकलिंग' करें

शिल्पकार किसी चट्टान में से मूर्ति नहीं गढ़ता। उसे तो उस चट्टान में आकार दिखाई देता है और वह उसके आस-पास का गैर-जरूरी हिस्सा निकालकर शेष को अधिक आकर्षक बना देता है।

छह साल पहले मुंबई को अपना घर बनानेवाले इटली के 49 वर्षीय स्टेफनो फुनारी ने यह सिद्धांत लागू किया, लेकिन पुरानी साड़ियों पर!

कहानी यहाँ से शुरू होती है। एक दशक पहले वे जिस स्विस बहुराष्ट्रीय कंपनी के प्रमुख थे, उसके काम से उन्होंने भारत में एक वर्ष गुजारा, लेकिन जब उन्होंने भारी उतार-चढ़ाववाली कॉर्पोरेट लाइफ से विदा ली तो भारत लौटने का फैसला किया। कई दोस्त यहाँ आकर उनके यहाँ ठहरते थे और अपने कपड़ों पर भारतीय एंब्रायडरी करवाने में उनकी मदद लेते थे, जो यूरोप में बहुत लोकप्रिय है। उनके लिए तो वे हमेशा भारतीय टूरिस्ट गाइड ही रहे। एक बार वे पर्यटकों की चीजें तलाशने के फेर में एक जगह पहुँचे, जिसे मुंबई में 'चोर बाजार' कहते हैं। वहाँ वे ऐसी दुकान के सामने आ गए, जहाँ पुरानी साड़ियाँ बेची जाती थीं।

किसी शिल्पकार की तरह उनकी आँखों ने उन पुरानी साड़ियों में लेडीज बैंग्स, मोती-मनके के हार, ईयर रिंग्स और डेकोरेटिव लेटर पेपर जैसी चीजें देख लीं। उन्होंने मिलान की प्रमुख डिजाइन और इंजीनियरिंग यूनिवर्सिटी में एक मित्र से संपर्क किया और उनके युवा डिजाइनरों से इस कपड़े से नए समकालीन लाइफस्टाइल प्रोडक्ट बनाने को कहा। वे चाहते थे कि ये कलेक्शनवाली क्राफ्ट की चीजें भर न हों, बल्कि महिलाओं की आवश्यक वस्तुओं में शामिल हो जाएँ ताकि उन पुरानी साड़ियों की दूसरी पारी शुरू हो सके। वर्ष 2013 में उन्होंने व उनकी

टीम ने एशिया की सबसे बड़ी झुग्गी बस्ती धारावी की 22 महिलाओं को ये आइटम स्टिच करने की ट्रेनिंग दी। उनकी गुणवत्ता अंतरराष्ट्रीय स्तर की थी और चूँकि उन आइटमों का स्टाइल अच्छा था तो उन्होंने वे आइटम सिर्फ अप-मार्केट कॉन्सेप्ट स्टोर्स में ही बेचने का फैसला किया। लेबल दिया 'आई वाज अ साड़ी।' इससे उन्हें अच्छी आमदनी होने लगी। इस फैसले का नतीजा यह हुआ कि ये चीजें भारत में ताजमहल होटल और यूरोप या जापान के सुपर कॉन्सेप्ट स्टोर्स में बेची जाने लगीं। वे माँग के मुताबिक नए आइटम जोड़ते गए, जैसे कभी न खत्म होनेवाले आइटमों की ताजा शृंखला में उन्होंने 'क्लॉथ रैप योगा मैट कॅरियर' जोड़ा है, जो 900 रुपए में बिक रहा है। आखिरकार साड़ी की यह दूसरी पारी अप-साइकल्ड प्रोडक्ट बन गई, जिन्हें लिमोजीन से उतरनेवाली महिलाएँ अपने हाथों में रखना पसंद करती हैं। इस तरह वंचित महिलाओं का सबसे फैशनेबल और लोकप्रिय आइटम बना दिया।

कर्मचारियों की बात करें तो वे आज करीब 70 हैं और उन्हें पूरे दिन या छह घंटे काम के 9 हजार रुपए प्रतिमाह मिलते हैं, जिसमें डे-केयर भी है, जहाँ उनके बच्चों के लिए सारी सुविधाएँ हैं। योग्य बच्चों को उनकी शिक्षा के लिए पूरी स्कॉलरशिप भी मिलती है। मुंबई के धारावी, वडाला और ठाणे स्थित झुग्गी बस्तियों में इन महिलाओं के घरों के बाहर दुर्गा की प्रतिमा है, जिसकी आराधना इस प्रार्थना के साथ की जाती है कि फुनारी की कंपनी और भी बड़ी बन जाए। आप इसे संयोग कहें या कुछ और पर इतने बरसों में फुनारी एक पैसा भी घर नहीं ले गए, बल्कि सारा मुनाफा कंपनी में ही लगाते रहे, लेकिन अब जल्द ही वे ऐसा करेंगे। कंपनी अब इंटरनेशनल लग्जरी लेबल के साथ निवेशक के रूप में करार कर रही है, जो इस कंपनी को आगे बढ़ाने और सारे ग्लोबल स्टैंडर्ड पूरे करने में मदद करेगा। हस्तकौशल व कलाकारी की जो चीजें अप मार्केट अपील में कमजोर पड़ती हैं, अब जल्द ही उन इंटरनेशनल स्टोर्स पर चमकेंगी, जिनकी तलाश कई लोगों को होगी और वे उन्हें अपने वार्डरोब का हिस्सा बनाना चाहेंगे।

फंडा यह है कि 'रीसाइकलिंग' की बजाय यदि आप 'अप-साइकलिंग' करें तो गरीबी का दैत्य दूर भाग जाएगा।

□

कितने मानवीय और कितने सादगीपूर्ण हैं आपके त्योहार?

स्टोरी 1 : अस्सी पार की अंजलि पाल की चीजों में एक छह बाय तीन फीट का पलंग है, जो कोलकाता आरजी मेडिकल कॉलेज ऐंड हॉस्पिटल का है। जाहिर है कि इस पलंग के नीचे कुछ व्यक्तिगत चीजें भी हैं। इनके बारे में उनका दावा है कि ये उनकी हैं, लेकिन वे जानती हैं कि ये भी चैरिटी के रूप में ही उन्हें मिली हैं। दस साल पहले उनके पास जो था, उसे वक्त ने खत्म कर दिया और ज्यादातर बेकार होने के बाद फेंक दिया गया। वे उस अस्पताल में पलंग पर पड़ी ऊपर घूमता पंखा देखती रहती हैं, हालाँकि उन्हें मेडिकल देखभाल की जरूरत नहीं है। अंजलि की तुलना में गोपाल पात्रा तुलनात्मक रूप से इस जगह पर नए हैं। उन्हें सड़क दुर्घटना के बाद 20 अक्तूबर, 2014 को इस अस्पताल में लाया गया था। कुचल जाने के कारण इस 55 वर्षीय व्यक्ति के दोनों पैर घुटनों के नीचे से काटने पड़े। सच तो यह है कि उनके दो बेटे, जो उन्हें अस्पताल लाए थे और उन्हें आश्वासन दे रहे थे कि उन्हें कुछ नहीं होगा, वे कभी उन्हें वापस ले जाने नहीं आए। जब दोनों बेटों ने ही उन्हें अपनी जिंदगी से मिटा दिया तो गोपाल को अपेक्षा नहीं है कि कोई उन्हें याद करेगा, खासतौर पर त्योहार के दिन। इसलिए वे तो पास के रोगी से बात करते रहते हैं और पुरुषों के वार्ड में रहकर अंजलि की तरह छत पर लगा पंखा देखते रहते हैं। कोई भी अस्पताल में जरूरत से ज्यादा नहीं ठहरना चाहता, लेकिन कुछ रोगियों के लिए अस्पताल ही उनका घर बन जाता है, क्योंकि कोई उन्हें वापस घर नहीं ले जाना चाहता। दोनों व्यक्तियों के चेहरों पर समान बात एक ही है कि उनकी आँखों में कभी चमक नहीं आती, उनके होंठ कभी नहीं मुसकराते और उनका दिल कभी नहीं धड़कता, लेकिन 21 सितंबर को

'दुर्गा पूजा' के दिनों में अपने-अपने वार्ड में नए कपड़े ग्रहण करते हुए दोनों के मुँह से एक से ही शब्द निकले, 'क्या वाकई यह मेरे लिए है?' युगों हो गए हैं मुझे नए कपड़े पहने, बहुत बहुत धन्यवाद।' चैरिटेबल संगठन 'बंसद्रोणी हृदी' ने न सिर्फ इन दोनों, बल्कि 16 ऐसे लोगों की जिंदगी को त्योहारों पर कपड़े देकर मानवीय स्पर्श देने का फैसला किया, जिन्हें उनके बच्चों व परिवारों ने छोड़ दिया है और जो थैलेसिमिया से लड़ रहे हैं। उन्होंने कोलकाता के दो और अस्पतालों में ऐसा किया ताकि इन असहाय रोगियों के चेहरे पर खुशी लाई जाए।

स्टोरी 2 : धनबाद स्थित बंगाली वेलफेयर सोसाइटी को इसी समय एक विचार सूझा कि हीरापुर स्थित चिल्ड्रेन पार्क पंडाल में 'पुराने अच्छे दिनों' को फिर साकार किया जाए। उन्होंने 55 गुणा 45 फीट के पंडाल को चाइनीज चैकर्स, गुल्ली-डंडा, कबड्डी, लुडो, साँप-सीढ़ी और घूमते लट्टू जैसे खेलों के बड़े-बड़े कटआउट से सजा दिया। इस उम्मीद से कि बच्चों के साथ आनेवाले पालकों में नास्टेल्जिया यानी पुरानी अच्छी बातों की याद पैदा हो और वे बच्चों को ऐसे खेल खेलने के लिए प्रोत्साहित करें। पंडाल में मौजूद बच्चों के मन से थोड़ी देर के लिए ही सही, वॉट्सएप, वीडियो गेम्स, फेसबुक और ट्विटर की याद मिटाकर उन्हें निष्क्रिय जीवनशैली के खतरों से वाकिफ कराने का यह उनका तरीका था। इसका सीधा परिणाम यह हुआ कि पंडाल में आनेवाले ज्यादातर बच्चों ने कबड्डी खेलने के लिए आँगन में कदम रखा और अपने नए कपड़े खराब कर लिये, पर कोई भी पालक इससे नाराज नहीं हुआ।

जाहिर है सोसाइटी का इरादा 'सीधे-सादी मौज-मस्ती' को अगली पीढ़ी के लिए जीवित रखने और यह सुनिश्चित करने का है कि ये खेल हमेशा के लिए लुप्त न हो जाएँ। आप अपने त्योहार यथासंभव जितने मानवीय और सादगीपूर्ण रखेंगे, उतना ही उत्सव मनानेवालों में 'फन क्वाशंट' यानी मौज-मस्ती का स्तर ऊँचा रहेगा।

फंडा यह है कि बच्चों को अच्छे कार्यों और सादगीपूर्ण मौज-मस्ती से जोड़ने से मजबूत चरित्र का निर्माण होता है। सभी पाठकों को फलदायक और आनंदपूर्ण दीपावली की शुभकामनाएँ!

□

सफल होने के लिए निर्भरता घटाएँ, समस्याओं से निजी स्तर पर निबटें

स्टोरी 1 : विषैली काली धुंध के कारण पिछले दो दिनों से सड़कों पर चेहरा ढककर चलनेवाले दिल्ली के रहवासियों की तरह गांदीपेट में सुबह की सैर पर आनेवाले भी अपना चेहरा ढककर चलते थे और कई बार तो साँस भी रोक लेते थे, क्योंकि सड़े हुए कचरे की बदबू बरदाश्त के बाहर हो जाती। हैदराबाद के दर्शनीय स्थलों में सिर्फ किले और महल ही नहीं हैं, वहाँ बगीचे, झरने और गांदीपेट जैसी लेक है, जो 46 किलोमीटर में फैली है और शहर से 22 किलोमीटर दूर है। इस प्रकृति के सुंदर स्पर्शवाली जगह पर पहुँचने में एक घंटा लगता है, किंतु कचरे के ढेर, खासतौर पर पास के गाँवों से आता कचरा, न सिर्फ लोगों की जिंदगी को दयनीय बना रहा था, बल्कि धीरे-धीरे इसका असर भूमिगत जलस्रोतों पर होने लगा था। इस सुंदर जगह के सात आवासीय क्षेत्रों ने यह मुद्दा उपने हाथों में लेने का निर्णय लिया। जल्द ही गांदीपेट वेलफेयर एसोसिएशन का गठन हो गया और उन्होंने पहले तो आस-पास के लोगों को कपड़े की थैलियों का इस्तेमाल करना, प्लास्टिक से बचने, कचरे को अलग करना आदि सिखाया, जिसमें सालभर लग गया। फिर उन्होंने गाँववालों से तो नहीं, पर आवासीय सोसाइटी में रहनेवाले लोगों से आर्थिक योगदान देने को कहा और फिर कंपनी की तरह कामकाज शुरू किया। वेलफेयर एसोसिएशन ने यह सुनिश्चित किया कि जो कचरा अलग-अलग नहीं किया गया हो, उसे नहीं उठाया जाए। शुरुआती 16 लाख रुपए के निवेश के साथ कचरे को अलग-अलग करने पर जोर देनेवाली वेस्ट प्रोसेसिंग यूनिट स्थापित की गई। अब यहाँ से 3 टन कंपोस्ट पैदा होती है, जो समुदायों तथा पास के फार्म हाउस में बाँट दी जाती है। सारे गाँवों में पौधारोपण का कार्यक्रम चलाया जा रहा है, जो उन्हें प्राकृतिक माहौल दे रहा है।

यूनिट के सफल संचालन से न सिर्फ गाँववालों को कचरा प्रबंधन की गंभीरता समझ में आई, बल्कि सात और गाँव इस विचार को अपना रहे हैं।

स्टोरी 2 : 6 अगस्त, 2007 को कर्नाटक के एक कॉन्स्टेबल अनंतराम पूरी रात ड्यूटी पर थे। कबड्डी चैंपियन रहे अनंतराम काम से लौटते वक्त दुर्घटना का शिकार होकर बिस्तर से बँधकर रह गए। खबर चारों तरफ फैली। सरकार ने मुआवजे में मामूली रकम का भुगतान किया और आखिरकार उन्हें भुला दिया गया। कर्नाटक में ही 13 अगस्त, 2008 को आंध्र प्रदेश के छह प्रवासी श्रमिक एक गाँव में बाढ़ की चपेट में आए पनबिजली संयंत्र के साथ बह गए। जनप्रतिनिधियों ने भारी मुआवजा देने का वादा किया, अखबारों में इसकी खबर बनी और फिर उसे भुला दिया गया।

लगभग उसी समय कर्नाटक के ही काडे शिवालय गाँव की यमुना आत्महत्या करने की सोच रही थीं, क्योंकि स्वास्थ्य विभाग से यह सर्टिफिकेट पाने के उनके सारे प्रयास विफल हो गए थे कि बिस्तर पर पड़े रहने को मजबूर उनके दो बच्चे एंडोसल्फैन (यह ऑर्गेनोक्लोरीन कीटनाशक है, जिस पर पेटेंट की पाबंदियाँ खत्म हो चुकी हैं और जिसे दुनियाभर में धीरे-धीरे खत्म किया जा रहा है) के जहर के शिकार हो गए हैं। कर्नाटक के तीन तटवर्ती जिलों में इस जहर के ऐसे 6,140 शिकार लोग हैं। इन तीनों और ऐसी कई घटनाओं को जोड़नेवाले संजीव काबाका, जो पूरे संकल्प से चलाए जा रहे मिशन के तहत आरटीआई आवेदन लगाकर दूसरों की जिंदगी कुछ बेहतर बनाते हैं, उनके प्रयासों से कॉन्स्टेबल अनंतराम को सरकार से 17 लाख रुपए और उनकी पत्नी के लिए नौकरी हासिल करने में मदद मिली। आंध्र के श्रमिकों के प्रत्येक परिवार को 6-6 लाख रुपए का मुआवजा मिला और यमुना को बच्चों के लिए हैल्थ सर्टिफिकेट मिला, जिससे सरकार से मुआवजा पाने में उसे मदद मिली। संजीव अखबार पढ़ते हैं और उन्हें कोई अन्याय दिखाई देता है तो वे पत्र लिखते हैं। उसका कोई सकारात्मक जवाब न मिले तो वे आरटीआई दाखिल करके यह सुनिश्चित करते हैं कि पीड़ित को फायदा मिले। पिछले दस वर्षों में 200 से ज्यादा आरटीआई आवेदन दाखिल करने का नतीजा यह हुआ है कि क्षेत्र के ज्यादातर वकील जटिल मामलों में उनकी सलाह लेते हैं।

फंडा यह है कि जब दुनिया आपके लिए खतरा बन चुके मुद्दे पर ध्यान नहीं देती तो उसे अपने हाथों में लेकर सुलझाने का प्रयास शुरू करें, अंततः आपको सफलता जरूर मिलेगी।

□

नया रूप ले रहा है समाज को कुछ देने का तरीका

हमें जो कुछ मिलता है, समाज से मिलता है और बदले में हम भी अपनी योग्यता के अनुसार लौटाने का प्रयास करते हैं। यह हमेशा से हमारे समाज का हिस्सा रहा है। कई लोग अपने हाथों से कुछ देकर कृतज्ञता व्यक्त करते हैं तो कुछ लोग यह करने के लिए एक ही मंच पर कई हाथों को जुटा देते हैं। यहाँ दो उदाहरण देखिए।

स्टोरी 1 : बरसों पहले पुगालगिरी ने अपने डॉ. पिता वडामलयन को मदुराई से तब के मद्रास, जो अब चेन्नई कहलाता है, जाते देखा था, वह भी खुद के कैंसर के इलाज के लिए। एक बार उन्होंने चेन्नई अडायर कैंसर इंस्टीट्यूट के डायरेक्टर वी शांता को कहते सुना था कि वे मदुराई में एक सेंटर शुरू करें, क्योंकि उन्हें इतनी लंबी यात्रा करने में बहुत तकलीफ होती है। यह बातचीत पुगालगिरी के कानों में गूँजती रहती थी। दुर्भाग्य से जब वे 20 साल के हुए तो उनके पिता का निधन हो चुका था, पर उसके पहले वे 10 बिस्तरोंवाली चिकित्सा सुविधा स्थापित कर चुके थे। 1957 में स्थापित वडामलयन हॉस्पिटल धीरे-धीरे बढ़कर 260 बिस्तरोंवाला कई तरह की गुणवत्तापूर्ण स्वास्थ्य सेवाएँ देनेवाला अस्पताल हो गया, लेकिन पुगालगिरी तब तक चैन से नहीं बैठे, जब तक उन्होंने तीन मंजिला इंटीग्रेटेड कैंसर रिसर्च सेंटर भी स्थापित नहीं कर लिया। इसका शुभारंभ भी उन्होंने उन्हीं डॉ. शांता से कराया, जो उनके पिता का इलाज करते थे। इस तरह 2016 में उनके दिवंगत पिता की इच्छा पूरी हुई। इतने वर्षों में उन्होंने रोगी के परिवारों को व्यक्तिगत बेशकीमती चीजें गिरवी

रखकर इलाज की याचना करते देखा था। उन्होंने सर्जरी के लिए पैसे नहीं होने की वजह से लोगों को कैंसर से मरते भी देखा था। इस नंबर में वडामलयन अपनी स्थापना की 60वीं वर्षगाँठ मना रहा है। एक सर्जिकल नर्सिंग होम के रूप में साधारण शुरुआत की याद में मैनेजमेंट ने तय किया है कि सेंटर कैंसर का इलाज करानेवाले कम-से-कम 60 बच्चों के पालकों से इलाज और अस्पताल में भर्ती रहने का कोई शुल्क नहीं लेंगे। पंद्रह दिन पहले योजना की घोषणा के बाद से दो बच्चे वहाँ भर्ती हुए हैं। उन्होंने सोच-समझकर टेक्नोलॉजी में निवेश किया और देशभर से विशेषज्ञों को जुटाया ताकि कम लागत पर कैंसर के इलाज का स्तर ऊँचा रखा जा सके।

स्टोरी 2 : अब्बास सुगिल देश के नंबर वन पैरा बैडमिंटन खिलाड़ी हैं। कुछ समय पहले वे दुनिया में 21वें नंबर पर थे, लेकिन कुछ अंतरराष्ट्रीय मैच नहीं खेल पाने के कारण वे 27वें स्थान पर आ गए। वैश्विक रैंकिंग बनाए रखने के लिए मैच खेलना जरूरी होता है। विभिन्न टूर्नामेंट में वे पहले ही 35 मेडल जीत चुके हैं, लेकिन जल्दी ही होनेवाले पैरोलंपिक्स में शामिल होने के लिए उन्हें 14 और अंतरराष्ट्रीय टूर्नामेंट खेलने होंगे। ऐसी बात नहीं है कि उनकी इलेक्ट्रिक एल्बो प्रोस्थेसिस उन्हें तकलीफ देती है, बल्कि उनका पर्स इतना मोटा नहीं है कि वे सारे खर्च उठा सकें। इसलिए सुगिल ने अपने गृह नगर कोयंबटूर के 'एडुधर्मा' से संपर्क किया, जिसने उनके लिए क्राउड फंडिंग अकाउंट खोला और विभिन्न दानदाताओं के जरिए 18 लाख रुपए इकट्ठे किए। हालाँकि सारी प्रतियोगिता के लिए जरूरी धन का लक्ष्य अभी हासिल किया जाना है। 'एडुधर्मा' वालंटियरों की टीम है, जो शुरुआत में एक सामाजिक उपक्रम 'नो फूड वेस्ट' के लिए एकत्रित हुए थे, ताकि भूख की समस्या से निपटा जा सके। इस योजना के तहत सफलतापूर्वक तीन लाख से ज्यादा लोगों को भोजन मुहैया कराने का अपना लक्ष्य हासिल करने के बाद उनके ध्यान में आया कि संस्था में काम कर रहे वालंटियर आर्थिक कठिनाई के चलते अपनी शिक्षा पूरी नहीं कर पा रहे हैं। इससे वे धीरे-धीरे शिक्षा और खेल के क्षेत्र में आए, ताकि क्राउडफंडिंग के जरिए योग्य छात्रों की आर्थिक जरूरतें पूरी की जा सकें। स्कूल छोड़नेवाले बच्चों की दर में कमी लाने के उद्देश्य से शुरू के दो साल पुराने संगठन ने अब तक 350 छात्रों की आर्थिक मदद की है। उन्होंने देशभर के 110 कॉलेजों के साथ पार्टनरशिप भी की है। देश के इस

पहले एजुकेशन क्राउड फंडिंग प्लेटफॉर्म में अनोखी बात यह है कि दानदाता सीधे छात्रों की उपलब्धियाँ और रिकॉर्ड देख सकते हैं ताकि दोनों पक्षों की ओर से पूरी पारदर्शिता बरती जाए।

फंडा यह है कि दान की परंपरा हमारी संस्कृति से कभी लुप्त नहीं होगी। आज एक प्लेटफॉर्म पर कई लोग आकर किसी जरूरतमंद की मदद कर रहे हैं, फर्क बस इतना ही है।

□

हकीकत बनकर कहावतें और भी समृद्ध हो जाती हैं

दो दिन पहले मैं मदुराई में परिवार के विवाह समारोह में गया था। चूँकि ये विवाह के लिए शगुन के दिन थे तो द्वितीय श्रेणी के शहरों के फ्लाइट टिकट महँगे हो गए थे। कीमत दुबई के फ्लाइट टिकट से भी ज्यादा थी। इसलिए मैंने फ्लाइट से चेन्नई जाकर वहाँ से मदुराई की ट्रेन लेने का फैसला किया। मैंने रात नौ बजे तक पहुँचने की सावधानी बरती थी, पर ट्रेन लेट होने से मैं आधी रात के करीब पहुँचा। मैं किसी भी शहर में इतनी देर से पहुँचना पसंद नहीं करता, खासतौर पर दक्षिण भारत में, जहाँ किसी हथियारबंद लुटेरे की बजाय ऑटोरिक्शा वाले आपको किराए में लूट लेते हैं, लेकिन मुझे तब आश्चर्य हुआ, जब ऑटोवाला न सिर्फ जहाँ मुझे जाना था, उस छोटी दूरी तक जाने को राजी हुआ, बल्कि मैंने जो किराया कहा, वह भी मान लिया। मेरे मेजबान ने उसी सुबह बताया था कि इससे ज्यादा किराया मत देना। रास्ते में उसने मुझे बताया कि मैंने बहुत ही कम किराया बताया, पर वह इसलिए मान गया, क्योंकि वह भी वही जा रहा है। इससे मेरी जिज्ञासा जागी और मैंने पूछा कि मेरे अंकल से उसका क्या रिश्ता है और उस विवाह समारोह में उसका क्या काम है। तब उसने अपना विजिटिंग कार्ड दिखाया—मेरे लिए एक और आश्चर्य। उस पर नाम था टीआर वासुदेवन। साथ में निवेदन था कि कोई भी अतिरिक्त भोजन हो तो उसे दान करें, वह इसे लेकर भूखे लोगों के बीच बाँट देगा। तीस वर्षीय वासुदेवन सुबह 10 बजे से रात 8 बजे तक अपनी आजीविका कमाते हैं और रात 11:30 से 1:30 के बीच वे बचा हुआ भोजन इकट्ठा करते हैं तथा उसे शहर के विभिन्न इलाकों में बाँट देते हैं। इस दौरान यदि कोई भी उनके ऑटो में उसी दिशा में जाने के लिए सवार होता है, जहाँ वे जा रहे होते हैं तो वे सवारी

द्वारा बताया किराया स्वीकार कर लेते हैं, लेकिन जब उनका उद्देश्य पता चलता है तो यात्री उससे ज्यादा ही देता है, जो वे आमतौर पर माँगते हैं।

संयोग की बात है कि यह भोजन दान चार साल पहले शुरू हुआ था, जब वासुदेवन एक ऐसी सवारी को लेकर शहर में घूम थे, जिसने होटल से भोजन खरीदकर विभिन्न झुग्गी बस्तियों में बाँटा था। जब उन्होंने उस एक रात भोजन वितरित करने में उस सवारी की मदद की थी तो कई जरूरतमंद उनके पास आए, भोजन देने के लिए धन्यवाद देने लगे, जो उनका था भी नहीं। उन लोगों के शब्द, उनके हाव-भाव, भीगी आँखें और हाथों में हाथ लेकर व्यक्त हुआ आभार से भरा स्पर्श महसूस कर उन्हें लगा कि देना तो दैवी कृत्य है, लेकिन उनकी आय इस तरह की परोपकारिता की इजाजत नहीं देती। इसलिए उन्होंने अपने रिक्शे में बैठनेवालों से बचा हुआ भोजन देने की गुजारिश कर नेटवर्क बनाना शुरू किया ताकि वे जरूरतमंदों के बीच उसे बाँट सके। कई लोगों ने उनकी बात मानी। कभी-कभी वासुदेवन को विवाह समारोहों से बहुत ज्यादा भोजन मिल जाता है। फिर उन दिनों वे गरीबों के अलावा ट्राइसाइकिल पर सवार लोगों, पेट्रोल पंप पर काम करनेवालों, एटीएम के सुरक्षा गार्ड और चौकीदारों में भी वह भोजन बाँट देते हैं। इतने वर्षों में उन्होंने एक बात महसूस की—भोजन देकर न सिर्फ भूखे व्यक्ति की आत्मा राहत महसूस करती है, बल्कि उनकी आत्मा को भी सुकून मिलता है।

जब उन्होंने मुझे वेडिंग हॉल पर छोड़ा तो मैंने उन्हें जो बताया था उससे पाँच गुना ज्यादा किराया दिया। उनसे यह भी कहा कि अगले दो दिन तक रात को घूमने में जो भी पेट्रोल का खर्च आएगा, वह मैं दूँगा, क्योंकि वे उसी विवाह समारोह से भोजन इकट्ठा करनेवाले थे, जिसमें मैं शरीक हो रहा हूँ। पूरी विनम्रता के साथ उन्होंने एक पुरानी कहावत दोहराई, 'देने से कोई गरीब नहीं हो जाता सर।' वासुदेवन ने 'बिल्कुल ठीक' कहा।

फंडा यह है कि कहावतें जब हकीकत बन जाती हैं तो और भी समृद्ध हो जाती हैं, अन्यथा वे सिर्फ किताबी शब्द बनी रहती हैं, जिन्हें कुछ बुद्धिमान लोग कोट करते हैं।

□

प्रेम और करुणा लग्जरी नहीं, आवश्यकताएँ हैं

जब आप बच्चे थे तो तोहफा मिलने से बेहतर कोई बात नहीं होती थी। खूबसूरती से पैक किया तोहफा ऐसी रहस्यमयी कहानी लगती, जिसका अंत निश्चित ही शानदार होता था। आपको ठीक-ठीक तो पता नहीं होता था कि इसमें क्या है, लेकिन आप जानते थे कि यह आपके लिए है और शायद ऐसी कोई चीज, जो आप चाहते थे। हम सब अंततः ऐसी उम्र में पहुँच जाते हैं, जब तोहफे देना उतना ही रोमांचक हो जाता है, जितना बचपन में तोहफे प्राप्त करना। गुरुवार को मुझे ऐसा ही अनुभव मिला।

मैं मुंबई एयरपोर्ट पर 40 से ज्यादा मेहमानों की अगवानी के लिए इंतजार कर रहा था, जो मेरे मित्र के बेटे के विवाह समारोह में शरीक होने आ रहे थे। मित्र ने मेरी मदद माँगी, क्योंकि एक तो मैं एयरपोर्ट के नजदीक रहता हूँ और दूसरा मैं एयरपोर्ट की प्रक्रियाओं को कुछ बेहतर समझता हूँ। मुझे एयरपोर्ट पर पहुँचते देखकर मेरे मित्र और उनके बेटे अभीक मुखर्जी ने राहत महसूस की। वे कॉफी पी रहे थे। जैसे ही उन्होंने मुझे देखा तो अभीक ने मुझसे पूछा, ''क्या आप कॉफी लेंगे?''

मैंने इनकार किया और कहा जब आपको जरूरत न हो, तब एक कप कॉफी के लिए 280 रुपए चुकाना बुद्धिमानी नहीं है। इस पर अभीक ने कहा, ''कम ऑन अंकल, कॉफी पर खर्च न करके कितनी बचत हो सकती है? इससे क्या फर्क पड़ेगा, बात 280 रुपए की ही तो है। मेरी शादी के लिए आप जो कुछ भी कर रहे हैं, उसके बदले में मुझे एक कप कॉफी तो पिलाने दीजिए, इससे मुझे थोड़ी खुशी मिल जाएगी।''

मैं इस युवक को निराश नहीं करना चाहता था तो मैंने कहा, 'अभी रहने दो,

पर मैं 280 रुपए के इस ऑफर का बाद में इस्तेमाल करूँगा,' बिना यह जाने कि ऐसा वक्त जल्दी ही आ जाएगा। फिर मेहमान आने लगे और हमारा ध्यान मेहमानों की सुविधा-सहूलियत पर चला गया। रिसेप्शन स्थल पर एक मेहमान की तबीयत अचानक खराब होने से उन्हें मेडिकल केयर की जरूरत पड़ गई। हम उन्हें पास में मौजूद डॉक्टर के पास ले गए। हम इंतजार करने लगे। जब हमारे मेहमान डॉक्टर के चैंबर में जाने लगे तो हमने एक महिला को चैंबर से बाहर आते देखा। उसे 10 वर्षीय बालक ने सहारा दे रखा था।

मैं और अभीक कंपाउंडर व रोगी के बीच की बातचीत सुन रहे थे। देखिए डॉक्टर अपनी फीस नहीं ले रहे हैं, पर दवा के 300 रुपए आपको देने होंगे। महिला ने कहा, "मैं शाम तक 200 रुपए दे दूँगी, क्योंकि अभी मेरे पास सिर्फ 100 रुपए हैं।" चूँकि कंपाउंडर ने उसे बिना पैसा दिए दवाइयाँ देने से इनकार कर दिया, उसने कहा कि वह इंतजार करे, बाकी पैसे के लिए कुछ इंतजाम करती हूँ। मैं अभीक की ओर मुड़ा और कहा, 'अब मुझे एक कप कॉफी पीने की इच्छा हो रही है, तुम भुगतान करके महिला को दवाइयाँ क्यों नहीं दिला देते।' एक शब्द कहे बिना उसने मेरी बात मान ली। उस महिला को तोहफा खोलते, मेरा मतलब था दवाइयों के पैकेट खोलते और आश्चर्यमिश्रित खुशी के साथ प्रतिक्रिया देते देखकर इतना संतोष मिला कि जिसका वर्णन नहीं किया जा सकता। उसका बीमार चेहरा चमक उठा। उसने सिर्फ अभीक के सिर पर हाथ घुमाया, लेकिन बाहर जाते समय उसकी आँखों ने कई बार धन्यवाद कह दिया। उन आँखों ने जो कहा, वह 280 रुपए की कॉफी से कहीं अधिक मूल्यवान था। उसने कहा, "मुझे अब पहले से कहीं ज्यादा अच्छा लग रहा है।" विंस्टन चर्चिल ने बिल्कुल ठीक कहा था, "हमें जो मिलता है, उससे हम आजीविका चलाते हैं, हम जो देते हैं, उससे जिंदगी बनाते हैं।"

फंडा यह है कि यदि हममें से हर व्यक्ति रोज दयालुता का एक काम करे, तो यह दुनिया जीने लायक बन सकती है।

□

कस्टमर की सच्चे दिल से की गई केयर ही ब्रैंड को अलग जगह दिलाती है

उभरती हुई टेक्नोलॉजी के कारण सारी चीजें समान स्तर पर आ गई हैं। हर प्रतिस्पर्धी आसान फाइनेंस के सहारे एक ही प्रकार का प्रोडक्ट, समान स्तर का इंफ्रास्ट्रक्चर और समान सुविधाएँ देने में सक्षम है। एक ही चीज है, जो फर्क पैदा कर सकती है और वह है हमारे कर्मचारी कस्टमर को सेवा देते समय उन्हें कितनी गरमजोशी का अनुभव देते हैं। विमानन उद्योग से कुछ उदाहरण हाजिर हैं।

स्टोरी 1 : पिछले सोमवार को चार वर्षीय समर और उसकी माँ डोना एडिनबर्ग से फ्लाइट लेकर स्कॉटलैंड के ऑर्कनी रवाना हुए। उड़ान के मध्य में उन्हें पता चला कि जो टेडी बियर उनके साथ सारे समय था, वह गायब है। जैसे ही विमान नीचे उतरा, डोना ने बड़ी बेचैनी से सब जगह फोन लगाकर कोशिश की कि किसी से टेडी बियर मिल जाए, लेकिन एयरपोर्ट पर तो उन्हें कोई नहीं मिला। उनसे समर के चेहरे पर निराशा के भाव देखे नहीं जा रहे थे और फिर उन्होंने फेसबुक पर गुहार लगाने का फैसला किया। इसने 'लोगन एयर' के चालक दल के सदस्य कर्स्टी वॉल्टर का ध्यान खींचा, जिन्होंने टेडी बियर को पहुँचाने का बीड़ा उठाया। न सिर्फ टेडी को समर के पास हवाई उड़ान से भेजा गया, बल्कि 300 किलोमीटर की इस उड़ान में टेडी का अपना एडवेंचर रहा। हवाई जहाज में उसे अलग सीट दी गई और साथ में कैरामल वैफर्स। टेडी ने समर तक पहुँचने के पहले पायलट और चालक दल के सदस्यों के साथ सेल्फी भी ली। इसी प्रकार जनवरी 2016 में ब्रिटिश एयरवेज ने 'पूह' नाम का टेडी बियर अर्जेंटीना के ब्यूनस आयर्स से 4,600 मील दूर वेस्ट यॉर्कशायर भेजा और इसे इसके 8 वर्षीय मालिक वुडी क्रैमर से मिला दिया। उसे यह उसके 30 वर्षीय पिता स्कॉट ने दिया था। जब

परिवार को पता चला कि 'पूह' एयरपोर्ट पर कहीं खो गया है तो उन्होंने अपने इस पारिवारिक सदस्य को वापस पाने के लिए सोशल मीडिया का सहारा लिया और अंतत: परिवार को उसका टेडी मिल भी गया।

स्टोरी 2 : थाई एयरवेज के अटेंडेंट चक्रित रतनावेथिन ने हजारों लोगों के दिल तब जीत लिये, जब एक बुजुर्ग यात्री को खाना खिलाते हुए उनके फोटोग्राफ के साथ एक पोस्ट देखी गई। बैंकॉक और कुआलालंपुर की फ्लाइट में किसी सहयात्री द्वारा खींचा यह फोटो वायरल हो गया। शारीरिक रूप से अक्षम यह व्यक्ति भोजन परोसे जाने पर उसे ग्रहण नहीं कर पा रहा था और फ्लाइट अटेंडेंट ने जैसे कोई माँ अपने बच्चे को भोजन कराती है, उस तरह उन्हें भोजन कराने का निश्चय किया।

स्टोरी 3 : सितंबर 2015 में एयर कनाडा का पायलट तब हीरो बन गया, जब उसने यात्रियों से खचाखच भरे जेट को एक पालतू कुत्ते की जान बचाने के लिए वापस एयरपोर्ट की ओर मोड़ दिया। यह कुत्ता विमान के कार्गोवाले हिस्से में था और उस हिस्से को गरम रखनेवाला सिस्टम नाकाम हो गया था। जेट तेल अवीव और टोरंटो के बीच उड़ रहा था, जब कॉकपिट में वार्निंग लाइट चमकने लगी। बोइंग 787 ड्रीमलाइनर तब अटलांटिक पार करनेवाला था, जिसका मतलब था कि कार्गो एरिया में तापमान शून्य के नीचे जा सकता था। विमान की दिशा मोड़ने से ईंधन पर 10 हजार डॉलर का अतिरिक्त खर्च आनेवाला था, लेकिन 7 साल का बुलडॉग सिंबा शून्य से नीचे के तापमान में समुद्र पार करने की लंबी यात्रा में बच नहीं पाता।

स्टोरी 4 : पिछले दिसंबर में डेल्टा एयरलाइन का पायलट रनवे पर था, लेकिन उसने देखा कि कुछ यात्री बोर्डिंग गेट की तरफ दौड़ते आ रहे हैं और बहुत ही दु:खी नजर आ रहे हैं। उसने रेडियो पर संपर्क किया तो पता लगा कि यात्री रिक शॉर्ट के 56 वर्षीय पिता फेफड़ों के कैंसर से चल बसे हैं और परिवार उनकी अंत्येष्टि के लिए जा रहा है। कनेक्टिंग फ्लाइट में देरी हो गई थी और इसलिए यह उनकी गलती नहीं थी। पायलट ने विमान का रुख मोड़ा और बोर्डिंग गेट पर उन्हें लेने के लिए फिर ले आया ताकि वे अंत्येष्टि में जाने से चूक न जाएँ।

फंडा यह है कि भीड़ भरे प्रोडक्ट मार्केट में सिर्फ ग्राहक की सच्चे दिल से की गई परवाह ही आपके ब्रैंड को अलग साबित कर सकती है।

□

योजनाबद्ध ढंग से परोपकार व प्रभावी समाधान आपको हमेशा आगे रखेंगे

नियोजित हमदर्दी : दो साल पहले सोशल एंपेक्टर्स फोरम शुरू करनेवाली स्वाति महेश कीर्तिपति 1 दिसंबर को अमेरिका के पूर्व राष्ट्रपति बराक ओबामा की उपस्थिति में हुई दिल्ली टाउन हॉल मीटिंग में मौजूद थीं। ओबामा फाउंडेशन की जिस मीटिंग को खुद ओबामा ने संबोधित किया, उसके 300 आवेदकों में उनके होने का कारण भी वैसा ही था। प्रतिमाह 1500 रुपए का उनका चैरिटी का बजट है। ऐसा नहीं कि यह पूरा पैसा वे अपनी जेब से खर्च करती हैं। वे ऐसे हर व्यक्ति से पैसा जुटाती हैं, जो दे सकता हो। वे सिर्फ दो आइटम बनाती हैं—पुलाव तथा रायता और उसे एक खास इलाके में खास दिन पर बेघर लोगों के बीच बाँट देती हैं। यह कोई अल्टरनेट वीकेंड या छुट्टी का दिन हो सकता है। दिन बड़ी सावधानी से चुना जाता है। यदि उन्हें मालूम पड़े कि किसी खास दिन बेंगलुरु के सेंट्रल बिजनेस डिस्ट्रिक्ट (सीबीडी) में कोई विजिटर नहीं होगा तो वे तत्काल भोजन तैयार करती हैं और कुछ दोस्तों को मदद के लिए बुलाकर उसे वितरित कर देती हैं। इसलिए ऐसे दिन महीने में केवल दो ही आते हैं। वे ऐसा मूलत: इसलिए करती हैं, क्योंकि सीबीडी क्षेत्र में कोई नहीं आता तो बेघरों के लिए पैसा कमाना या भोजन हासिल करना मुश्किल हो जाता है। उनकी संख्या कोई कम नहीं है। कभी-कभी वे एक हजार से ज्यादा हो जाते हैं। इस कॉलम में उनके सुनियोजित परोपकार की पहले भी चर्चा हुई है।

ओबामा ने खुद संकेत दिया है कि खुद को खारिज करना और कठिनाइयों में खो जाना बहुत आसान है, लेकिन उन्होंने जोर देकर कहा कि हमें यह याद रखना चाहिए कि किसी छोटे प्रयास का भी लहरों की तरह दूर तक प्रभाव होता

है, फिर चाहे हमें तत्काल यह महसूस न भी हो। अंततः हमारे काम का समाज पर कुछ असर तो पड़ेगा। स्वाति टाउन हॉल मीटिंग में आमंत्रित 300 लोगों में से थीं, उसकी वजह ही यह थी कि उनमें हमदर्दी के साथ एक योजना भी थी। वे भोजन उस तरह नहीं बाँटतीं, जैसे हममें से कुछ करते हैं या दान में मिला पैसा बिना यह जाने खर्च नहीं करतीं कि वह किसे मिल रहा है और उसका कैसा इस्तेमाल हो रहा है। वे अनाज का एक कण भी बरबाद नहीं होने देतीं।

प्रभावी समाधान : मैमोग्राम खासतौर पर 40 की उम्र से ऊपर की महिलाओं को दिए जाते हैं, लेकिन अब स्तन कैंसर की दर बढ़ रही है और यह रोग कम उम्र की महिलाओं में भी देखा जा रहा है, पर युवतियों की असरदार स्क्रीनिंग की कोई विधि नहीं है। बेंगलुरु स्थित हैल्थ-टेक स्टार्टअप 'निर्माणी' ने थर्मल इमेजिंग, आर्टिफिशियल इंटेलिजेंस (एआई) और मशीन लर्निंग (एमआई) को मिलाकर 'थर्मालाइटिक्स' नाम की नई टेक्नोलॉजी विकसित की है। निर्माणी उस ग्रुप में शामिल चार भारतीय स्टार्टअप में से एक होगी, जिसे दुनियाभर से भागीदार लेकर गूगल ने अपने लॉन्चपैड एक्सलेटर प्रोग्राम के लिए तैयार किया है।

29 जनवरी, 2018 को निर्माणी सैन फ्रांसिस्को में दो सप्ताह के बूटकैंप में शामिल होगी, जिसका सारा खर्च गूगल उठाएगी। इसके बाद उन्हें मेंटरशिप और छह माह तक सपोर्ट मिलेगा। गूगल डेवलपर्स लाञ्चपैड, ग्लोबल लीड के रॉय ग्लासबर्ग ने एक बयान में कहा, "इन स्टार्टअप का चुनाव उनके द्वारा दी जा रही अनूठी वैल्यू और मशीन लर्निंग और आर्टिफिशियल इंटेलिजेंस जैसी नवीनतम टेक्नोलॉजी का इस्तेमाल करने के कारण किया गया है।" लॉञ्चपैड न सिर्फ दुनिया को उनसे परिचित कराएगा, बल्कि उन्हें अपने काम को व्यापक बनाने और तकनीकी विशेषज्ञता का स्तर उठाने के लिए सपोर्ट भी मिलेगा, क्योंकि उनका समाधान मशीन लर्निंग और आर्टिफिशियल इंटेलिजेंस पर आधारित है, जिसके बारे में उनका दावा है कि यह काम मौजूदा मैमोग्राम की लागत से एक-तिहाई खर्च हो जाएगा।

फंडा यह है कि ऊँचे दर्जे की हमदर्दी के साथ उस पर नियोजित और प्रक्रियाबद्ध ढंग से खर्च और किसी प्रमुख समस्या का प्रभावी समाधान आपको किसी भी होड़ में हमेशा आगे रखेंगे।

□

देना सीख लो तो अपने आप मिलने भी लगेगा

देशभर में कई बिजनेसमैन को अपने ग्राहक को जानने और उचित इंसेंटिव के साथ उनसे जुड़ने में दिक्कत होती है, जबकि ग्राहकों को लुभाने और सफलता दर्ज करने के लिए इंसेंटिव अनिवार्य है। दो लोगों के उदाहरण पेश हैं, जो इसे सही तरीके से करने में कामयाब हुए।

स्टोरी 1 : वह सिर्फ 19 वर्ष का है और उसकी संस्था का नाम है 'खून'। यह कोई रामसे बंधुओं की हॉरर फिल्म नहीं है। आँकड़ों की बात करें तो चेतन एम. गौड़ा ने वह हासिल किया है, जिसके लिए ज्यादातर स्टार्टअप कुछ भी करने को तैयार हो जाएँगे। उसने अब तक 50 हजार लोगों की जिंदगियाँ बचाई हैं। बेंगलुरु में मेकैनिकल इंजीनियरिंग का पहले वर्ष का यह छात्र हमेशा से जिंदगी में कुछ सार्थक करना चाहता था। कक्षा 10वीं में पहुँचने के पहले ही वह अनाथों के कल्याण के लिए काम करनेवाले एनजीओ के साथ काम करने लगा। पता नहीं किस वजह से, पर संकट की घड़ी में वह अपने मित्रों और पड़ोसियों को खून की व्यवस्था करने में बहुत कठिनाइयों का सामना करते देखता, जबकि शहर में रक्त संग्रह के बहुत सारे सेंटर हैं। उसी दौरान उसके एक शिक्षक खून के अभाव में चल बसे। उनसे उसे बहुत लगाव था। इस त्रासदी ने उसे 'खून' की स्थापना करने के लिए प्रेरित किया। यह संस्था रक्तदान करनेवाले लोगों को जोड़ती है और अत्यधिक गंभीर या जरूरतमंद रोगियों के लिए खून इकट्ठा करने के लिए लगाया गया उसका शिविर बुरी तरह फ्लॉप रहा।

प्रचार की उसकी सारी कोशिशों के बावजूद उसे सिर्फ 28 डोनर मिले। उसे एहसास हुआ कि उसने रक्त संग्रह के इच्छुक लोगों को कुछ नहीं दिया, इसलिए वे आगे नहीं आए। रक्त संग्रह के उसके अगले कैंप में गीत-संगीत, नृत्य के साथ प्रेम के बहुत सारे संकेत व प्रतीकों से माहौल जिंदादिली से भरपूर बना दिया गया। इस कैंप में 238 युवाओं ने हिस्सा लिया। चेतन को एहसास हो गया कि उसने गुर सीख

लिया है। उसके बाद होनेवाले हर रक्तदान शिविर में वह यह सुनिश्चित करता कि कुछ ऐसा हो कि युवा वहाँ आते रहें। उसने कई रक्तदान शिविर आयोजित किए, जिनकी मुख्य थीम में कंसर्ट से लेकर स्टैंड अप कॉमेडी और मनोरंजन पर फोकस था। अब उसके काम का विस्तार होने लगा। एक शहर से उसने शुरुआत की थी और अब वह पूरे राज्य में जाने लगा था। इस फरवरी में 'खून' संस्था दिल्ली, चेन्नई, हैदराबाद, पुदुचेरी और मुंबई में थी। 11 हजार डोनर्स के डेटाबेस के साथ संस्था का नाम असम के गुवाहाटी और राजस्थन के शहरों तक पहुँचा। 'खून' का तेजी से विस्तार होने लगा और गुवाहाटी व असम के अन्य हिस्सों से 500 से ज्यादा लोग डोनर हो गए। स्थानीय लोगों से निकटता स्थापित करने के लिए चेतन ने असमी भाषा सीखनी शुरू की। जो सदस्य उसके साथ काम करते हैं, वे बहुत सारा रिसर्च वर्क करते हैं। वे नए प्रोजेक्ट लेकर आते हैं और स्थानीय समस्याओं से निपटने के नए समाधान सुझाते हैं। वे 'Blood-y Citizen' नामक मैगजीन भी निकालते हैं, जिसमें देशभर के लोग योगदान देते हैं। चेतन कहता है कि उसकी अगली योजना तो और भी बड़ी है और तब तक 'खून' संस्था यह सुनिश्चित कर देगी कि हर जरूरतमंद रोगी के लिए हमेशा खून उपलब्ध रहे।

स्टोरी 2 : कई शहर कचरे को छाँटने और उसे ठिकाने लगाने के लिए संघर्ष कर रहे हैं, लेकिन बेंगलुरु की छोटी सी कॉलोनी नंदिनी लेआउट ने कचरा प्रबंधन का रहस्य जान लिया है। जहाँ से कचरा निकलता है, वहीं पर वेस्ट मैनेजमेंट को प्रोत्साहित करने के लिए यहाँ की एसोसिएशन घर में पैदा होनेवाले विभिन्न प्रकार के सूखे कचरे के लिए भुगतान करते हैं। सालभर पहले शुरू की गई यह पहल ठीक चल रही है और आज हर रहवासी को उस कचरे के लिए पैसा मिलता है, जो वे पहले फेंक दिया करते थे। अखबार के लिए 8 रुपए, प्लास्टिक 14 रुपए, कार्ड बोर्ड 5 रुपए किलो और हर किताब के 5 रुपए दिए जाते हैं। इस वार्ड में 20 हजार मकान हैं और 90 हजार लोग रहते हैं, जो हर दिन 12 टन कचरा पैदा करते हैं। हर दिन हाउसकिपिंग स्टाफ सुबह की साफ-सफाई करने के बाद करीब 11 बजे घरों में जाता है। कॉलोनी में सिर्फ गीला कचरा होता है, जिसे स्थानीय नगर निगम एकत्रित करता है।

फंडा यह है कि यदि आप अपने ग्राहकों को कोई वैल्यू देना शुरू करें तो कोई अवधारणा अथवा प्रोडक्ट बेचना बहुत आसान हो जाता है।

□

अच्छे लोग दोष नहीं देते, वे खामियाँ सुधार देते हैं

आपको वह कहानी तो याद होगी, जिसमें एक बिजनेसमैन किसी व्यक्ति को नाव पेंट करने के लिए बुलाता है। पेंट करते वक्त वह व्यक्ति नौका में छेद देखता है तो उसे सुधार देता है और अपना मेहनताना लेकर चला जाता है। अगले दिन नौका का मालिक उसे बुलाकर छेद बंद करने के लिए उसे पुरस्कार में बड़ी राशि देता है, जबकि पेंटर का कहना था कि यह तो मामूली बात थी। हुआ यह था कि मालिक पेंटर को छेद के बारे में बताना भूल गया था और उसकी गैर-मौजूदगी में उसे बताए बगैर उसके बच्चे नौका लेकर फिशिंग पर चले जाते हैं। जब बिजनेसमैन को यह पता चलता है तो वह भीतर तक हिल जाता है। बच्चों के लौटने के बाद उसे पता चलता है कि पेंटर ने रिपेयरिंग कर दी थी। उसका मानना था कि इससे उसके बच्चों की जान बच गई।

मुझे यह कहानी शुक्रवार को सुबह 4:45 बजे याद आई, जब मैं किसी अत्यावश्यक काम से मुंबई में वेस्टर्न एक्सप्रेस हाईवे पर ड्राइविंग कर रहा था। इस रोड पर सारे ट्रैफिक चौराहों पर फ्लाईओवर बने हुए हैं कि लोग ट्रैफिक के ऊपर से अक्षरशः उड़ान भर सकते हैं। जबसे मुंबई में पचास के दशक के उत्तरार्ध में कैंप्स कॉर्नर पर देश का पहला फ्लाईओवर जनता को सौंपा गया है, तब से इन्हें भारत में सार्वजनिक परिवहन की सारी बुराइयों का समाधान माना जाता रहा है। इसके बाद क्वींस नेकलेस के नाम से मशहूर मरीन ड्राइव में दूसरा फ्लाईओवर बनाया गया। मैं उस रोड की ठंडी हवा से तो नहीं जमा, पर यह देखकर स्तब्ध रह गया कि हेलमेट पहने कई युवा साइकिल सवार फ्लाईओवर

पर बेतहाशा पैडल मारकर तेज रफ्तार में नीचे आ रहे हैं और उसी रोड पर हाईस्पीड वाहनों से भी होड़ ले रहे हैं।

मैंने एक साइकिल सवार को रोका और रफ्तार के इस पागलपन पर नाराजगी जताई। उसे आगाह किया कि इसी रोड पर फ्लाईओवर के ठीक नीचे सड़क पर बहुत ज्यादा गड्ढे हैं और यह उसकी जिंदगी के लिए घातक हो सकता है। मैं नियमित रूप से वहाँ से गुजरता हूँ, इसलिए मुझे यह मालूम था। उसने न सिर्फ धन्यवाद दिया, बल्कि तत्काल पीछे आ रहे साथियों को सावधान रहने का संकेत दिया।

कोहरे के कारण कई गड्ढे साइकिल सवारों को दिखाई नहीं देते। यही वजह है कि सबसे पहले फ्लाईओवर बनानेवाले शहर मुंबई में कम-से-कम कुछ चुने हुए मार्गों पर दुपहिया वाहनों अथवा साइकिल सवारों को फ्लाईओवर पर जाने से रोकने के नियम हैं, लेकिन तड़के सुबह आप यह उम्मीद नहीं कर सकते कि ट्रैफिक पुलिस की सतर्क निगाहें तब भी जाग रही होंगी। विशेषज्ञ कहते हैं कि फ्लाईओवर से तेज रफ्तार में नीचे आ रहे वाहनों ने रोड यूजर, साइकिल सवारों और पैदल चलनेवालों के लिए जोखिम बढ़ा दिया है।

कुछ हफ्ते पहले कैंब्रिज यूनिवर्सिटी, आईआईटी दिल्ली के ट्रांसपोर्टेशन ऐंड इंज्युरी प्रिवेंशन प्रोग्राम और उत्तर प्रदेश की शिव नादर यूनिवर्सिटी के शोधकर्ताओं ने किए विश्लेषण में पता लगाया कि फ्लाईओवर से पैदल चलनेवालों साइकिल सवारों और रोड यूजर के लिए घातक दुर्घटना का जोखिम बढ़ जाता है। सड़क पर घातक दुर्घटना के शिकार होनेवालों में 85 फीसदी दुपहिया वाहन सवार होते हैं। फ्लाईओवरवाली रोड पर रफ्तार 40-50 फीसदी अधिक होती है। आबादी के कम घनत्ववाले क्षेत्रों में जान जाने का जोखिम 80 फीसदी अधिक होता है।

अहमदाबाद के बस रैपिड ट्रांजिट सिस्टम के प्रमुख और भारत में शहरी अध्ययन के अग्रणी संस्थानों में शुमार वहाँ की सीईपीटी यूनिवर्सिटी के एसोशिएट डायरेक्टर एचएम शिवानंद स्वामी कहते हैं कि शहरी यातायात जाम से निपटने के औजार के रूप में फ्लाईओवर को विदेशों में त्याग दिया गया है। सिओल जैसे कई महानगर तो फ्लाईओवर अथवा एलिवेटेड रोड गिरा रहे हैं।

दिल्ली और चेन्नई को तो 'सिटी ऑफ फ्लाईओवर्स' का नाम ही मिल गया है। सूरत भी तेजी से यह तमगा पाने की ओर बढ़ रहा है, लेकिन इनमें से

किसी शहर में दोपहिया वाहन सवारों के फ्लाईओवर प्रवेश पर रोक लगाकर उनकी जान बचाने के उपाय नहीं किए गए हैं।

फंडा यह है कि शहर नियोजकों को दोष देने की बजाय, आइए हमें जहाँ भी कोई खामी दिखाई दे, उसे सुधारते चलें। भले लोग ऐसा ही करते हैं।

□

भाग्य बहादुर का साथ देता है

उस उम्र में जब उसे स्कूल में होना चाहिए था, वह परिवार की मदद के लिए काम कर रहा था और वह भी चाय बेचने का काम। चाय के हर कप की बिक्री के साथ उसके बचपन का हश्र बिना शिक्षा के होता दिखता। पाँचवीं तक पढ़ने के बाद उसे पढ़ाई छोड़नी पड़ी। हर सुबह हाथ में चाय के कप लेकर किशोर उम्र का भूपिंदर सिंह अमृतसर के निकट के अपने गाँव फत्तुभिला में हर निर्माण स्थल के चक्कर काटता ताकि उसे ग्राहक मिल सकें, जो उसकी चाय पीना चाहें।

भूपिंदर की हर तरह सलमान सैयद भी मुंबई के हाजी अली ट्रैफिक सिग्नल पर हरी बत्ती होने का इंतजार कर रहे कार में बैठे लोगों में अपनी सेकंड हैंड किताबों के ग्राहक खोजता था। उसकी माँ कचरा बीनने का काम करतीं, जबकि पिता छोटे-मोटे काम करते। फुटपाथ पर जन्मे सैयद को परिवार के लिए पढ़ाई छोड़नी पड़ी। इस परिवार में माता-पिता के अलावा बहन, उसके तीन बच्चे, पति और दादी थीं।

पंजाब में भूपिंदर ने चाय बेचने को ही लगभग अपनी तकदीर मान लिया था, जबकि उसमें पढ़ने की गहरी इच्छा थी। उसकी किस्मत तब बदली, जब फत्तुभिला के सत्य भारती आदर्श सीनियर सेकंडरी स्कूल के शिक्षकों का एक समूह तब उससे मिलने आया, जब उन्हें पता चला कि वह पाँचवीं तक पढ़ा है। उन्होंने वादा किया कि वे मुफ्त में यूनिफॉर्म, किताबें और दोपहर का भोजन मुहैया कराएँगे। उन्होंने भूपिंदर के पिता को राजी किया कि वे उसे स्कूल में जाने दें। कड़ी मेहनत करके उसने अच्छा प्रदर्शन किया। उसने विज्ञान विषय में गहरी रुचि दिखाई और अपने प्रोजेक्ट के लिए सराहना पाई। जब कक्षा 9वीं में था तो उसके सामने फिर पढ़ाई जारी रखने या स्कूल छोड़कर परिवार की आर्थिक सहायता के लिए काम करने की दुविधा पैदा हो गई। एक तरफ परिवार था, जो उससे कमाई करने की गुहार लगा रहा था और दूसरी तरफ उसके शिक्षक पढ़ाई जारी रखने पर जोर दे रहे थे।

आखिरकार शिक्षकों के साथ उसकी नियति की भी जीत हुई। मुंबई में सैयद किताबें बेचते हुए ग्राहकों से उसकी बेची हुई किताब के शब्द पूछता। उसके पिता ने उसे अक्षरज्ञान कराया था, जिससे उसे किताबें बेचने में मदद मिलती। सड़कों पर पल रहे बच्चों का सर्वे कर रहा गैर-सरकारी संगठन (एनजीओ) आकांक्षा फाउंडेशन 14 वर्षीय सैयद की अंग्रेजी बोलने की काबिलीयत से प्रभावित हुआ। जल्दी ही सैयद को इस एनजीओ में शामिल होकर पढ़ने के लिए मनाया गया। 2011 में दसवीं की परीक्षा देने के पहले प्रयास में वह नाकाम रहा। अगले साल वह फिर परीक्षा में बैठा और पास हो गया। एनजीओ की आर्थिक मदद से कक्षा 11वीं में उसने 91 फीसदी अंक हासिल किए और 12वीं बोर्ड में उसे 89 फीसदी अंक हासिल हुए। फिर वह समाजशास्त्र में ग्रेजुएशन करने लगा और साथ में 'मैजिक टूर्स' के लिए टूर गाइड का काम करने लगा। स्कूल की शिक्षा पूरी करने के बाद अब भूपिंदर उत्तर प्रदेश के फतेहगढ़ स्थित सिख लाइट इंफ्रेंट्री रेजिमेंटल सेंटर में जनरल ड्यूटी सोल्जर की ट्रेनिंग ले रहा है। जून में शुरू हुई ट्रेनिंग अप्रैल 2018 में पूरी हो जाएगी। अब वह अपनी ग्रेजुएशन पूरी करना चाहता है। उसका लक्ष्य है सेना में कमीशन प्राप्त अफसर बनना। इनफेंट्री में भर्ती होने के बाद भूपिंदर हरी वर्दी पहनकर अपने गाँव गया तो उसके परिवार और पूरे गाँव को उस पर गर्व हुआ।

पिछले साल सैयद को कम्युनिटी कॉलेज इनिशिएटिव के तहत एक कोर्स का पता चला, जिसके तहत वह अमेरिका के टेक्सास राज्य के ह्यूस्टन कम्युनिटी कॉलेज में 10 माह बिजनेस स्टडीज की पढ़ाई कर सकता था। उसने आवेदन किया और उसे प्रवेश मिल गया और वह अभी अमेरिका में है। हैंडलूम पिक्चर कंपनी के संस्थापक-निदेशक राम सुब्रह्मण्यम ने उस पर तीन मिनट का वीडियो बनाया कि कैसे ट्रैफिक सिग्नल पर पुरानी किताबें बेचनेवाला लड़का उन्हीं किताबों की पढ़ाई करने अमेरिका पहुँचा। पिछले शनिवार को यह वीडियो वायरल हो गया। वे लोग जो कड़ी मेहनत करने को तैयार हैं और उनमें सारी कठिनाइयों को मात देनेवाली जिद है, उन्हें आखिरकार सफलता मिलती ही है।

फंडा यह है कि मजबूत इच्छा-शक्ति से प्रेरित बहादुर दिलों को गरीबी कभी अपने ध्येय से विचलित नहीं कर सकती।

□

किसी ऊँचे उद्देश्य के लिए काम करने से पैदा होती है अद्भुत ऊर्जा

कई विशेषज्ञों का दृढ विश्वास है कि आत्म केंद्रित होने से ऊर्जा नष्ट होती है। जितना व्यक्ति खुद के बारे में सोचता है, उतना वह थकने लगता है, लेकिन जब लोग ऊँचे उद्देश्य के लिए काम करते हैं—ऐसा कोई आदर्श, जो खुद से आगे जाता हो, तो न सिर्फ वे खुद के लिए, बल्कि उस काम में हाथ बँटा रहे लोगों के लिए भी अत्यधिक ऊर्जा पैदा करते हैं। 32 वर्ष की समान आयु के मेहुल अग्रवाल और ऋषभ आनंद ने अपनी तरह से ऐसा ही कुछ किया कि उक्त दावे की पुष्टि हो गई।

स्टोरी 1 : जब अध्यापक रिपोर्ट कार्ड पर प्राय: लिखते हों, 'वह पढ़ाई में अच्छा प्रदर्शन नहीं कर रहा है' और उस पर पालकों के हस्ताक्षर भी लेने हों तो ऐसे माहौल में खुशी के साथ बढ़ना आसान नहीं होता। वह भी तब, जब आप जमशेदपुर जैसे शहर में रह रहे हों, जहाँ शैक्षिक बातों के अलावा किसी चीज की चर्चा ही नहीं होती। तब तो स्थिति और भी खराब हो जाती है। मेहुल अग्रवाल ठीक इसी वातावरण में बड़े हुए। उनकी दो राय थीं—मैं उन्हें दिखा दूँगा या मैं ऐसा कुछ करूँगा कि उन्हें अपनी राय बदलनी पड़ेगी। मेहुल अब अमेरिका के नेवार्क स्थित कंपनी विनवायर टेक्नोलॉजीज के स्ट्रेटेजिक अकाउंट के डायरेक्टर हैं। वे अच्छी तरह जानते हैं कि इतना पर्याप्त नहीं है। मेहुल अपने बचपन के दिनों का संघर्ष नहीं भूले हैं—पढ़ाई में कमजोर प्रदर्शन के कारण स्कूल बदलने से लेकर आर्थिक समस्याओं तक, जिनके कारण वे कॉल सेंटर पर काम करने पर मजबूर हुए। इकोनॉमिक्स में रुचि ने उन्हें वहाँ पहुँचाया, जहाँ वे आज हैं। वे अपने वतन में कई ऐसे किशोरों की उम्मीद बनना चाहते थे, जिनका आत्मविश्वास

उनके रिपोर्ट कार्ड के रिमार्क के कारण हिल गया हो। अंतरराष्ट्रीय स्टार्टअप की मेंटरिंग करनेवाले मेहुल ने झारखंड के आदिवासी आंत्रप्रेन्योर को टिकाऊ बिजनेस स्थापित करने के लिए सलाह देने का उद्देश्य सामने रखा है। इसके लिए उन्होंने राज्य सरकार को पत्र भी लिखा है। किसी भी मेंटर की तरह उनकी रुचि मुनाफा कमाने का उद्देश्य न रखनेवाले और इनोवेटिव आइडियाज में है। उनकी गहरी रुचि जमशेदपुर के 'जीवन' जैसे सामाजिक संगठनों से जुड़ने में है। उनके दिल में कहीं यह भावना है कि नई पीढ़ी उस सबसे न गुजरे, जिससे वे गुजरे—पढ़ाई में प्रदर्शन न कर पाने का प्रेशर।

स्टोरी 2 : कौन यह नहीं मानता कि कलम तलवार से ताकतवर होती है, लेकिन ऋषभ आनंद ने राँची के ट्रैफिक को बेहतर बनाने के लिए पाँच साल पहले पत्रकारिता का अपना पेशा छोड़ दिया। शहरी दु:स्वप्नों पर बहुत कम ध्यान दिया गया है और इसे समझना हो खासतौर पर राँची के बारे में, तो आपको एक और स्टोरी पढ़नी होगी। बीते शनिवार को विनय मिश्रा को जमशेदपुर से शाम 5:55 बजे दिल्ली जानेवाली राजधानी एक्सप्रेस पकड़नी थी। वे करबला चौक पर ट्रैफिक में फँस गए और उनकी ट्रेन निकल गई। बुरी तरह विचलित विनय ने पुलिस हेल्पलाइन पर फोन लगाया, जिस पर कोई जवाब नहीं मिला और ट्रैफिक एसपी संजय रंजन सिंह ने उनकी शिकायत पर उदासीन रवैया अपनाया। इसलिए उन्होंने एसपी के खिलाफ एफआईआर दर्ज कराने का निश्चय किया। कुछ घंटों बाद उन्हें इंडिगो का फ्लाइट टिकट मिला। इसके अलावा पुलिस ने एक रात अतिरिक्त ठहरने का बिल भी चुकाया। इस तरह के शहरी दुस्वप्नों का महसूस करके पिछले साल ऋषभ ने ट्रैफिक के बारे में जागरूकता फैलानेवाला एनजीओ 'राइज अप' शुरू किया और राँची म्युनिसिपल कॉर्पोरेशन और ट्रैफिक पुलिस के साथ मिलकर 30 रविवार तक वाहनमुक्त सड़क उत्सव 'राहगीरी' शुरू किया, जिसका फोकस दुर्घटनाओं और प्रदूषण पर था। 2016-17 में उन्होंने 100 स्कूलों में बच्चों के लिए ट्रैफिक सुरक्षा पर सत्र आयोजित किए। वर्तमान में 'राइज अप' ने छह स्कूलों से सड़क सुरक्षा पर साप्ताहिक कक्षाएँ चलाने और मासिक टेस्ट लेने का अनुबंध किया है। ऋषभ अब राँची में एक ट्रैफिक स्कूल 'कारटून' (कार प्लस टून) शुरू करने के लिए क्राउडसोर्सिंग पर ध्यान केंद्रित कर रहे हैं। यहाँ बच्चे डमी पैदल चलनेवालों और ट्रैफिक पुलिस के बीच बैटरी से चलनेवाली कार चलाकर मजेदार ढंग से ट्रैफिक के नियम सीखेंगे। इसके अलावा वे अपना

काम जमशेदपुर, धनबाद और बोकारो में फैला रहे हैं। निवेशकों ने उनके प्रोजेक्ट को साकार करने का वादा किया है।

फंडा यह है कि जिन लीडर्स में अपने से आगे देखने का विजन होता है, वे लोगों को काम करने के लिए रिश्वत नहीं देते, बल्कि वे उन्हें काम करने की प्रेरणा देते हैं।

□

झूठ अच्छा होता है या बुरा?

इस हफ्ते हर भारतीय शहर, मॉल और होटल में लाल और सफेद रंग छाया हुआ था, जो क्रिसमस के आगमन का एहसास करा रहा था। हम सबने युवा, वृद्ध, धनी व गरीब सभी को तोहफों का अपना झोला लिये मोटे से सैंटा के साथ कपास की मदद से बनाई बर्फ जैसी दिखनेवाली पृष्ठभूमि में सेल्फी लेते देखा होगा, क्योंकि यह ख्यात किरदार आपके भीतर गरमजोशी और सौहार्द की ऐसी भावनाएँ भर देता है, जिन्हें शब्दों में व्यक्त करना मुश्किल होता है।

इस रविवार की दोपहर हम कुछ दोस्त, जिनमें दो डॉक्टर थे, आठ साल के तीन बच्चों के साथ थे। हम मॉल गए और एक बच्चे ने मुझसे प्रश्न पूछा, जिसने मुझे हिला दिया। मेरे दिल की धड़कन बढ़ गई और आँसू विचारों पर हावी हो गए, क्योंकि उसके प्रश्न ने मेरा पाखंडी व्यवहार उजागर कर दिया। मैं अपने आप पर काबू नहीं रख पाया। मैंने वहाँ से जाने के लिए खेद जताया और जल्दी से पास के वॉशरूम में चला गया। खुद को सँभाला और नकली सी मुसकान लेकर एक जवाब के साथ लौटा। उसने मुझसे बहुत ही सरल सा प्रश्न पूछा था, "सैंटा साल में एक बार ही क्यों आते हैं, रोज क्यों नहीं आते?" यदि किसी को लगता है कि यह कितना आसान प्रश्न था तो उसे यह जरूर जानना चाहिए कि यह प्रश्न पूछा किसने है और मुझे इसका जवाब देना इतना कठिन क्यों लगा। यह प्रश्न ऐसे चेहरे ने किया था, जिसकी आँखों के काले घेरों ने उन चमकदार दाँतों को होंठों के पीछे छिपा दिया था, जो खुलने व मुसकराने के लिए संघर्ष कर रहे थे। मैं पहली बार मेरे डॉक्टर दोस्तों के साथ आया था, जो साल में एक या दो बार ऐसे बच्चों को सेलिब्रेशन के लिए ले जाते हैं। ये बच्चे अपने स्कूल लौटना चाहते हैं। कंचे, लँगड़ी, खो-खो जैसे बिना खर्चवाले खेल दोस्तों के साथ खेलना चाहते थे। वे

फिलहाल जहाँ हैं, उसकी गंध पसंद नहीं करते, जो मेरे दोस्त का अस्पताल है। रोज जो दवाइयाँ उन्हें खिलाई जाती हैं, उसके स्वाद से उन्हें नफरत है, लेकिन उनकी ऐसी सारी इच्छाएँ पूरी नहीं हो सकती थीं, क्योंकि उन्हें वह भयानक रोग है, जिसे ब्लड कैंसर कहते हैं।

मेरे डॉक्टर दोस्त को बेंगलुरु के 25 वर्षीय कार्तिक से प्रेरणा मिली, जो वहाँ के किदवई मेमोरियल इंस्टीट्यूट ऑफ ऑन्कोलॉजी के 80 बच्चों के लिए सैंटा बन जाते हैं। कार्तिक न तो स्थूल काया के हैं, न बूढ़े और न उनके पास तोहफों का कोई झोला है, लेकिन वे हर वीकेंड वहाँ जाकर उनके साथ कुछ घंटे बिताते हैं। तोहफे देने के उनके तरीके में शामिल हैं—उन्हें साहस की कहानियाँ सुनाना। वे क्रिसमस केरोल या न्यू ईयर जिंगल्स ही नहीं, बल्कि फिल्मी गीत भी सुनाते हैं, जोक्स मारते हैं, कुछ जादू के खेल दिखाते हैं और इसके अलावा हर कुछ माह बाद अपना रक्त दान करते हैं। ये सारे प्रयास इसलिए होते हैं कि वहाँ का हर बच्चा अपने शरीर और स्थायी रूप से सीरिंज लगे हाथों में छटपटाने पर मजबूर करनेवाली पीड़ा को कुछ समय भूलकर मुसकराए। आज वे उनके लिए सच्चे अर्थों में 'अन्ना' (बड़ा भाई) हैं और उत्साहपूर्ण गलबहियाँ उनका वहाँ स्वागत करती हैं। मैंने उन लड़कों से कहा, "सैंटा को पूरी दुनिया में घूमना पड़ता है, इसलिए वे साल में एक बार ही आ पाते हैं।" तत्काल अगला प्रश्न आया, जिसकी मैं अपेक्षा कर रहा था, "यदि हमें किसी और दिन कुछ चाहिए हो तो किसे कहें?" मैं तैयार था और मैंने कहा, "हम एल्फ से।" ये सैंटा के दोस्त हैं, जो तोहफे का झोला तैयार करने में उनकी मदद करते हैं। सैंटा की कहानी के काल्पनिक पात्र, लेकिन जब उसने यह कहा तो मैं कुछ जवाब नहीं दे सका, "मैं आपको पहली बार देख रहा हूँ, आप तो कभी आए नहीं।" मैंने उसे कसकर गले लगाकर आगे प्रश्न पूछने से रोक दिया और कहा, "माफ करना दोस्त, चूँकि अब मैं तुम्हें जानता हूँ तो मैं मिलने आता रहूँगा।" मैं सोच रहा था कि मैं कैसे अपना वादा पूरा कर पाऊँगा।

फंडा यह है कि मैं वाकई नहीं जानता कि झूठ बोलना अच्छा है या बुरा, लेकिन मैं यह जानता हूँ कि यदि कोई झूठ जरूरतमंदों के दिल में उम्मीद जगाए और वह भी ऐसे लोगों में, जिन्हें सिर्फ प्रेम चाहिए, तो वह निश्चित रूप से बुरा नहीं है।

□

कमजोरों के लिए लड़ें तो कई आहत दिलों को राहत मिलती है

स्टोरी 1 : दिसंबर 2017, हममें से कई लोगों ने वह खबर पढ़ी-सुनी होगी कि महाराष्ट्र के हिल स्टेशन महाबलेश्वर में अपने दोस्त के यहाँ छुट्टियाँ बिता रहे शिवसेना प्रमुख उद्धव ठाकरे कैसे पड़ोस के होटल में हो रहे विवाह समारोह के दौरान लाउडस्पीकर की ऊँची आवाज से चिढ़ गए थे। शिवसेना के स्थानीय नेता डीएम बावडेकर ने होटलवालों से आवाज कम करने का अनुरोध किया, लेकिन उन्होंने अनुरोध मानने से इनकार कर दिया। राज्य के पर्यावरण मंत्री रामदास कदम से संपर्क कर प्रदूषण नियंत्रण विभाग से नोटिस जारी करवाया गया। होटल की जल व बिजली आपूर्ति रोक दी गई और सिर्फ 16 दिनों में पूरा होटल बंद कर दिया गया।

स्टोरी 2 : चार साल पहले अमित गोडसे ने पुणे स्थित अपने फ्लैट के समीप कीटनाशक की मदद से मधुमक्खी का छत्ता नष्ट करते देखा था। वे छत्ते को किसी दूसरी जगह ले जाने का कोई बेहतर विकल्प चाहते थे। बहुराष्ट्रीय कंपनी कैपजेमिनी के कर्मचारी गोडसे को किसी छत्ते की परवाह करने की कोई जरूरत नहीं थी, लेकिन उन्होंने रिसर्च की और छत्ते का रखरखाव सीखने उसी हिल स्टेशन महाबलेश्वर गए। उन्होंने अपना जॉब छोड़ा, मधुमक्खी के बारे में जानने के लिए देशभर की यात्रा करने का फैसला किया। उन्हें एहसास हुआ कि मधुमक्खी और मानव का रिश्ता सिर्फ शहद तक सीमित नहीं है। यदि धरती से मधुमक्खी गायब हो जाए तो मानव अस्तित्व के लिए सिर्फ चार वर्ष ही शेष रहेंगे। मधुमक्खी न होने का मतलब होगा कोई परागण नहीं। परागण नहीं तो नए

पौधे नहीं, प्राणी नहीं और आखिर में मानव नहीं। 2016 में अमित ने पुणे में बी बास्केट एंटरप्राइज प्राइवेट लिमिटेड स्थापित की, जो वर्तमान में पूरे महाराष्ट्र में मधुमक्खी संरक्षण मिशन चलाती है। अब उन्होंने मधुमक्खी के छत्तों को सुरक्षित ढंग से दूसरी जगह ले जाने में विशेषज्ञता हासिल कर ली है। वे मधुमक्खी को मारे बिना शहद बेचने में भी मदद करते हैं। अब उनका उद्देश्य है किसानों में मधुमक्खियों के महत्त्व और उनके आर्थिक फायदों के बारे में जागरूकता फैलाना।

स्टोरी 3 : वे भारत में होटल खोलने की निश्चित योजना के साथ स्विट्जरलैंड के जेनेवा गईं और उन्होंने हॉस्पिटेलिटी इंडस्ट्री की डिग्री हासिल की। बरसों बाद अंबिका सेठ की किसानों के साथ संयोगवश मुलाकात हुई। यह वालंटिय टूरिज्म के जरिए हुई थी। अंबिका ने उन्हें अच्छे बीज दिए और देखना चाहा कि अब आगे क्या होता है। वे किसानों को ऊँची गुणवत्ता के बीज सप्लाई करने लगीं, जिन्हें वे और उनका परिवार नई दिल्ली के अपने फॉर्म पर पैदा करते थे। उन्होंने किसानों को ऑर्गेनिक फार्मिंग भी सिखाई। इसके बाद उन्होंने और उनके सहयोगियों ने किसानों से ऐसी ऊँची कीमत पर उपज खरीदना शुरू किया, जो कोई बिचौलिया उन्हें नहीं दे सकता था। फिर वे उपज को धोकर और पैक करके दिल्ली और राष्ट्रीय राजधानी क्षेत्र में रीटेल स्टोर्स को बेचने लगे। अंबिका की कलिनरी आर्ट्स ऐंड रिसर्च एकेडमी यूरोप की अद्भुत सब्जियाँ उपलब्ध कराने में मदगार है। उन्होंने अपने किसानों की आय दोगुनी कर दी है और अब वे गाँवों को गोद लेकर ऑर्गेनिक खेती के जरिए रोजगार निर्मित करने और बढ़ाने का सपना देख रही हैं।

स्टोरी 4 : वे तब सिर्फ 18 साल के थे, जब उन्होंने एक 12 साल की किशोरी को यह कहते सुना, ''हर माह उसे रक्तस्राव होता है। उसे अभिशाप है।'' बस इतनी सी बात से उन्होंने इंजीनियरिंग में अपना अच्छा भविष्य छोड़कर कुछ सार्थक काम करने की ठान ली। प्रवीण निकम के संगठन 'रोशनी' में 40 सदस्य हैं, जो स्त्री-पुरुषों को समान रूप से मैंस्टुअल हाइजीन के बारे में शिक्षित करते हैं। वे झुग्गी-बस्तियों में जागरूकता के अभाव में कलंक समझे जानेवाली धारणा को हटाने के लिए अथक परिश्रम करते हैं। वर्ल्ड इकोनॉमिक फोरम ने इस 25 वर्षीय युवक को 'ग्लोबल शेपर' घोषित किया है; उन्हें लीड अर्थ फेलोशिप प्राप्त हुई है, नेशनल यूथ अवॉर्ड से नवाजा गया है और इस मुद्दे पर उन्हें ब्रिटेन की महारानी से चर्चा का मौका मिला। वे टेडएक्सटॉक पर बोलते हैं और दुनिया

में हर उस जगह घूमते हैं, जहाँ उन्हें लगता है कि कलंक समझी जानेवाली इस धारणा से लड़ने की जरूरत है। वे पुरुषों की दुनिया के ऐसे पुरुष हैं, जो महिलाओं के बारे में बात करते हैं।

फंडा यह है कि जब आप कमजोर लोगों के लिए लड़ते हैं तो उससे ज्यादा आहत दिलों को राहत पहुँचाते हैं, जितने दिलों को आप जाने-अनजाने आहत करते हैं।

□

उपयोगी टेक्नोलॉजी और लोगों की सेवा बेहतर भविष्य के लिए जरूरी

उपयोगी टेक्नोलॉजी : एक ऐसे तकिए की कल्पना कीजिए, जो आपके सोने की अवधि की गणना करें, आपको खर्राटे भरने से रोके, आपके एयर कंडिशनर को नियंत्रित करें और यहाँ तक कि सोने के समय पर आपकी पसंदीदा लोरी भी सुनाए तो आप वह तकिया खरीदेंगे या नहीं? कीमत तथा इसके बारे में ज्यादा जानने के लिए इंतजार कीजिए। चूँकि हममें से ज्यादातर लोगों की आदत मोबाइल फोन को तकिए के नीचे अथवा बिस्तर के नजदीक रखने की होती है, अत्यधिक नुकसानदायक 300 गीगाहट्र्ज तक का रेडिएशन प्रसारित करने की क्षमता के कारण हमें बहुत नुकसान पहुँचता है। खुद को 'स्मार्ट पिलो' कहनेवाला यह तकिया ब्लू टूथ और वाई-फाई का इस्तेमाल करता है और सिर्फ 2.4 गीगाहट्र्ज प्रसारित करता है, जो रेडिएशन का सुरक्षित स्तर है। चूँकि हमारी प्राकृतिक अलार्म घड़ियाँ—मुरगे व मुरगियाँ तो हमारा भोजन बन चुकी हैं तो यह तकिया अलार्म की भूमिका भी निभाता है। इसके अलावा यह ब्लू टूथ का इस्तेमाल करते हुए हर सुबह हमारे मोबाइल फोन पर नींद के विश्लेषण की रिपोर्ट देता है। यह स्मार्ट पिलो सेंसर और घड़ी की सरल सी टेक्नोलॉजी से काम करता है, जिसमें और भी फीचर जोड़े जा सकते हैं। प्रोटोटाइप पिलो की लागत सिर्फ 2,800 रुपए है और आविष्कारकों को विश्वास है कि अधिक कांपेक्ट सर्किट इस्तेमाल करके लागत को 1,000 रुपए या इससे भी नीचे लाया जा सकता है।

इसका इस्तेमाल अस्पतालों में रोगियों की नींद की गुणवत्ता को आँकने के

लिए भी किया जा सकता है। आंध्र के विजयवाड़ा स्थित सिद्धार्थ इंजीनियरिंग की तीसरे वर्ष की विद्यार्थी सुषमा कोरीपल्ली और यग्ना मुनि द्वारा विकसित यह तकिया गुरुवार को आईआईटी मद्रास में अंतरमहाविद्यालयीन प्रतियोगिता व वार्षिकोत्सव के दौरान प्रदर्शित किया गया। इनोवेशन एक्स्पो में जिस दूसरी टेक्नोलॉजी ने प्रभावित किया, वह आरवीआर और जेसी कॉलेज ऑफ इंजीनियरिंग के विद्यार्थी हरिश चैतन्य, एस. अरविंद और वाई सुरेंद्र द्वारा तैयार एक्सीडेंट विरोधी सिस्टम था। दुर्घटना के वक्त कार की अगली सीटें कंप्रेस्ड स्प्रिंग से पीछे चली जाएँगी। ये भी आंध्र के गुटुंर से थे। यह टेक्नोलॉजी एयर बैग और सीट बेल्ट जैसे मौजूदा सुरक्षा उपायों का मिला-जुला रूप है, जो कार में आगे बैठे लोगों की सुरक्षा सुनिश्चित करेगी। यह ऐसा पहला वार्षिकोत्सव है, जिसे आईएसओ ने प्रमाणीकृत किया है। इसने 40 हजार दर्शक आकर्षित किए और इसे एशिया का सबसे बड़ा अंतरमहाविद्यालयीन उत्सव माना गया। दर्शकों को भविष्य की टेक्नोलॉजी की झलक देने के लिए वहाँ पिक्टोग्राफिक स्टोरी कहनेवाला पानी का बेलनाकार परदा, पलकें झपकने के अंतराल में व्यक्तिचित्र बनानेवाला रोबोट, अदृश्य वाद्ययंत्रों वाला बैंड, जो शून्य से संगीत पैदा कर देता था, एक कहानी की रचना करती लेजर बीम और ऑगमेंटेड रियलिटी दिखानेवाले होलोग्राफिक प्रोजेक्शन भी वहाँ प्रदर्शित थे।

सबसे निचले तबके के लोगों की सेवा कीजिए : कोलकाता म्युनिसिपल कॉर्पोरेशन के वार्ड 66 स्थित मजदूरपाड़ा के बारह से कम की आयु के बच्चे स्कूल छूटते ही दौड़ते हुए लौट आते हैं, क्योंकि 'चक्के पे चक्का' के दीदी व भैयाओं के साथ एक नई लर्निंग उनका इंतजार कर रही होती है। एनजीओ 'एकतारा' का यह उपक्रम बच्चों को यह समझने में मदद करता है कि सीखना मजेदार भी हो सकता है। यह नई अवधारणा बेल्जियम के संगठन 'मोबाइल स्कूल' से सहयोग का नतीजा है, जिसका उद्‌देश्य दुनिया भर के स्ट्रीट चिल्ड्रन को अधिकार संपन्न बनाना है। यह गाड़ी फैलाए जा सकनेवाले ब्लैकबोर्ड के साथ आती है। सबसे संकुचित रूप में मोबाइल स्कूल सिर्फ डेढ़ मीटर लंबाई का है और जब फैलाया जाता है तो यह छह मीटर लंबा हो जाता है। इस गाड़ी में से जो पैनल बाहर आते हैं, उन पर बुनियादी शिक्षा, क्रिएटिव थैरेपी, स्वास्थ्य रक्षा शिक्षा, जीवन-कौशल और सामाजिक कौशल पर सबक होते हैं, एकतारा भारत में पहला और एशिया में तीसरा एनजीओ है, जो नम्रता सुरेका और वीनिता

सराफ द्वारा शुरू किए मोबाइल स्कूल प्रोजेक्ट को अमल में लाया है। यह कार्यक्रम झुग्गी-बस्तियों के 650 बच्चों व महिलाओं की जिंदगी को छूता है।

फंडा यह है कि बेहतर भविष्य के लिए समाज के सबसे निचले तबके के लोगों को शिक्षित करके उन्हें नए स्तर पर लाएँ और हाई-ऐंड टेक्नोलॉजी में लगातार आविष्कार करते रहें।

□

क्या आपने कभी किसी गाँव को आत्म-निर्भर बनने में मदद की है?

कल्पना करें कि आप 7,500 फीट की ऊँचाई पर अछूते पाइन और देवदार के वृक्षों के आगोश में हैं, जहाँ से गहरी खाई नजर आती है, जिसे दहाड़ती सुपिन नदी ने तैयार किया है और यह नदी टौंस नदी में बहुत सारा जल उड़ेलती है। टौंस नदी यमुना नदी की मुख्य सहायक नदी है। शांति इतनी गहरी है कि किसी जगह पर तो आपको पास में खड़े व्यक्ति की साँसें भी सुनाई देती हैं। हमारे देश के सबसे दूर मौजूद कलाप गाँव में आपका स्वागत है, जो उत्तराखंड के गढ़वाल क्षेत्र में मौजूद है। रोज की जिंदगी में ऑर्गेनिक खेती देखने के लिए यह बहुत अच्छी जगह है। इतनी दूर होने की कठोरताओं के कारण यहाँ के लोगों को चिकित्सा सहायता छोड़ दें तो रहने, खाने और पहनने की हर चीज खुद बनानी पड़ती है। टौंस घाटी के दूरवर्ती ऊपरी हिस्से में बसे 35 गाँवों के 20 हजार लोगों के लिए मेडिकल सहायता बहुत ऊँची लागत पर मिल पाती है; कोई 5,000 रुपए प्रतिदिन, जो प्रमुख बड़े शहरों में भी 500 रुपए से अधिक नहीं है। ऐसा सिर्फ इसलिए नहीं है कि सबसे नजदीक का अच्छा अस्पताल 210 किलोमीटर दूर देहरादून में है, बल्कि इसलिए भी कि उफनती टौंस नदी को पार करने के लिए न तो सड़कें हैं और न पुल है। बेंगलुरु के पूर्व फोटो जर्नलिस्ट आनंद शंकर पहली बार इस गाँव में 2008 में आए थे। इस जगह की अछूती सुंदरता और सरल-सीधे लोगों ने उनके दिल को छू लिया। उसके बाद वे कई बार वहाँ गए और आखिरकार वहाँ की हर चीज से उन्हें प्रेम हो गया। ऐसी ही एक यात्रा में उनकी मुलाकात बुखार में

तपती एक बूढ़ी महिला से हुई। उन्होंने उसे पैरासिटामोल की गोली दी और जब उसका बुखार उतर गया तो वह उनके कदमों में गिर पड़ी। इससे उन्हें एहसास हुआ कि कलाप में कभी कोई डॉक्टर नहीं आया था।

2014 में उन्होंने वहाँ पहला हैल्थ कैंप लगाया, जिससे वे बहुत विचलित हो गए, क्योंकि पता चला कि कई गाँववालों को टीबी थी। तभी उन्होंने कुछ करने की ठानी और फिर वहाँ के लोगों की जिंदगी में सुधार लाने के लिए कलाप ट्रस्ट स्थापित किया। तब से वहाँ बहुत कुछ बदल गया है। आनंद के इस वेंचर में स्टोरी टेलर फ्रेंड बेंगलुरु के ही मयूर चन्नागेरे की मदद मिली। उन्होंने गाँववालों के स्वास्थ्य संबंधी संघर्षों को दर्ज कर अब तक 19 लाख रुपए इकट्ठे किए हैं, जबकि वहाँ छोटा सा अस्पताल शुरू करने के लिए अप्रैल 2018 तक 50 लाख रुपए इकट्ठे करने का लक्ष्य है। इस भावी अस्पताल ने तो हैल्थ केयर सेंटर के बतौर काम भी शुरु कर दिया है। कलाप ट्रस्ट ने शिक्षा को भी गंभीरता से लिया। मुश्किल से चल रहे सरकारी स्कूल को उनके शिक्षण सुविधाओं की मदद मिलने लगी, जो स्कूल के नियमित घंटों के बाद शुरू होती है। छुट्टी और लंबे अवकाश के दिन शिक्षण का यह काम पूरे समय चलता है। वे बच्चों को अंगेजी भाषा का प्रशिक्षण देते हैं, ताकि बच्चे बाद के शैक्षिक जीवन में आसानी से अपने को एडजस्ट कर सकें। कठपुतलियों, गीत, कहानियों, प्रकृति की व्याख्या और बाहर की अनुभवगत शिक्षा के जरिए वे उन्हें गणित व विज्ञान सिखाते हैं। कलाप में बिजली का अभाव हमेशा ही बुनियादी ढाँचे संबंधी गंभीर खामी है। गाँव पावर ग्रिड से जुड़ा है, पर पावर लाइन इतनी कमजोर है कि समुदाय की आवश्यकताओं की पूर्ति नहीं कर पाती। इस ऊर्जा संकट को सुलझाने के लिए कलाप ट्रस्ट ने दीर्घावधि के समझौता-पत्र (एमओयू) के जरिए मेसर्स ई-हैंड्स एनर्जी प्राइवेट लिमिटेड के साथ गाँव के लिए अक्षय ऊर्जा मिनी ग्रिड स्थापित करने की पहल की है। उसके इस्तेमाल के लिए लोग प्रतिमाह एकमुश्त 200 रुपए की राशि दे रहे हैं। आनंद ने कम्युनिटी टूरिज्म प्रोग्राम भी शुरू किया है, जिससे स्थानीय लोगों को अच्छा रोजगार मिल जाता है। स्थानीय स्त्री-पुरुषों को माउंटेन गाइड और कैंप साइट पर खाना पकाने, मेहमानों की देखभाल करने आदि जैसी अन्य गतिविधियों को अंजाम देने के लिए प्रशिक्षण दिया जाता है। ग्रामीण घरों में उपलब्ध कमरों का इस्तेमाल होम स्टे के रूप में किया जाता

है। वहाँ आनेवालों को स्थानीय संस्कृति, ग्रामीणों से रू-ब-रू होने, स्थानीय व्यंजनों और आस-पास की सुंदरता का लुत्फ उठाने का मौका मिलता है।

फंडा यह है कि किसी गाँव को अपने पैरों पर खड़ा करने में मदद करने का प्रयास कीजिए और देखिए आपकी आँखों के सामने कैसे नया संसार खुलता है। हमारे देश में 6.50 लाख गाँव हैं और ज्यादातर में बुनियादी चीजों का अभाव है।

□

खेती हो या स्टार्टअप, शुरू करने से पहले ट्रेंड समझें

स्टोरी 1 : 15 जनवरी को अमेरिका-आधारित वर्ल्ड रिसोर्स इंस्टीट्यूट ने अपनी तरह की इकलौती एनालिसिस रिपोर्ट जारी की। इसके अनुसार अगले कुछ दशकों में पानी की खपत तेजी से बढ़ेगी। बढ़ती जनसंख्या की वजह से इसमें इजाफा होगा। लोग शहर का रुख करेंगे, जिसके कारण आपूर्ति में कठिनाई होगी। विद्युत् और जल-आधारित खाद्य उत्पादन से इस अमूल्य प्राकृतिक संसाधन पर दबाव बढ़ रहा है। इसके बावजूद यह तय नहीं है कि इतना पानी कहाँ से आएगा। कुछ जगहों पर सूखे की आशंकाएँ हैं। सबसे बुरी खबर तो यह है कि भारत भी उन 11 देशों की सूची में शामिल है, जो गंभीर जल संकट का सामना कर रहे हैं। इससे हम पर प्राकृतिक संसाधनों के बेहतर उपयोग के लिए उपाय ढूँढ़ने का दबाव बढ़ रहा है। डब्ल्यूआरआई की डरावनी रिपोर्ट आने के पहले ही 2015 में आईआईटी बॉम्बे में अपना सेमेस्टर प्रोजेक्ट करते हुए ऋषि शर्मा, अंकित पाराशर, अर्चित नरानीवाल और उत्कर्ष नारायण ने समझ लिया था कि देश में वॉटर मैनेजमेंट संबंधी आपूर्ति और खपत का डेटा नहीं है, जिससे असल समस्या समझकर उसे हल किया जा सके। ये चारों सेमेस्टर स्टडी के लिए महाराष्ट्र के परभणी जिले गए और देखा कि पानी की आपूर्ति और खपत ट्रैक करने की कोई व्यवस्था नहीं है। किसी अन्य जगह पर भी ऐसा नहीं था। जल प्रबंधन के कई एक्सपर्ट उभरते इस संकट को हल करने की कोशिश कर रहे थे, लेकिन स्थायी हल ढूँढ़ने में सफलता नहीं मिली थी। इसमें कोई ताज्जुब नहीं कि केंद्र सरकार ने हालिया बजट में नेशनल वॉटर मिशन को जल संरक्षण की योजना तैयार करने के लिए 95 करोड़ रुपए देने का फैसला किया है।

सेमेस्टर स्टडी के बाद चारों छात्रों ने इस क्षेत्र में काम करने के लिए फैकलॉन नाम से कंपनी शुरू की। दो वर्ष पुरानी इस कंपनी ने नाशिक इंजीनियरिंग क्लस्टर को कम-से-कम अपव्यय के साथ जल का बेहतर उपयोग करने में मदद की है। फिलहाल ये फिरोजाबद म्युनिसिपल कॉर्पोरेशन के साथ मिलकर जल वितरण प्रणाली व्यवस्थित करने का काम कर रहे हैं। इसके अलावा महाराष्ट्र में मुंबई, कराड और बिहार के बेतिया में वॉटर मैनेजमेंट से संबंधित शोध का काम देख रहे हैं। यह कंपनी तीन चरणों में सर्विस मुहैया कराती है। पहला पूरे क्षेत्र का 360 डिग्री मुआयना कर डेटा जमा करना, दूसरा इस डेटा का अध्ययन कर लोगों को जल संकट के बारे में आगाह करना और तीसरा हार्डवेयर और सॉफ्टवेयर की मदद से क्षेत्र में ऑटोमेशन प्रक्रिया लागू करते हुए व्यवस्था स्थापित करना। इन्हें लेट्सवेंचर से फंडिंग भी मिल चुकी है और इस फंडिंग का उपयोग महाराष्ट्र और गुजरात के सूखाग्रस्त इलाकों का अध्ययन करने में किया जा रहा है।

स्टोरी 2 : वह कोयंबटूर के ऑटोमोबाइल शोरूम में काम करता था। दो वर्ष पहले अन्य लोगों की तरह उसके मन में भी अपना बिजनेस शुरू करने की इच्छा थी। शोरूम के अनुभव से उसे एक बात तो स्पष्ट थी कि उसके बिजनेस में ग्राहक खुद आएँगे, बजाय कि वह घर-घर जाकर ग्राहक तक पहुँचे। एक किताब से उसे मशरूम की खेती के बारे में जानकारी मिली। उसने इसका एक छोटा कोर्स किया और इसकी खेती करनेवाले फार्म का दौरा भी किया। आज 33 वर्षीय जी राजा दुरई अपना खुद का मशरूम फार्म चलाते हैं और एक एकड़ की जमीन में प्रतिदिन के लिहाज से 80 किलो का मशरूम का उत्पादन करते हैं और इसे लगभग 125 रुपए प्रति किलो के भाव से बेचते हैं।

फंडा यह है कि भविष्य के ट्रेंड का सही आकलन करना ही किसी बिजनेस, कृषि या स्टार्टअप के लिए सफलता की कुंजी है।

□

किसी के दोनों पहलू देखकर ही टिप्पणी करें

कुल 12 शिक्षकों के उस स्कूल में केवल तीन शिक्षक थे, जिन पर स्कूल निरीक्षक सारे छात्रों के सामने चिल्ला रहे थे। इन योग्य शिक्षकों ने खुद को मेहनतकशों के इन 166 बच्चों के कल्याण के लिए समर्पित कर दिया था, जिनके पास पढ़ने जाने की और कोई जगह नहीं थी। स्थानीय स्वशासन का यह स्कूल मुख्य रूप से निर्धनतम तबके के बच्चों को आधारभूत कौशल सिखाता है। इसके साथ वह उन्हें मूलभूत शिक्षा तो देता ही है, ताकि इस शांत हिल स्टेशन के लिए भविष्य के अच्छे नागरिक निर्मित किए जा सकें।

इंस्पेक्टर : आज के मध्याह्न भोजन के लिए कितने छात्रों के लिए खिचड़ी पकाई ? प्रिंसिपल से लेकर अकाउंटेंट तक की भूमिका निभानेवाले शिक्षक ने धीमी आवाज में कहा, "सारे बच्चों के लिए।"

इंस्पेक्टर (चीखकर पूछा) : इसका क्या मतलब है ? आप खुद को गणित के शिक्षक बताते हैं और आँकड़े भी नहीं बता पाते ?

शिक्षक ने और भी धीमी आवाज में जवाब दिया, "166।"

इंस्पेक्टर (टेबल पर जोर से रजिस्टर पटकते हुए) : "जब इस हाजिरी रजिस्टर में सिर्फ 103 छात्र हैं तो आप 166 कैसे बता रहे हैं ? आपके राशन भंडार के रजिस्टर में दर्ज है कि आपने 166 बच्चों के लिए चावल निकाले, जबकि खानेवाले सिर्फ 103 बच्चे हैं। श्री गणित महोदय, इसका मतलब है कि आप तीनों अपनी हरकतों से बच्चों को चोरी व धोखेबाजी सिखाकर परोक्ष रूप से परिवार के सदस्यों के पेट भर रहे हैं।" इस्पेक्टर बोलते चले गए। शिक्षकों पर ये आरोप सुनकर बच्चों को बुरा लगा, क्योंकि उन्हें पता था कि इन शिक्षकों के परिवार ही नहीं हैं।

ईमानदारी ही वह गुण है, जो ये शिक्षक अपने छात्रों को इतने बरसों से सिखा रहे हैं। सुबह की प्रार्थना में एक ही तथ्य दोहराया जाता है कि उनके इस पहाड़ी कस्बे की अर्थव्यवस्था वहाँ आनेवाले पर्यटकों द्वारा खर्च किए पैसे से चलती है। यह उनका कर्तव्य है कि कोई पर्यटक यह भावना लेकर न लौटे कि उसके साथ धोखाधड़ी हुई है। उनका नारा ही यह था, 'खुशी खुशी लौटे पर्यटक ही और पर्यटक लाते हैं।' इस बीच शिक्षक ने सफाई देने की कोशिश की, लेकिन अधिकारी महोदय उन पर और भी जोर से चिल्लाने लगे, ''चुप रहें, आप सब बच्चों के लिए आया राशन चुराते हुए रँगे हाथों पकड़े गए हैं, आपको शर्म आनी चाहिए!'' वे रुकने का नाम ही नहीं ले रहे थे।

अचानक 8वीं कक्षा के एक छात्र ने बीच में बोलते हुए कहा, ''सर, बहुत हो गया। हमारे शिक्षक शायद ही कभी रोज के लिए निर्धारित चावल से ज्यादा निकालते हैं। ज्यादातर मसाले और चूल्हे के लिए लकड़ी छात्र स्कूल से लौटते समय इकट्ठा करते हैं, ताकि खिचड़ी गले से नीचे उतारने लायक हो जाए। जब स्कूल में सारे बच्चे होते हैं तो ज्यादातर मसाले ये शिक्षक अपने घर से लाते हैं। चूँकि यह पर्यटन का मौसम है, इसलिए कुछ बच्चे सड़क के किनारे छोटी-मोटी चीजें बेचनेवाले माता-पिता की मदद करने गए हैं। हम बच्चे ही शेष चावल के बदले में नमक, मिर्च और कुछ तेल लेकर आते हैं, क्योंकि सरकार तो चावल के सिवाय कुछ देती नहीं। कृपया शिक्षकों को दोष न दें।'' बच्चे ने एक ही साँस में सबकुछ कह दिया। अधिकारी चुपचाप स्कूल से चले गए और जाते समय अपनी चाय के पैसे का भुगतान करके गए, क्योंकि उन्हें एहसास हुआ कि इसका भुगतान भी बाद में शिक्षकों को ही करना पड़ेगा। उन्होंने अपनी रिपोर्ट में कोई नकारात्मक टिप्पणी नहीं की।

फंडा यह है कि सिक्कों की तरह मानव के भी दो पहलू होते हैं। किसी के बारे में कुछ कहने के पहले हमें दोनों पहलू देख लेने चाहिए।

□

अच्छे कर्म न्यायोचित होते हैं और अनियोजित रूप से तत्काल होते हैं

14 अक्तूबर को केरल में उतरने के बाद शाम मैंने कथकली कलाकार के साथ बिताई, जिसने अपने राज्य की वास्तविक कथा नाट्य रूप में प्रस्तुत की, जिसमें बोला गया कोई शब्द नहीं था।

अखिलेश भूखा है और केरल के मलप्पुरम के होटल सबरीना में आता है। जब वह कुरसी पर बैठकर डिनर प्लेट का ऑर्डर दे रहा होता है तो उसे खिड़की के बाहर छोटी-छोटी आँखों की दो जोड़ियाँ नजर आईं, जो परोसे जा रहे भोजन को बड़ी हसरतों से देख रही होती हैं। उसने इशारे से उस छोटे बालक को भीतर आने को कहा। बालक ने इशारे से बताया कि काउंटर पर बैठा आदमी उसे भीतर घुसने नहीं देगा। अखिलेश ने फिर इशारा किया कि चिंता मत करो, उसे बताओ कि मैंने बुलाया है। फिर उस लड़के ने एक और हाथ ऊँचा किया, जो उसकी छोटी बहन का था। आँखों से ही उसने अखिलेश से उसे भी भीतर लाने की इजाजत माँगी और अखिलेश ने आँखों के इशारे से ही सहमति दी।

काउंटर पर बैठे व्यक्ति को अखिलेश का हवाला देकर दोनों भीतर आए। इसके पहले काउंटरवाले व्यक्ति ने अखिलेश की ओर पुष्टि करने के लिए देखा और इशारा पाकर दोनों को भीतर आने दिया। दोनों को सामने बैठाकर अखिलेश ने हाथ के इशारों से ही उनसे पूछा कि वे क्या खाना चाहेंगे? उस बच्ची के लिए परिवार के मुखिया की तरह लगनेवाले लड़के ने बिना एक शब्द बोले अखिलेश के सामने रखी थाली की ओर इशारा किया, जिसका मतलब था कि वे दोनों भी वही खाना चाहेंगे। अखिलेश हाथ उठाकर वेटर को बुलाता है और इशारे से ही दो और थालियाँ लाने को कहता है। वेटर मशीन की तरह छलाँग लगाकर किचन में पहुँच जाता है और दो थालियाँ लेकर लौटता है। वेटर के आने के पहले अखिलेश अपनी थाली बच्ची के

सामने सरकाता है, लेकिन बच्ची तब तक लेने से इनकार कर देती है, जब तक कि उसके भाई को भी थाली नहीं मिल जाती। कुछ ही पलों में दोनों थालियाँ आ गईं। वह पहली थाली अखिलेश के सामने रखता है, जो वह बालक के सामने सरकाता है और फिर वह वेटर से तीसरी थाली स्वीकार करता है।

तीनों थालियाँ अपनी जगह पहुँचते ही वह बालक अपना रोमांच छिपा नहीं सका। अखिलेश की ओर इजाजत के लिए निगाह डालते ही उसे अनुमति मिल गई। लड़का बच्ची को देखता है और उसे आँखों से ही भोजन शुरू करने को कहता है, लेकिन इसके पहले कि बालक का हाथ भोजन तक पहुँचता, उसकी बहन उसका हाथ थाम लेती है और बालक जैसे तुरंत अपनी बहन के निर्देश को समझ लेता है और वह उसके साथ हाथ धोने के लिए उठ जाता है। लौटने के बाद दोनों कुछ देर प्रार्थना करते हैं और फिर बड़ी शांति से सामने रखा भोजन समाप्त करते हैं। दोनों ने एक बार भी अखिलेश की ओर नहीं देखा, जो उन्हें उत्सुकता से एकटक देख रहा था। दोनों ने न एक-दूसरे को देखा और न मुसकराए। भोजन होने के बाद वे उठे, अखिलेश की ओर देखा और आँखों से धन्यवाद दिया, हाथ धोए और चले गए। अखिलेश का पेट तो शायद वैसे ही भर गया था, क्योंकि उसने तब तक अपने भोजन को छुआ तक नहीं था।

उनके जाने के बाद वह अपना भोजन करता है और दूसरी बार कुछ भी लेने से इनकार कर देता है। वह वेटर को तीनों का बिल लाने के लिए कहकर हाथ धोने उठता है। जब वह हाथ धोने के बाद टेबल पर लौटा, बिल देखा और उसकी आँखों से आँसू बह निकले, जिन्हें उसने इतनी देर से रोककर रखा था। बिल में कोई राशि नहीं लिखी थी, बल्कि उसके लिए संदेश था, 'हमारे यहाँ ऐसी कोई मशीन नहीं है, जो मानवता के बिल का हिसाब बता पाए। भगवान् आपका भला करे।' यह सच्ची घटना इस जनवरी में घटी और दुबई में सीनियर टेक्निकल सेल्स इंजीनियर के रूप में काम करनेवाले अखिलेश कुमार छुट्टियों पर केरल आए हुए थे। पहली बार यह कहानी मलयालम में प्रकाशित हुई, फिर वह उनके फेसबुक पेज पर पहुँची और फिर कुछ पत्रिकाओं से होती हुई यह कहानी इतनी वायरल हुई कि उसने नाट्य का रूप ले लिया।

फंडा यह है कि अच्छे कर्म न्यायोचित होते हैं और ज्यादातर अनियोजित, तात्कालिक रूप से होते हैं।

नए आइडिया से युवा खेती की ओर आकर्षित होंगे

समस्या : दुनियाभर में किसान बुढ़ी होती आबादी है, क्योंकि कृषि क्षेत्र युवा प्रतिभाओं को आकर्षित करने में विफल रहा है, जो काम की तलाश में समीप के शहरों की ओर जा रहे हैं, जबकि छोटी खेतीवाले किसान दुनिया के 70 फीसदी से ज्यादा खाद्यान्न का उत्पादन कर यह सुनिश्चित करते हैं कि दुनिया की बढ़ती आबादी के लिए पर्याप्त खाद्य उपलब्ध हो। संयुक्त राष्ट्र की संस्था खाद्य एवं कृषि संगठन (एफएओ) शिद्दत से महसूस करता है कि कम-से-कम बढ़ती आबादी को भोजन उपलब्ध कराने के लिए ही सही, एक उद्योग के रूप में खेती को पूरी तरह बदलने की जरूरत है, ताकि युवाओं को आकर्षित किया जा सके। संगठन ने अफ्रीका महाद्वीप का उदाहरण दिया है, जिसकी 60 फीसदी आबादी 24 वर्ष के नीचे की आयु की है, जबकि किसानों की औसत आयु 60 वर्ष है।

भारत में तो परिदृश्य और भी अलग है। सूखा, शहरीकरण, आत्महत्या और अन्य कारणों से किसानों की आबादी घटती जा रही है। 2013 में सरकार ने अनुमान लगाया था कि देश में किसानों की संख्या 2001 के बाद से 90 लाख कम हो गई है, जो अब मोटे तौर पर बढ़कर डेढ़ करोड़ हो गई है। देश में खेत जोतनेवाले किसानों की आधिकारिक संख्या 11.90 करोड़ है, जो दूसरा सबसे बड़ा श्रमबल है, लेकिन यह कुल श्रमिकों का 25 फीसदी से कुछ कम है, जबकि 2001 में यह संख्या एक-तिहाई थी। संक्षेप में विशेषज्ञों के मुताबिक भारत में कर्ज के विशाल बोझ और आत्महत्याओं के कारण प्रतिदिन 2 हजार किसान कम हो रहे हैं।

समाधान 1 : छप्पन वर्षीय रोनाल्ड मार्क डी' सूजा ने आबुधाबी में 10 साल काम किया है और उनका यह दृढ विश्वास है कि मानव जाति के लिए खेती ही

एकमात्र टिकाऊ व्यवसाय है। अत: उन्होंने कर्नाटक के उडीपी से 18 किमी. दूर चार एकड़ जमीन और अनन्नास के 40 हजार पेड़ खरीदे, हालाँकि उनकी अगली पीढ़ी की रुचि खेती में नहीं है। उनके सामने सबसे बड़ी चुनौती पानी है, जो खेती के लिए बहुत जरूरी है। बिजली की आँख-मिचौली के कारण पानी की सप्लाई ठीक नहीं हो पाती। फिर मजदूरों की समस्या तो है ही। इससे पार पाने के लिए डी'सूजा ने जीएसएम आधारित सिंचाई व्यवस्था लागू की है और अपने खेतों की जरूरत को मोबाइल से ऑपरेट करके पूरी करते हैं। इस व्यवस्था में पंजीकृत सिम लगाई जाती है, जो मोबाइल नंबर के जरिए पंप सेट ऑपरेशन को बंद-चालू करती है। यूजर को सिर्फ कॉल करने की जरूरत है और पंप चालू हो जाता है। इसे इस तरह प्रोग्राम किया गया है कि यह केवल एक ही मोबाइल नंबर से कमांड लेता है। जब भी बिजली आपूर्ति में रुकावट आती है तो यह व्यवस्था एसएमएस ही भेजता है। इसे सिर्फ एसएमएस पैक से रिचार्ज करने की जरूरत है।

समाधान 2 : क्लाइमेट फाउंडेशन इंडिया ने एक प्रणाली खोजी है, जिसमें धान और गेहूँ का भूसा मिट्टी में वापस डाल दिया जाता है। यह उसे पोषक तत्त्वों से समृद्ध कर उसकी ताकत बन जाता है। हर साल नवंबर से फरवरी के बीच 60 मेगाटन धान का भूसा खुले में जलाया जाता है और इसका 48 फीसदी हरियाणा व पंजाब से होता है, जो दिल्ली में गंभीर वायु प्रदूषण का कारण है। प्रणाली को 'बायोचार' कहते हैं, जो ग्रीनहाउस गैसों को ठिकाने लगाने का प्रभावी उपाय है। 'चार्वेस्टर' को ऐसा बनाया गया कि वह अनाज व भूसा अलग करता है। दिल्ली सरकार ने यूनिवर्सिटी ऑफ शिकागो अर्बन लैब्स के सहयोग से एक प्रतियोगिता आयोजित की थी, जिसमें युवाओं ने 250 आइडिया दिए, ताकि 2 करोड़ रुपए की पुरस्कार राशि जीत सकें। इसमें से 7 नाम छाँटे गए हैं और विजेता की घोषणा 21 अक्तूबर को की जाएगी।

फंडा यह है कि नए आइडिया, आधुनिकीकरण और प्रतियोगिता अपने आप कृषि उद्योग में युवा पीढ़ी को आकर्षित करने लगेंगे।

☐

भावनात्मक अनुभव होती है चैरिटी

हिंदू धर्म में श्रावण, इसलाम में रमजान और ईसाई धर्म में लेंट में कुछ अनुष्ठान होते हैं, कुछ नियमों का पालन होता है, लेकिन कुल-मिलाकर ये इन समुदायों की मान्यताओं से जुड़े हैं। उपवास रखना, मांस न खाना या इनसानियत की भलाई के लिए प्रार्थना करने जैसे नियमों का पालन तो इस दौरान होता ही है, प्रायश्चित जैसे कुछ और नियम भी हैं, किंतु कुछ लोग अपने तरीके से इन नियमों से भी आगे बढ़ जाते हैं।

स्टोरी 1 : शारीरिक रूप से विकलांग हेमंत मिश्रा उस आखिरी पीढ़ी से हैं, जो अभी भी मुंबई जैसे शहर में पब्लिक टेलीफोन बूथ चला रहे हैं, जबकि लोगों की कोशिश है कि उनके पास दो मोबाइल फोन हों। उनकी कमाई बहुत कम है और कहा जा सकता है कि इससे दो लोगों का भरण-पोषण भी नहीं हो सकता था, फिर माँ कैंसर पीड़ित। टाटा मेमोरियल अस्पताल में माँ का मुफ्त इलाज चल रहा था। वे डॉक्टरों की सेवा से प्रभावित थे। आज वे 51 साल के हैं और रोजाना करीब 25 रुपए कमा पाते हैं। माँ को वे ब्रेन कैंसर और पिता को अधिक उम्र के कारण खो चुके हैं, लेकिन वे उपवास कर हर रोज 50 रुपए बचा लेते हैं और इसे सीधे टाटा हॉस्पिटल को डोनेट कर देते हैं। साथ में वहाँ के डॉक्टरों और प्रबंधन को एक पत्र देते हैं कि 'आप लोग बहुत उदार हैं।' एक बार नहीं पिछले तीन वर्षों से वे इतनी ही राशि का योगदान दे रहे हैं।

स्टोरी 2 : मुंबई के पास ठाणे नगर निगम के कमिश्नर संजीव जायसवाल को हमेशा अवैध निर्माण और अनुशासनहीन प्रशासनिक कर्मचारियों के खिलाफ सख्त कारवाई के लिए जाना जाता है। लोग उन्हें जीआर खैरनार जैसा सख्त आदमी मानते हैं। पिछले शुक्रवार वे नगर निगम के स्कूल के कार्यक्रम में मुख्य अतिथि थे और मंच पर बैठे थे। उनकी नजर एक सुंदर बच्ची पर गई, जिसकी नाक पर

एक निशान था, जिसकी वजह से उसकी खूबसूरती दब रही थी। वे अपनी सीट से उठे और 6 साल की उस बच्ची आहना शर्मा से मिले। वह दिहाड़ी पर काम करनेवाले कामगार की बेटी है। उन्हें पता चला कि जब वह सोई थी तो उसकी नाक को चूहे ने कुतर लिया था। उसके माता-पिता नाक की प्लास्टिक सर्जरी नहीं करा सके। उन्होंने मंच पर आकर घोषणा की कि वे आहना की प्लास्टिक सर्जरी का सारा खर्च उठाएँगे। उन्होंने माता-पिता को भी इजाजत के लिए वहीं बुलवाया। उन्होंने कहा कि सर्जरी के दौरान वे खुद वहाँ मौजूद रहेंगे और सुनिश्चित करेंगे कि बच्ची को उसका सुंदर चेहरा फिर मिल जाए।

स्टोरी 3 : वे 54 साल की ईसाई महिला हैं और मुंबई के ही पश्चिमी उपनगर गोरेगाँव में रहती हैं। वे परिवार में अकेली कमानेवाली हैं। उनकी कमाई से मुश्किल से खर्च चलता है। तीन महीने पहले उनके पति की नौकरी छूटी है, लेकिन वे ईश्वर को धन्यवाद देती हैं कि रोज सुबह वे उठ पाती हैं और काम पर जाने योग्य हैं। ईसाई धर्म में 40 दिन के लेंट में लोग कुछ छोटे त्याग करते हैं। वे उन 40 दिनों में 25 रुपए रोज बचाती हैं और 1000 रुपए बच्चों के कैंसर संबंधी वार्ड को डोनेट करती हैं, जहाँ बच्चों में इस खतरनाक बीमारी का इलाज होता है। कई ह्यूमेनिटी ऑर्गेनाइजेशंस को बड़ी संख्या में 50 से 500 रुपए तक के चेक लोगों से मिलते हैं। उनके लिए यह राशि जीवन बचानेवाली होती है। यह अंतहीन है। जिन लोगों के पास अपने परिवार चलाने के लिए ही मुश्किल से पैसा है, वे भी खुद को एक बार दान करने से रोक नहीं पाते हैं। कुछ लोग यह काम हर तीन-चार महीनों में करते हैं, जबकि कुछ साल में एक बार। जो भी उनके हालात हों और जो भी उनका जीवनयापन का खर्च हो, उनके हाथ और दिल देने से कभी रुकते नहीं हैं।

फंडा यह है कि चैरिटी भावनात्मक रूप से संतोष प्रदान करनेवाला अनुभव है और जब तक आप इसे कम-से-कम एक बार नहीं करेंगे, कभी भी अपने भरोसे को एक अलग स्तर पर नहीं ले जा पाएँगे।

□

क्या आप कभी गुमनाम रहे हैं?

अपने पुश्तैनी गाँव जानेवाली बस का चार घंटे से ज्यादा वक्त से धैर्यपूर्वक इंतजार करते हुए वह युवक केरल के कोच्चि बस स्टैंड के सामने खड़ा चाय की चुस्कियाँ ले रहा था। लंबे समय तक बैठे रहने से ऊबने के बाद वह उठकर थोड़ी दूर गया और बिजली के खंभे पर एक हाथ रखकर सड़क के दोनों ओर देखने लगा। हलकी हवा का झोंका उसके चेहरे को छू रहा था और तभी वह खंभे पर एक हाथ रखकर सड़क के दोनों ओर देखने लगा। हलकी हवा का झोंका उसके चेहरे को छू रहा था और तभी उसने खंभे पर छोटा सा कागज लगा देखा, जिस पर मलयालम में कुछ लिखा था।

उस पर लिखा था, 'मेरे 50 रुपए गुम हो गए हैं। यदि आपको मिलें तो कृपया इसे नीचे दिए पते पर मेरे घर भेज दीजिए। मेरी नजर बहुत कमजोर है, इसलिए मैंने इसे खो दिया।' पत्र में कोई नाटकीयता नहीं थी और उसे भीतर से लगा कि इसमें कोई बेईमानी नहीं है, किंतु जब वह पत्र पढ़ रहा था तो उसे लगा कि कोई उसे सड़क के उस पार से देख रहा है, लेकिन उसने इसकी अनदेखी कर दी। उसने वह पत्र लेकर एक राहगीर से पता पूछा। राहगीर ने उँगलियों के इशारे से बताया कि यहाँ से दो गली आगे यह मकान है। वह उस पते की खोज में निकल पड़ा।

यह जर्जर झोंपड़ी थी, जो हवा का तेज झोंका भी सहन नहीं कर सकती थी और वहाँ कमजोर नजरवाली एक बूढ़ी महिला बैठी थी। वह अपने पैसे रखने के पर्स को बार-बार खोल और बंद कर रही थी, जो कमर पर साड़ी के साथ बँधी थी। बिना किसी परिचय के उस युवक ने कहा, "अम्माँ, मुझे सड़क पर आपके 50 रुपए मिले हैं तो मैंने सोचा कि आपको लौटा दूँ।" यह सुनकर महिला ने अपने माथे पर जोर से हाथ ठोंकते हुए कहा, "हे ईश्वर, फिर वही हुआ। क्या आपको बिजली के खंभे पर मेरा पता मिला?" उसने जवाब दिया, "हाँ।" "लेकिन पिछले

दो दिनों में 35 से ज्यादा लोग यहाँ आकर मुझे 50 रुपए दे चुके हैं कि उन्हें मेरा खोया पैसा मिला है। दो दिन पहले मेरे पैसे खो गए थे और मैंने पास खड़े लड़के से कहा था। उसने तुरंत खोया हुआ पचास का नोट ढूँढ़ लिया था। उसने नोट मुझे दिया और फिर कमजोर नजर देखकर घर भी छोड़ गया था। उसके बाद से आप 35वें व्यक्ति हैं, जो यहाँ आकर मुझे 50 रुपए दे रहे हैं! मैं तो जरा भी पढ़ी-लिखी नहीं हूँ।'' यह कहकर उसने गहरी साँस भरी।

युवक को फिर ऐसा लगा कि झोंपड़ी के बाहर कोई छाया है। यह वैसा ही एहसास था, जैसा पत्र पढ़ते हुए उसे किसी के द्वारा देखे जाने का हुआ था। वह तेजी से झोंपड़ी के बाहर आया, लेकिन वहाँ कोई नहीं था। वह फिर अंदर आया और कहने लगा, ''कोई बात नहीं, आप रख लीजिए।'' यह कहकर उसने नोट महिला के हाथों में ठूँस दिया। फिर महिला ने कुछ कोमल स्वर में कहा, ''क्या आप मेरा एक काम करेंगे? कृपया खंभे पर लगा वह कागज फाड़ दीजिए।'' अचानक उसे याद आया कि वह कागज तो उसकी शर्ट की जेब में रखा है। उसने महिला से वादा किया कि वह कागज फाड़ देगा, लेकिन लौटकर उसने वह कागज फिर खंभे पर लगा दिया। दो घंटे इधर-उधर भटकने के बाद जब वह बस में सवार हो ही रहा था कि एक राहगीर ने वही पता पूछा और उसने चुपचाप उसे बताया, ''यहाँ से दो गलियों के बाद, सर।'' उसे राहगीर के पीछे जाने का लोभ हुआ, लेकिन उसने अपनी इस इच्छा पर काबू पा लिया। वह पत्र वहाँ छह दिन तक लगा रहा, जब तक कि वह अपने आप नष्ट नहीं हो गया।

यह सच्ची घटना पिछले साल की है और तब मीडिया में बहुत चर्चित हुई थी, लेकिन मैंने इसे केरल की हाल ही की यात्रा में सुना। मेरी कामना है कि यह कहानी हर जगह बार-बार दोहराई जाए।

फंडा यह है कि भद्दा मजाक करके मजा लेने की बजाय भलाई के लिए शुरू किए गए अपने काम को अज्ञात रहकर आगे बढ़ते देखना अलग ही खुशी देता है।

□

दान को जिंदगी भर का शाश्वत उत्सव बनाइए

इस साल 14 अक्तूबर को मैं केरल के कोच्चि की हवाई पट्टी पर उतरूँगा, हफ्तेभर की सड़क यात्रा के लिए। पहुँचने के तुरंत बाद मैं स्थानीय रेस्तराँ ''पाप्पडवडा,'' जिसे स्थानीय केरली व्यंजनों अप्पम से लेकर वेज-नान, वेज करी और बेशक 'पाप्पडवडा' में महारत हासिल है। यह नाम स्थानीय व्यंजन से निकला है, जो पापड़ को चावल के बाटर में डुबाने के बाद उसे फ्राई करके तैयार किया जाता है। मैं आपको बताता हूँ कि मैंने लंच के लिए यह रेस्तराँ क्यों चुना। यह कहानी आपने सुनी होगी कि जर्मनी में लोगों ने कुछ भारतीय पर्यटकों को रेस्तराँ में जरूरत से ज्यादा ऑर्डर देने के बाद उसे यूँ ही बरबाद होने के लिए छोड़ते देखा तो वे उनके पास गए और विनम्रता से, लेकिन दृढता से उन्हें भोजन बरबाद करने के खिलाफ चेतावनी दी। उन्होंने कहा, ''पैसा चाहे आपका हो, लेकिन संसाधन हमारे देश के हैं।''

अब यही डायलॉग आप इस देश के किसी भी हिस्से में मारकर देखिए! यदि आपके साथ झूमाझटकी नहीं हुई तो आप खुद को खुशकिस्मत मान सकते हैं, लेकिन यह बात तो तय है कि आपको चाहे गालियाँ सुनने को न मिलें, लेकिन एक डायलॉग तो आपको सुनने को मिलेगा ही, 'चलो अपना काम करो, यह मेरा पैसा है और मैं इसका जो चाहे करूँ, आपको मतलब।' अपने देश के जिम्मेदार और गैर-जिम्मेदार नागरिकों के बीच इस तरह का अप्रिय संवाद टालने के लिए 'पाप्पडवडा' रेस्तराँ की मालकिन मीनू पॉलिन ने अपने रेस्तराँ के बाहर 'नानमा मारम' की स्थापना की है, जिसका मतलब है 'अच्छाई का पेड़।' आप पूछेंगे कि यह है क्या? धीरज रखिए, बताता हूँ।

मीनू को यह विचार तब आया, जब उन्होंने एक बेघर महिला को उनके रेस्तराँ के ट्रैश बिन से बचा खाना उठाते देखा। ननमा मारम दरअसल 420 लीटर का फ्रीज है, जो रेस्तराँ के बाहर सड़क के किनारे किसी छोटे पेड़ की तरह दिखता है। बैंकर से रेस्तराँ ओनर बनी मीनू सिर्फ अपने ग्राहकों को ही नहीं, कई अन्य लोगों को भी भोजन कराना चाहती थीं। इसलिए उन्होंने अच्छाई का पेड़ लगाने का निश्चय किया, जो चौबीसों घंटे काम करता है, जिसे बिजली रेस्तराँ से मिलती है। इसका भोजन खराब नहीं होता और यह रोज 50 लोगों को भोजन मुहैया कराता है। फ्रिज मार्च 2016 को खोला गया और शुरू में इसमें रेस्तराँ का बचा भोजन रखा जाता था, लेकिन अब यह कम्युनिटी फ्रिज बन गया है और बहुत से स्थानीय लोगों को भी फ्रिज में भोजन रखने की अनुमति है। अब कोई भी भोजन दान कर सकता है और ले भी सकता है। चूँकि फ्रिज दिनभर खुला रहता है, इसलिए कोई भी, कभी भी आकर बचा भोजन उसमें रख सकता है। साफ-सुथरी पैकेजिंग और भोजन बासी न होने के अलावा एक ही शर्त है कि वहाँ रखे मार्कर से पैक पर तारीख डाल दें, ताकि 420 लीटर के आइस कबर्ड, हाँ फ्रिज को वहाँ यही कहा जा रहा है, में भोजन की गुणवत्ता सुनिश्चित की जा सके। इस सरल से आइडिया के पीछे विचार यही है कि भोजन बरबाद होने की बजाय जरूरतमंदों को मिल सके। यही वजह है कि मैंने अपनी यात्रा के पहले लंच के लिए इस रेस्तराँ का चुनाव किया।

अब हम जॉय ऑफ गिविंग वीक के मध्य में पहुँच चुके हैं। इसे 'दान उत्सव' भी कहते हैं। ऐसे अनोखे विचार से कोई भी हफ्तेभर के अच्छे विचार को सालभर के जश्न में तबदील कर सकता है। दयालुता की ऐसी पहली पेशकश 2014 में सऊदी अरब के शहर हैल में किसी व्यक्ति ने की थी। वह अपने नाम जाहिर नहीं करना चाहता था। उसने अपने घर के बाहर फ्रिज रखा और पड़ोसियों से उसमें जरूरतमंदों के लिए भोजन रखने का अनुरोध किया।

फंडा यह है कि कई ऐसी चीजें हैं, जो तब तक जिंदा रहेंगी, जब तक मानव जाति मौजूद है और 'दान उत्सव' को उनमें से एक होना चाहिए।

□

शिक्षा प्रमाण-पत्र दीवार पर लटकाने के लिए नहीं

स्टोरी 1 : यह कोई क्लासरूम नहीं है, खुला क्षेत्र है। फिर भी यहाँ 200 छात्र पढ़ते हैं और संख्या साल-दर-साल बढ़ती जा रही है। इस कम्युनिटी सेंटर और लाइब्रेरी में गंभीरता से पढ़ाई होती है। आर्थिक रूप से पिछड़े और प्राइवेट ट्यूशन या उचित शिक्षा से वंचित बच्चे यहाँ पढ़ते हैं। किताबों को यहाँ ताले में बंद नहीं किया जाता और न कोई इन्हें चुराता है। 2013 में शुरुआत के बाद से पिछले तीन साल में यहाँ कोई चोरी नहीं हुई है। पिछड़ी जातियों के छात्रों को ऊँची जाति के बच्चों के साथ बैठने नहीं दिए जाने के कारण इसकी शुरुआत हुई थी, जबकि ये बच्चे भी अन्य बच्चों की तरह पढ़ना चाहते थे। एमआईटी अमेरिका से इंजीनीयरिंग ग्रेजुएट मनीष भारद्वाज अमेरिका की मोटी तनख्वाह की नौकरी छोड़कर बिहार आ गए थे। उद्देश्य था—टीबी के मरीजों की मदद करना। उनसे प्रभावित होकर आईआईटी बॉम्बे के छात्र सूर्य प्रकाश राय ने यह लाइब्रेरी शुरू की, जिसका नाम है 'प्रयोग'। यहाँ वंचित बच्चों को हर शाम नियमित कोचिंग दी जाती है।

बिहार की राजधानी पटना से 200 किलोमीटर दूर गोपालगंज जिले में यह क्राउड फंडेड और समुदाय द्वारा चलाया जा रहा प्रोजेक्ट है। यह न सिर्फ क्लास में ऊँचे अंक हासिल करने में बच्चों की मदद कर रहा है, बल्कि उनका आत्मविश्वास भी बढ़ा रहा है। राय सप्ताह में एक बार इन जुझारू बच्चों को पढ़ाने के लिए दूरस्थ गाँव का दौरा करते हैं। बाकी दिनों में स्थानीय युवा इन बच्चों को पढ़ाने की जिम्मेदारी उठाते हैं। इसके अलावा वे एक और कार्यक्रम चलाते हैं—लाइट एन इग्नाइटेड माइंड। इसके जरिए अब तक 200 सोलर स्टडी लैंप बच्चों के लिए मुहैया कराए गए हैं। दरअसल आर्थिक रूप से पिछड़े वर्ग के बच्चों के माता-पिता

पैसा बचाने के लिए कई बार पढ़ाई के दौरान केरोसिन से जलनेवाले लैंप बुझा देते हैं। ये सोलर लैंप बच्चों को ताजा हवा में साँस लेने का अवसर भी देते हैं। राय मानते हैं कि अगर उनकी शिक्षा दूसरे युवाओं को शिक्षित करने में काम नहीं आती है तो फिर इसका मतलब ही क्या है!

स्टोरी 2 : सर्टिफिकेट चाहे अमेरिका की हार्वर्ड म्यूजिक अकादमी का हो या ट्रिनिटी कॉलेज ऑफ म्यूजिक चेन्नई का। अगर इन्हें सिर्फ दीवार पर टाँगने के लिए इस्तेमाल किया जा रहा हो तो इनका कोई मूल्य नहीं है। इनका कोई मकसद होना चाहिए। कम-से-कम 38 साल के ड्रमर मुरली कृष्णन तो यही मानते हैं। यही कारण है कि वे चेन्नई के पॉश मालापुर मार्केट में पिछले 14 साल से एक स्कूल जस ड्रम्स चलाते हैं। यहाँ वे बच्चे ड्रम बजाना सीखने आते हैं, जो इसके लिए फीस नहीं दे सकते। तमिलनाडु की राजधानी चेन्नई में संगीत सीखना महँगा है और अब तक 800 से ज्यादा छात्र उनके स्कूल से ग्रेजुएट हो चुके हें। इनमें से कई को पूरी स्कॉलरशिप दी गई है, लेकिन जो सबसे महत्त्वपूर्ण सीख इन्होंने अपने छात्रों को दी,वह है आत्मविश्वास और ताल का आनंद लेने का हुनर। ऐसा अकसर नहीं होता कि जो काम आपको रोजमर्रा में पसंद हो, वह करने का मौका मिले और लोगों की जिंदगी को बदलने में भी मददगार हो। अगर आपका काम इस बात की इजाजत नहीं देता कि अपनी पसंद का काम कर सकें, जैसा कि मुरली कृष्णन ने किया, तो कम-से-कम सप्ताह में एक दिन तो इसे दे ही सकते हैं, जैसा कि सूर्य प्रकाश राय ने किया। फायदे में यह देख पाएँगे कि कितनी जिंदगियाँ सही दिशा में चल पड़ी हैं। कृष्णन और राय के लिए यह सिर्फ एक अनुभव नहीं है, एक यात्रा है।

फंडा यह है कि कॉलेज आपको पास होने का सर्टिफिकेट फ्रेम करवाने और हॉल में लटकाने के लिए नहीं देता है, बल्कि इनका इस्तेमाल इस तरह हो कि संस्थाओं में हासिल की गई आपकी शिक्षा की खुशबू हर ओर फैले।

□

हर शहर का हर व्यक्ति लोगों को ठंड से बचा सकता है

स्टोरी 1 : सोमवार को 2016 की ठंड ने पहली बार अपना कठोर रूप दिखाया। श्रीनगर पूरी तरह धुंध से ढंक गया। एयरपोर्ट से सारी उड़ानें रद्द हो गईं। संभवत: यह इस बात का संकेत है कि आनेवाले दिनों में ठंड कैसी पड़नेवाली है। आठ दिन पहले श्रीनगर से कहीं दूर पुणे में कड़ाके की ठंड का अनुमान लगाकर 18 से 25 आयु वर्ग के 15 युवक बेघर और निराश्रित लोगों को ठंड से बचाने के लिए गरम कपड़े मुहैया कराने की पहल पर चर्चा कर रहे थे। उन्होंने इसके लिए सोशल मीडिया प्लेटफॉर्म बनाया और दान के लिए पता दिया पुणे के व्यस्त दांडेकर ब्रिज का। इस पर उन्होंने पेंटिंग की और लोगों से अपील की कि वे अपने अनुपयोगी, विशेष रूप से सर्दियों के कपड़े डोनेशन के रूप में यहाँ टाँग सकते हैं। ग्रुप ने अपनी जान-पहचान के लोगों से भी कपड़े एकत्र किए और काम शुरू कर दिया। इस प्रयास को मिली सफलता से प्रेरित होकर अब इस आइडिया को शहर के अन्य कॉर्नर्स पर आजमाने की योजना है, विशेष रूप से ऐसे स्थानों पर, जहाँ भिखारियों की संख्या ज्यादा है। सामाजिक कामों के लिए पुणे के स्वप्रेरित कुछ लोग मिलकर कटराज, वारजी, कोंधवा, जांगली, महाराज रोड और शिवाजी नगर में गुडनेस वॉल बना रहे हैं। इन स्थानों के अलावा कलेक्शन बूथ बनाए गए हैं, जहाँ लोग अपने कपड़े दान कर सकते हैं। ये बूथ कॉलेज और निजी कंपनियों के स्वयंसेवक चला रहे हैं। इन्हें लगता है कि चूँकि ठंड नजदीक है, इसलिए शहर में जरूरतमंदों को इस पहल से काफी राहत मिलेगी। तय किया गया है कि इस पहल के दूसरे चरण में स्टेशनरी डोनेट करेंगे। इसके लिए स्कूलों में डोनेशन बूथ बनाए जाएँगे, जहाँ बच्चे अपनी किताबें दे सकते हैं, लेकिन किताबों के दान पर काम ठंड के बाद शुरू होगा।

इस बारे में पुणेकरों के सोचने के बहुत पहले ग्वालियर-भिंड रेलवे ट्रेक के दतिया-भिंड रोड की सेवादा तहसील में 12-14 युवा पेशेवरों ने मिलकर इस दिशा में कदम उठाया था। इस शहर को मुख्यधारा के बड़े शहरों की तरह कम ही तवज्जो मिलती है, जैसा कि भोपाल के नजदीक के अन्य शहरों को मिलती है, क्योंकि यह उत्तर प्रदेश और मध्य प्रदेश की सीमा पर बसा है। इस शहर की आबादी 30 हजार है और इस तरह की पहल यहाँ काफी महत्त्व रखती है। पहल शुरू हुई गांधी पुस्तकालय से। रामशंकर नागरिया, सुरेश पटेल, कमलेश शर्मा, डॉ. दिनेश अग्रवाल, इसार खान, राम ठाकुर सहित कई लोगों ने मिलकर इसकी शुरुआत की।

इन लोगों ने लाइब्रेरी की बाहरी दीवार को गुडनेस वॉल के रूप में इस्तेमाल कर इस अच्छे काम की शुरुआत की। यहाँ लोग अपने गरमियों और सर्दियों के कपड़े दान कर सकते हैं, बल्कि अपने घरों की अतिरिक्त और अनुपयोगी चीजें भी दे सकते हैं। उन्होंने शुरुआत की भी नहीं और कई लोगों ने कपड़ों के अलावा स्कूल बैग तथा किचन के उपयोगी सामान देना शुरू कर दिया था। जरूरतमंद बड़ी संख्या में यहाँ पहुँचने लगे। चूँकि गरीब और जरूरतमंद यहाँ से दूर रहते थे, इसलिए युवकों ने तय किया कि गुडनेस वॉल को ऐसी जगह ले जाया जाए, जहाँ इस तरह के लोग ज्यादा हों। एक धर्मशाला की दीवार को अब गुडनेस वॉल बनाया गया है। स्वयं से पूछिए कि क्या आपके शहर में गुडनेस वॉल या नेकी की दीवार है, अगर नहीं है तो बनाइए, क्योंकि आपके ऊनी कपड़े कुछ लोगों को ठंड से बचा सकते हैं। गुडनेस वॉल अमूल्य पहल है।

फंडा यह है कि हर शहर का, हर व्यक्ति सर्दियों को उन लोगों के लिए गरम बना सकता है, जिनके पास सर्दी से बचने के साधन नहीं हैं।

□

दूसरों की मदद करके कीजिए खुद की मदद

स्टोरी 1 : वे कई वर्षों से ये मदद कर रहे हैं और इससे फायदा भी मिल रहा है, लेकिन हाल ही में उनकी ओर ध्यान गया। जब ये 78 वर्ष के बुजुर्ग आपके पास पहुँचेंगे तो इनका लुक आपको भ्रम में डाल देगा। उनसे मिले बिना कभी आप उन्हें समझ नहीं सकते। अगर आप किसी बैंक के पास खड़े हों और संशय हो कि सही ढंग से फॉर्म कैसे भरना है या कैसे जरूरी परिचय-पत्र को ठीक तरीके से संलग्न किया जाए या यह नहीं पता हो कि किस कॉलम में क्या लिखना है या आपके पास पेन नहीं हो तो वे आपके पास आएँगे और पूछेंगे, "क्या मैं आपकी मदद कर सकता हूँ?" आपके होंठों से जवाब नहीं निकलेगा, लेकिन आपकी आँखें सवाल करेंगी कि जो मुझे नहीं मालूम, वह आपको कैसे मालूम होगा? उनकी आँखें समझ जाएँगी और वे आपसे कहेंगे, "मैंने सेंट जोसेफ इंडियन हाई स्कूल में 1952 में कक्षा नौ तक पढ़ाई की है, लेकिन वह पढ़ाई आज की किसी डिग्री के बराबर है। मुझे फॉर्म दो। मैं इसे आपके लिए भर दूँगा।" वे आपसे फॉर्म ले लेंगे। आपके हाथ के दस्तावेजों को देखेंगे और तुरंत इसे भर देंगे, जैसे वे खुद बैंकर हों। वे कभी भी अपनी मदद के लिए कुछ भी लिखित में नहीं माँगेंगे। इसके बाद वे किसी दूसरे परेशान दिख रहे ग्राहक के पास जाएँगे और अपना उसी अंदाज में परिचय देंगे, "क्या मैं आपकी मदद कर सकता हूँ।" आपका काम हो जाने के बाद आपका दिल इस बात की इजाजत नहीं देगा कि आप भिखारी जैसे दिखनेवाले, लेकिन अंग्रेजी बोलनेवाले इस व्यक्ति को कुछ दिए बिना घर चले जाएँ। कुछ लोग उन्हें कुछ दे देते हैं, कुछ नहीं, लेकिन अच्छी बात यह है कि कुछ लोग उन्हें जब मदद करते देखते हैं तो रुक जाते हैं और उनकी सेवा के बदले कुछ रुपए देने की पेशकश करते हैं। इसी तरीके से वे

पिछले कई सालों से अपना वजूद बनाए हुए हैं। मिलिए नौवीं पास ए. डेनियल से। वे बेघर हैं और बेंगलुरु में शेषाद्रीपुरम में बैंक के बाहर असहाय खड़े लोगों के लिए उम्मीद की किरण हैं। शेषाद्रीपुरम में अधिकतर बैंकों के ऑफिस हैं। उन्होंने अपने जीवन में कभी भीख नहीं माँगी और हमेशा उनकी जरूरतें वे लोग पूरी करते रहे हैं, जो उन्हें दूसरों की मदद करते देखते हैं।

स्टोरी 2 : हममें से कई लोग इस परिस्थिति से गुजरे हैं कि हमारे लैपटॉप की वारंटी एक्सपायर हो जाती है और हमारे पास इसके नवीनीकरण का समय नहीं होता, या हमारे एयर कंडीशनर और रेफ्रिजरेटर का सालाना मेंटेनेंस का कॉन्ट्रेक्ट खत्म हो जाता है और हम इसके बारे में भूल जाते हैं। हमें तब याद आता है, जब मशीन दिक्कत देने लगती है या एमएमसी कॉन्ट्रेक्टर हमें फोन करता है। हम हमेशा उम्मीद करते हैं कि कोई हमें इन छोटी-मोटी चीजों के बारे में बताता रहे, ताकि हम इस पर काम कर सकें। मदद की इस जरूरत को समझते हुए मुंबई के श्रीवत्स प्रभाकर ने एक एप लॉन्च किया है 'सर्विफाई', जो इलेक्ट्रॉनिक गैजेट्स और अप्लायंसेस के लिए पर्सनल असिस्टेंट की तरह काम करेगा। यह बिल और वारंटी को क्लाउड में स्टोर रखेगा, साथ ही रिपेयर सर्विस देनेवाले अधिकृत सर्विस प्रोवाइडर से भी जुड़ा रहेगा। 2015 में शुरू 'सर्विफाई' यूजर की मदद मोबाइल, पर्सनल गैजेट्स और इलेक्ट्रॉनिक होम अप्लायंसेस को खरीदने के बाद के अनुभवों को मैनेज करने में करता है। यह प्लेटफॉर्म खरीदने से पहले, खरीदने के बाद, उपयोग, इंस्टॉलेशन, मेंटेनेंस, रिपेयर और फिर बेचने की सुविधा एक ही जगह दे देता है। अभी तक 6,00,000 से ज्यादा लोग इस पर रजिस्टर हो चुके हैं। जब उपभोक्ता संबंधित कंपनियों को इस प्लेटफॉर्म से सर्विस फीस देता है तो कंपनी की कमाई होती है। 85 सदस्यों की इस कंपनी को उम्मीद है कि 2017 के मध्य तक वह 30 लाख लोगों की मदद में सक्षम होगी। यह बिजनेस मॉडल काफी लाभदायक है, इसलिए बड़ी मात्रा में इनवेस्टमेंट आ रहा है। एंड्राइड यूजर्स एप को ऑफ लाइन एक्सेस कर सकते हैं, जबकि आईओएस यूजर के लिए कुछ ही दिनों में यह उपलब्ध होगा।

फंडा यह है कि हमदर्दी और मदद हमेशा अस्तित्व बनाए रखने और कमाने की ऊर्जा देती है। फिर चाहे यह किसी गरीब भिखारी की बात हो या नए जमाने के किसी आंत्रप्रेन्योर की।

□

दृढ़ आस्था असंभव को संभव बना देती है

तमिलनाडु की मुख्यमंत्री जयललिता हर मेडिकल सुविधा उपलब्ध कराए जाने के बाद भी मौत से अपनी लड़ाई हार गईं। लंदन से आए डॉक्टरों ने भी कहा कि चेन्नई के अस्पताल में पिछले 74 दिनों से जो इलाज उन्हें मुहैया कराया गया है, उससे अधिक वे भी कुछ नहीं कर सकते, लेकिन ऐसे लोगों की काफी संख्या है, जो मौत से लड़ाई शुरू होने के पहले ही हार जाते हैं। इसलिए नहीं कि उन्हें अच्छा इलाज उपलब्ध नहीं होता, बल्कि इसलिए कि वे उन सुविधाओं को प्राप्त करने के लिए अस्पताल तक नहीं पहुँच पाते।

पश्चिम बंगाल के जलपाईगुड़ी स्थित धालाबाड़ी के करीमुल हक ने बरसों पहले अपनी माँ को खो दिया था, इसलिए नहीं कि उन्हें अच्छी उपचार सुविधा नहीं मिल सकी, बल्कि इसलिए कि वे मेडिकल सुविधावाली जगह पर पहुँच नहीं सकीं। नदी के पार बसे उनके गाँव तक पहुँच सके, ऐसी एक भी एंबुलेंस नहीं थी और ऊपर से नदी पर पुल भी नहीं है। माँ की मौत से दुःखी चाय बागान के वर्कर करीमुल हक लगातार सोचते रहते कि वे कैसे इस दुःखद घटना को रोक सकते थे। फिर एक दिन साथी वर्कर बागान में बेहोश होकर गिर पड़ा और अन्य कामगारों में घबराहट फैल गई। करीम ने उसे अपने मित्र को पीठ से बाँधकर अपनी बाइक पर बिठा लिया और प्राथमिक स्वास्थ्य केंद्र ले गए। यह गाँव से छह किलोमीटर दूर था, लेकिन वहाँ सर्जरी की सुविधा नहीं थी। यह सुविधा 45 किलोमीटर दूर थी। वहाँ से 45 किलोमीटर जाने का तत्काल निर्णय लेने से मित्र की जान बच गई और करीमुल को अपने गाँव के लिए एंबुलेंस सुविधा शुरू करने का विचार आया।

हम सब चार पहियावाली एंबुलेंस से परिचित हैं, लेकिन एंबुलेंस के रूप में बाइक का उपयोग असामान्य विचार है, किंतु 'करीमुल बाइक एंबुलेंस' बहुत लोकप्रिय हो गई है। स्थानीय डॉक्टर से पुलिस अधिकारी और ब्लॉक अधिकारी

तक ज्यादातर लोगों को इसका पता है। सबसे बड़ी बात तो यह है कि उनकी यह सेवा दिन-रात गरीब गाँववालों को अस्पताल व क्लिनिक ले जाने के लिए उपलब्ध है, वह भी मुफ्त में, यहाँ तक कि पड़ोसी गाँवों में भी उनकी इस अनूठी एंबुलेंस की भनक लग गई है और आपात स्थिति में वे भी उसका उपयोग करते हैं।

चाय बागान में काम करने से उन्हें हर माह चार हजार रुपए मिलते हैं। वे 25 फीसदी रकम 'बाइक एंबुलेंस' के ईंधन व रखरखाव के लिए अलग निकालकर रख देते हैं, जबकि 25 फीसदी राशि बाइक की किस्त के रूप में बैंक में चली जाती है। शेष राशि से वे घर खर्च चलाते हैं। उनकी खुशकिस्मती है कि उनकी दोनों बेटियों का विवाह हो चुका है और दो बेटे मोबाइल मैकेनिक का काम करते हैं। ऐसे में कम-से-कम पिछले कुछ वर्षों से परिवार सिर्फ उनकी कमाई पर निर्भर नहीं है। चाय बागान के डायरेक्टर सुकुमार दास ने उन्हें काम के समय में काफी रियायतें दी हैं, क्योंकि दास को लगता है कि करीमुल का सेवा-कार्य असाधारण है।

अकेले दास ही नहीं हैं, जिन्होंने करीमुल के मानवीय कार्य को पहचाना है। उन्हें उनकी सामाजिक सेवा के लिए जी-समूह के बंगाली न्यूज टीवी चैनल 24 घंटा ने 'अनन्य सम्मान' से नवाजा है। अब स्थानीय लोग चाहते हैं कि उनके इस काम का सम्मान कर राष्ट्रपति उसे मान्यता दें। ऐसा क्यों नहीं होना चाहिए ? उन्होंने अकेले पिछले एक दशक से कुछ अधिक समय में 3 हजार से ज्यादा लोगों की जिंदगियाँ बचाई हैं। चूँकि वहाँ का जमीनी इलाका अच्छा नहीं है और ऐसी सड़कें भी नहीं हैं कि वहाँ कोई चौपहिया वाहन ले जाया जा सके, इसलिए वे एंबुलेंस खरीदने से इनकार कर देते हैं। इस अथक काम की प्रेरणा उनकी यह आस्था हैं कि यदि वे लोगों की जिंदगियाँ बचाने का यह कार्य जारी रखते हैं तो उनकी माताजी को जन्नत नसीब होगी। चूँकि वे इतने लोगों का जीवन बचा चुके हैं तो उन्हें विश्वास है कि उनकी माँ जहाँ भी हैं, वहाँ से उन्हें देखकर मुसकराती होंगी।

फंडा यह है कि आपकी दृढ आस्था ऐसे काम करने की प्रेरणा बन सकती है, जिसे कई लोग असंभव मानते हैं।

□

ऑब्जर्वेशन का कौशल सर्विस इंडस्ट्री को अगले स्तर पर ले जाएगा

शनिवार को कोच्चि से मुंबई की फ्लाइट एआई 682 में आधे घंटे की देरी हो गई। मुझे एक दिन पहले ही इस विलंब की सूचना देनेवाला एसएमएस पाकर सुखद आश्चर्य हुआ। उसके बाद मुझे फोन करके असुविधा के लिए क्षमा भी माँगी गई। एयर इंडिया में पूरे 360 डिग्री के इस बदलाव से मुझे खुशी हुई। तुलनात्मक रूप से चालक दल के युवा सदस्यों का व्यवहार अन्य निजी हवाई सेवाओं की तरह मधुर और सद्‌भावनापूर्ण था। मैं जब इकोनॉमी क्लास की पहली कतार में अपनी विंडो सीट के लिए आगे बढ़ा तो मुझे कोनेवाली सीट पर बैठी महिला को पार करके अपनी सीट पर पहुँचना था। यह महिला लकवाग्रस्त थीं। मुझे जाने की जगह देने के लिए उन्हें खुद को पीछे खींचने में बहुत कठिनाई आ रही थी। मैंने तत्काल उन्हें ऐसा न करके सहज होकर बैठे रहने को कहा और मैं उनके पैरों के ऊपर छलाँग लगाकर अपनी सीट पर पहुँच गया, लेकिन इसके पहले मैं वॉशरूम जाकर आया, ताकि 115 मिनट बाद हवाई जहाज मुंबई में उतरने तक मैं उन्हें तकलीफ न दूँ।

दरवाजे बंद हो गए और चालक दल के सदस्यों द्वारा अनिवार्य सुरक्षा ड्रिल शुरू की गई। एक युवा सदस्य आया, उस महिला तक पहुँचा और उनसे कहने लगा कि वे अपना बायाँ हाथ उठाएँ (यही लकवाग्रस्त था), ताकि मास्क, सीट बेल्ट आदि सहित सुरक्षा किट वहाँ रखी जा सके। महिला को बायाँ हाथ उठाने में दिक्कत हो रही थी। मैंने उसे दाहिनी टेबल इस्तेमाल करने को कहा, लेकिन उसने इनकार कर दिया, क्योंकि वह खुद बाएँ हाथ से काम करनेवाला था। इससे उस अधेड़ उम्र की महिला के लिए असुविधा पैदा हो गई।

उसके बाद वही शख्स स्नैक्स लेकर आया। अब उसे अच्छी तरह मालूम था कि महिला यात्री का बायाँ हिस्सा निष्क्रिय है, लेकिन उसने फिर उन्हें हाथ उठाने

क्रो कहा ताकि आर्म रेस्ट के नीचे की टेबल निकालकर उस पर स्नैक्स की ट्रे रखकर वह आगे बढ़ जाए। उसके दिमाग में एक बात स्पष्ट थी—निर्धारित समय में अपना काम पूरा करना। मुझे फिर हस्तक्षेप कर उससे कहना पड़ा कि महिला की शारीरिक अक्षमता देखते हुए वह थोड़ा एडजस्ट कर ले। मेरे लिए आश्चर्य की बात तो यह थी कि पूरा चालक दल इस महिला यात्री की दिक्कत से वाकिफ था, क्योंकि व्हील चेयर की मदद से विमान पर सवार होनेवालीं वे एकमात्र यात्री थीं। पूरी यात्रा में पानी की बोतल खोलने, ब्रेकफास्ट ट्रे से एल्युमिनियम फॉइल हटाने जैसे छोटे कामों में मैं उनकी मदद करता रहा। वहाँ से आ-जा रहे चालक दल के किसी सदस्य ने एक बार भी उस दिव्यांग के प्रति अतिरिक्त सदाशयता दिखाने की कोशिश नहीं की, जिसका मुझे बड़ा दुःख हुआ।

तब मुझे राष्ट्रीय वायु सेवा में चालक दल की वरिष्ठ सदस्यों की गैर-मौजूदगी खली, जिन्हें दुर्भाग्य से महिलाओं के प्रति भिन्न नजरिया रखनेवाले कुछ यात्री 'मदर्स ऑन बोर्ड' की उपमा देते हैं। मैंने हमेशा देखा है कि वे कथित 'मदर्स' ऐसे यात्रियों के प्रति बहुत ही मानवीयता से पेश आती हैं। उनके व्यवहार में इतना लचीलापन होता है कि वे एक कदम आगे जाकर यात्रियों की मदद करती हैं।

बरसों पहले मुंबई के ताज होटल में प्रवेश के पहले मैंने देखा कि बाईं ओर से लकवाग्रस्त एक सज्जन व्हील चेयर पर मुझसे पहले चेक-इन कर रहे हैं। उनके अपने कमरे में पहुँचने के पहले ही काउंटर पर बैठी महिला ने हाउस कीपिंग स्टाफ को टॉवेल, साबुन, कंघा आदि जैसी कमरे की सारी चीजें दाईं ओर रखने को कह दिया, ताकि उन सज्जन को बाईं भुजा के इस्तेमाल की जरूरत ही नहीं पड़े। हाउस कीपिंग के पूरे स्टाफ ने सज्जन के कमरे में पहुँचने के पहले ही तीन मिनट में यह फेरबदल कर दिया। वे अपने कमरे में हर चीज दाईं तरफ देखकर खुश हो गए। जब तक वे वहाँ रहे, उन्हें मदद की बहुत कम जरूरत पड़ी।

कोई दिव्यांग व्यक्ति आकर नहीं कहेगा कि वह लकवाग्रस्त है 'मैं डायबिटिक हूँ' जैसा जुमला नहीं है, जिसे कहते हुए ज्यादातर भारतीय अच्छा महसूस करते हैं। यह तो सर्विस इंडस्ट्री के लोगों का काम है कि वे इन छोटी-छोटी बातों को ऑब्जर्व करें और यूजर को बेहतर सेवाएँ दें।

फंडा यह है कि ऑब्जर्वेशन के कौशल को आजमाएँ, जिससे मानवीयता विकसित होती है और आप सर्विस इंडस्ट्री के मास्टर बन जाते हैं।

□

सामाजिक कार्य व्यर्थ नहीं जाते, ये बदलाव लाते हैं

स्टोरी 1 : जब कहीं 110 छात्र जमा हों तो निश्चित ही बहुत शोर-शराबा होगा, मस्ती होगी, लेकिन जब मुंबई के दादर स्थित केएमडी कॉलेज के 110 छात्र एक खास मकसद से एक जगह जमा हुए तो लोग रो पड़े। पनवेल ताल्लुका के उमरोली का कोई भी ग्रामीण यह नहीं चाहता था कि वे लौटकर जाएँ, लेकिन उन्हें तो जाना ही था, क्योंकि वे एक खास उद्देश्य से यहाँ आए थे और वह पूरा हो गया था, लेकिन गाँववालों के लिए कॉलेज के इन युवाओं का उनसे दूर जाना दुःखद एहसास था। कॉलेज छात्रों और ग्रामीणों के बीच गहरे संबंध जो बन गए थे।

यह मजबूत संबंध सिर्फ सात दिन में बना था। युवाओं ने कुछ देना सीखा था। हाँ, इन युवाओं ने 168 घंटों में गाँव की पूरी शक्ल ही बदल दी थी। ये लोग एनएसएस (नेशनल सर्विसेस स्कीम) की टीम के तौर पर यहाँ आए थे। इन्होंने पानी की बरबादी रोकने के लिए नदी की धारा पर दो बाँध बनाए थे। मिट्टी और रेत से भरी बोरियों से ये बाँध बनाए गए थे। पानी की धारा को इनसे अच्छे से रोककर सील कर दिया गया था। इससे आस-पास के इलाके में जमीन में पानी का स्तर भी बढ़ेगा। पशुओं और फसलों के लिए पर्याप्त पानी देने में यह मददगार साबित होगा। इसी ग्रुप के कुछ छात्रों ने स्वच्छ भारत अभियान चलाकर सड़कों को साफ किया था और स्कूल और पंचायत की दीवार पर कलाकृतियाँ बना दी थीं। छात्रों का समर्पण देखकर गाँव के कई लोग भी उनके इस अभियान में शामिल हो गए और प्रोजेक्ट पूरे करने में मदद की। छात्रों के लिए यह अच्छी जिंदगी जीने का प्रैक्टिकल भी तो था।

स्टोरी 2 : आरती फानडे कक्षा 8 की छात्रा हैं और स्कूल जाते हुए या

माता-पिता के साथ बाजार जाते हुए सड़क पर काफी चौकस रहती है। जब भी उसे सड़क पर कोई बेकार चीज पड़ी दिखती है तो उसे लगता है कि इसे वह क्या रूप दे सकती है। उसका रचनात्मक दिमाग तेजी से कई कल्पनाएँ करने लगता। फिर वह तय करती कि उसे स्क्रैप उठाना है या नहीं। यह चम्मच हो सकता है, या टूटा हुआ मग या फिर टूटे हुए इलेक्ट्रिक वायर या ऐसी ही कोई और चीज। आरती कुछ देर के लिए ठहर जाती। फिर एक बार विचार करती कि वह उस बेकार चीज का क्या करेगी। आरती सरकारी स्कूल के उन छात्रों में शामिल है, जिन्हें इयररिंग्स, नेकलेस, ब्रेसलेट और कुछ अन्य चीजें वेस्ट से बनाना सिखाया जा रहा है। फिक्की और स्थानीय गैर-सरकारी संस्था (एनजीओ) 'सलाम बॉम्बे' के सहयोग से कोलाबा के सरकारी स्कूल के 25 छात्र 17 दिसंबर को पहली बार अपने बनाए प्रोडक्ट की प्रदर्शनी-सेल लगाने जा रहे हैं। ये सारे प्रोडक्ट 14 साल से कम उम्र के बच्चों ने बनाए हैं। स्कूल और एनजीओ द्वारा अतिरिक्त सामान पर खर्च की गई राशि काटने के बाद इस सेल से होनेवाली कमाई बच्चों को दी जाएगी।

स्कूल के प्रिंसिपल अंबरसिंह मगर का पूरा भरोसा है कि जो भी बच्चे वोकेशनल ट्रेनिंग में शामिल हो रहे हैं, वे अपनी पढ़ाई पर बराबर ध्यान देने में सक्षम हैं, क्योंकि इन सभी के पास निकट भविष्य के लिए एक लक्ष्य है। उनका कहना है कि अधिकतर बच्चे कच्ची बस्ती में रहते हैं और आमतौर पर अपना समय टेलीविजन देखने में बिताते हैं। टेलीविजन पर भी पूरी तरह पेरेंट्स की मर्जी चलती है। मतलब ये बच्चे वे कार्यक्रम देखते हैं, जो बच्चों के लिए ठीक नहीं होते। ट्रेनिंग के जरिए इनका दिमाग अधिक प्रोडक्टिव कामों में लगेगा और वे अपना समय बरबाद नहीं करेंगे।

फंडा यह है कि बच्चे जब ऐसे काम करते हैं तो उनका ध्यान जीवन स्तर सुधारने पर जाता है। वे सामाजिक रूप से जागरूक इनसान बनते हैं।

□

आप टीचर नहीं हैं तो भी पढ़ा सकते हैं!

स्टोरी 1 : इस सोमवार को सविता देवी गर्व से अपने सात साल के बेटे आशीष कुमार को देख रही थीं। वह काफी सतर्कता से हर दुकान पर जा रहा था और अपनी पसंद की चीजें खरीदने के लिए चुन रहा था। उन्होंने पास खड़े व्यक्ति से कहा, ''देखिए कैसे अपनी पसंद का सामान खरीद रहा है, वह भी कार्ड लेकर।'' वे खुशी रोक नहीं पा रही थीं, क्योंकि आशीष खरीददारी कर रहा था। यह शब्द उनके समुदाय के बच्चों के लिए जैसे कोई बेगानी चीज हो। आशीष ही नहीं, कई अन्य बच्चे राँची के करमटोली चौक के पास आईएमए हॉल में खरीदी के लिए इसी तरह घूम रहे थे। वहाँ चिल्ड्रेन बाजार सेंटर का आयोजन किया गया था। यहाँ पुराने कपड़े, पुराने ऊनी कपड़े, पुराने खिलौने और बेकरी के ताजे खाद्य पदार्थ उपलब्ध थे। एक स्थानीय नॉन प्रॉफिट यूनिट-फालन लीव्ज ने यह आयोजन किया था। सेंट जेवियर स्कूल, सेंट एंटोनीज स्कूल, गॉसनर कॉलेज, सेंट जेवियर कॉलेज और मारवाड़ी कॉलेज के 70 छात्र इसमें स्वयंसेवक थे। इन बच्चों को 1000 रुपए के टॉपअप और विशेष पिनवाले डेबिट कार्ड दिए गए थे। अभावग्रस्त बच्चों को मॉडल पॉइंट ऑफ सेल मशीन पर दिखावटी कार्ड स्वाइप करना सिखाया गया था। उन्हें पिन का इस्तेमाल भी सिखाया गया। इससे वे जो चाहें, वह खरीद सकते थे। हर बच्चा अधिक-से-अधिक पाँच सामान को खरीद सकता था। कार्ड सिर्फ उस जगह और टॉपअप राशि के लिए ही वेलिड था। अमीरों के लिए अपनी पुरानी चीजें किसी को देना काफी आसान है, लेकिन अगर इसके साथ बच्चों को नई लेस-कैश इकोनॉमी के एक-दो सबक भी मिल जाएँ तो यह सोने पर सुहागा हो जाएगा। नौ साल की दिपाशा टिग्गा वहाँ से अपने नए पुराने-टेडी को सीने से लगाए बाहर आई। उसकी आँखों में चमक थी और उसने कहा, ''यह मेरा गुड्डा है''' हम खरीदे हैं कार्ड से।'' तब आप भी शायद अपने आँसू नहीं रोक पाते। आप शायद समझ भी

नहीं पाते कि ये आँसू लेस-कैश इकोनॉमी की ओर बच्चों की तैयारी के लिए हैं या उसकी गरीबी के लिए। जब आठ साल की प्रफुल्लित प्रीति कुजुर सुंदर फ्रॉक, गरम कपड़े और स्वादिष्ट केक से भरी बास्केट लेकर बाहर आई तो कतार में लगे अपने दोस्तों से कहा, ''पहली बार इतना सारा सामान खरीदे हैं, पहली बार ऐसा कार्ड देखा।'' मैं दावे से कह सकता हूँ, तब आप निश्चित ही अपना चेहरा दूसरी ओर घुमा लेते, ताकि कोई भी आपकी नम आँखें नहीं देख पाए।

स्टोरी 2 : तमिलनाडु के कुंभकोणम में राघवन और अरुणा किसानों के गरीब बच्चों के लिए फ्री स्कूल चलाते हैं। उसे हमेशा आने-जाने वालों से पशुओं और प्रोडक्ट्स के सैकड़ों स्टिकर की जरूरत होती। वे इन स्टिकर को लाइब्रेरी की किताबों पर बुकमार्क की तरह चस्पाँ कर देते। जैसे कार बुक पर कार का स्टिकर, गाय की किताब पर गाय का और मगरमच्छ की किताब पर मगरमच्छ का स्टिकर। बच्चों से कहा जाता कि वे स्टिकर का इस्तेमाल किताब पढ़ते समय बुकमार्क की तरह करें और जब किताब लौटाएँ तो स्टिकर अपने लिए रख लें, लेकिन शर्त यह थी कि स्टिकर अगर स्कूल बैग, नोट बुक या उनके किसी और सामान पर चिपका दिखा तो टीचर उस किताब में से उनसे सवाल पूछ सकती है। इसके पीछे मंशा यह है कि बच्चे किताबें पढ़ें और अपने दोस्तों को दिखाएँ भी। इससे दो उद्देश्य पूरे हो रहे हैं—जितने स्टिकर उनके स्कूल बैग पर होंगे, उतनी ही उनकी प्रशंसा होगी और टीचर्स से उन्हें उतने ही उपहार मिलेंगे, लेकिन इसके लिए पहले अपनी जानकारी की परीक्षा देनी होगी।

फंडा यह है कि बिना टीचर के भी पढ़ाने के सैकड़ों तरीके आपके आस-पास मौजूद हैं। 2017 में आपका तरीका क्या होगा?

□

क्या विजयी मुसकान से 2016 को विदा कर रहे हैं?

छह साल के आदित्य ने अपने पिता का हाथ थामकर पूछा, ''पापा, क्या मैं कभी दूसरे बच्चों की तरह जी पाऊँगा?'' 37 साल के पिता रूपेश शिंदे ने तुरंत जवाब दिया, ''हाँ-हाँ क्यों नहीं।'' और वे तेजी से कॉरिडोर में अपने आँसू पोंछते हुए आगे चल दिए, क्योंकि वे जानते थे कि आदित्य को लेकर उम्मीदें छूटती जा रही हैं। वे डरावने कर्ज में डूब चुके हैं। दिल में छेद के साथ जन्मे बेटे की हालत में कोई सुधार नहीं हो रहा है, जबकि इलाज नवी मुंबई के सबसे अच्छे अस्पताल में करवा रहे हैं। नवी मुंबई में ही वे रहते और काम करते हैं। रूपेश ने बेटे से वादा किया था कि वह हमउम्र बच्चों की तरह तंदुरुस्त हो जाएगा। बेटे की दो सर्जरी करवाईं, लेकिन कोई सफलता नहीं मिली। दिल की समस्या ऐसी थी कि उसका अधिकतर समय बिस्तर पर ही बीतता या फिर चेयर पर। थोड़ा भी पैदल चलता तो उसकी साँस फूलने लगती। बच्चों की तरह दौड़ना तो बहुत दूर की बात है। सर्जरियों और ऑपरेशन के बाद की देखभाल ने रूपेश को कर्ज के पहाड़ तले दबा दिया है।

नवी मुंबई में फाइनेंशियल कंसल्टेंसी चलानेवाले मीना और श्रीराम के यहाँ रूपेश ड्राइवर हैं। वे सतर्क थे कि उनके एंप्लॉयर्स को कोई परेशानी नहीं हो। बाजार में गिरावट की खबरें हैं। कुछ एंप्लॉयर्स कर्मचारियों के खातों में नोटबंदी के पुराने नोट बदलने के लिए जमा कर रहे हैं। रूपेश के एंप्लॉयर्स का व्यवहार उसके प्रति बहुत अच्छा है।

मीना ने रूपेश के चेहरे पर निराशा के भाव पढ़ लिये और कारण पूछा। रूपेश ने पूरी कहानी बताई तो आदित्य को लेकर उनकी उम्मीदों ने बड़ी छलाँग लगाई,

क्योंकि मीना कई डॉक्टर्स को जानती थीं। ये डॉक्टर उनके क्लाइंट थे। पहले उन्होंने इनसे कंसल्ट किया। इसी के साथ अपने कर्मचारियों, क्लाइंट और दोस्तों से भी डोनेशन का आग्रह किया। एक कर्मचारी, जिसकी सैलरी सिर्फ 25 हजार रुपए है, ने पाँच हजार रुपए का चेक दिया। सिर्फ दो दिनों में आदित्य के लिए 25 लाख रुपए का डोनेशन जमा हो गया।

आदित्य का मामला जटिल था। उसकी पहले ही दो ओपन हार्ट सर्जरी हो चुकी थीं, इसलिए केस विशेषज्ञों को रेफर किया गया। आदित्य को चेन्नई के फोर्टीस मल्हार अस्पताल के डॉक्टर केआर बालाकृष्णन को रेफर किया गया। मीना उन्हें अपने एक क्लाइंट के जरिए पहचानती थीं। मीना ने रूपेश को समझाया कि इतनी जल्दी हार नहीं माने और स्थानीय भाषा को जाननेवाले एक दोस्त के साथ चेन्नई शिफ्ट हो जाए। मीना के इस मामले में दखल और एक क्लाइंट व दोस्त की मदद से उन्हें सिकंदराबाद से हार्ट मिल गया। हार्ट को विमान से चेन्नई लाया गया और ग्रीन कॉरिडोर के जरिए फोर्टीस अस्पताल पहुँचाया गया। इसके तुरंत बाद नवी मुंबई के इस बच्चे की सात घंटे तक सर्जरी हुई। आदित्य की कहानी 'कुछ भी असंभव नहीं है' की कहानी है।

इधर मीना के 2016 के पाप-पुण्य के हिसाब में उनके और परिवार के लिए पुण्य का बड़ा भाग आया है। वे डॉक्टर नहीं हैं। वे कई उन एंप्लॉयर्स की तरह धनी भी नहीं हैं, जो अपनी काली कमाई को खपाने में कर्मचारियों का इस्तेमाल कर रहे हैं। फिर भी अपने एक कर्मचारी के बेटे की जिंदगी बचाने के लिए उन्होंने पैसे जुटाए। इस काम के पूरा होने से न सिर्फ उन्हें खुशी मिली, बल्कि उस परिवार को भी, जो आदित्य के जन्म से ही पिछले छह साल से आँसुओं में डूबा था।

फंडा यह है कि हर साल कैलेंडर बदलने के साथ हमारे जीवन से एक साल गुजर जाता है, लेकिन जब आप विजयी मुसकान के साथ साल को विदा करते हैं तो आप किसी और 'आम आदमी' से ज्यादा पूर्ण होते हैं।

□

बेबाक व निर्भीय रवैये और ईमानदारी के अपने फायदे हैं

स्टोरी 1 : लखनऊ के लिए कालिदास मार्ग का वही महत्त्व है, जो नई दिल्ली के लिए पार्लियामेंट स्ट्रीट का है, क्योंकि उत्तर प्रदेश के सबसे प्रभावशाली व्यक्ति वहाँ रहते हैं—मुख्यमंत्री अखिलेश यादव। उस 'प्रभावशाली' गली के दूर के छोर पर खड़े मणिराम आसमान की ओर देखते हुए विचारों में गहरे खो गए थे। उनका एक हाथ साइकिल रिक्शा की सीट पर था और दूसरे से वे बीड़ी का कश लगा रहे थे। उनकी चिंता साइकिल रिक्शा को लेकर थी, जो उनके परिवार को दशकों से पाल रहा था। रिक्शा बहुत पुराना हो गया था और इसके कई पुर्जे निकलते जा रहे थे। उन्हें चिंता थी कि भविष्य में रिक्शा लोड ले पाएगा या नहीं।

अचानक उन्हें आवाज सुनाई दी, 'रिक्शावाले।' आवाज उन्हें गहरे विचारों से बाहर ले आई। वे उस अच्छे वस्त्रों में सुसज्जित व्यक्ति को नहीं जानते थे, किंतु उन्हें वह व्यक्ति ऐसी सवारी नहीं लगा, जो साइकिल रिक्शा में बैठना पसंद करेगा। वे थे विजय शंकर शर्मा, भारत के सबसे बड़े मोबाइल कॉमर्स प्लेटफॉर्म के सीईओ। उन्हें कुछ घंटे पहले ही यश भारती अवॉर्ड से सम्मानित किया गया था। वे उत्तर प्रदेश के मुख्यमंत्री से मिलने 5, कालिदास मार्ग जा रहे थे, जो मुख्यमंत्री का आधिकारिक आवास है। विजय की कार भारी ट्रैफिक जाम में फँस गई थीं और मुख्यमंत्री से मिलने के लिए समय पर पहुँचने का एक ही तरीका था कि वे मणिराम की रिक्शा पर सवार हो जाएँ।

मुख्यमंत्री के बँगले पर पहुँचने के बाद मणिराम एक सेकंड के लिए भी नहीं हिचकिचाए और जल्दी से यात्री को पोर्च में ले गए, जो मुख्यमंत्री की कार के लिए निर्दिष्ट स्थान था। उनका आत्मविश्वास देखते हुए सुरक्षाकर्मी भी उन्हें नहीं रोक पाए, लेकिन जब सुरक्षाकर्मियों ने पूछताछ शुरू की, मुख्यमंत्री वहाँ आ

गए और इशारे से उन्हें जाने को कह दिया। उन्होंने खुद मणिराम से पूछताछ की, लेकिन उनकी आमदनी, परिवार व बच्चों के बारे में और उनका पता भी पूछा। दो घंटे बाद मणिराम अपनी रिक्शा पर लौट रहे थे, लेकिन ये मणिराम अलग ही थे, जिन्हें जीवनपर्यंत समाजवादी पेंशन मिलनी थी और लखनऊ में रहने के लिए क्वार्टर। दीपावली के तीन दिन पहले मणिराम और उनके परिवार के लिए जश्न शुरू हो गया था। यह उनके निर्भीक रवैये का नतीजा था कि वे बिना डरे अपना रिक्शा सीधे मुख्यमंत्री के कार पार्किंग एरिया में ले गए।

स्टोरी 2 : हरियाणा के जिंद जिले के धाकल गाँव की सोनाली शेओकंद सिर्फ 10वीं की छात्रा है, लेकिन उसे मालूम था कि राष्ट्रीय हरित न्यायाधिकरण, नई दिल्ली ने प्रदेश प्रदूषण नियंत्रण मंडल और राज्य सरकार को निर्देश दिए हैं कि वे जिलास्तरीय समितियाँ गठित कर फसल काटने के बाद बचा हिस्सा जलाने पर निगरानी रखें और ऐसा होने से रोकें। यह राज्यभर में चलाए जा रहे जनजागरण अभियान और कानून लागू करने के कदमों से उसे यह मालूम पड़ा था। यही वजह थी कि 24 अक्तूबर को जब उसके पिता अपनी दो एकड़ जमीन पर फसल काटने के बाद ठूँठ जलाने ही जा रहे थे कि उसने उन्हें इसके हवा की गुणवत्ता पर पड़नेवाले दुष्प्रभावों से अवगत कराया। उन्होंने इसे स्कूली लड़की का 'फालतू ज्ञान' समझकर नजरअंदाज कर दिया और ठूँठ जलाने में लग गए। सोनाली ने पिता को सबक सिखाने के लिए कृषि विभाग के अधिकारी ईश्वर राम को सूचना दे दी, जिन्होंने तत्काल वहाँ छापा मारकर उसके पिता पर 2,500 रुपए का जुर्माना ठोंक दिया। पिछले गुरुवार को हरियाणा प्रदेश प्रदूषण नियंत्रण मंडल ने राज्य में फसल जलाने से होनेवाला प्रदूषण रोकने के लिए दिखाई उसकी ईमानदारी व निर्भीकता को 11 हजार के नकद पुरस्कार और प्रशस्ति-पत्र से सम्मानित करने का फैसला किया।

मंडल का मानना है कि इस तरह सोनाली के काम को मान्यता देने से अन्य बच्चों, युवाओं और किसानों को फसल के मौजूदा मौसम में घास-फूस जलाने के खिलाफ कदम उठाने की प्रेरणा मिलेगी। मंडल अधिकारियों को उम्मीद है कि इससे बच्चों को बढ़ावा मिलेगा कि वे राज्य और राष्ट्रीय राजधानी क्षेत्र में वायु प्रदूषण घटाने का संकल्प लें।

फंडा यह है कि बेबाक व निर्भीक रवैये और ईमानदारी के अपने फायदे हैं।

□

सार्थक दीवाली मतलब मिलकर उत्सव मनाना

ध्रुव और द्रोण 13 और 8 साल के हैं और मैं उन्हें तब से जानता हूँ, जब से इनका जन्म हुआ है। दोनों शुरू से ही शरारती हैं। हर दीवाली ये दोनों ही सबसे ज्यादा पटाखे चलाते हैं और सबसे ज्यादा शोर का कारण यही होते हैं, लेकिन इस साल आठ साल के बच्चे ने मुझे समझाया और कारण भी बताया कि क्यों पटाखे नहीं चलाने चाहिए। उसने कहा, ''पक्षी, डॉग्स और अन्य छोटे जानवर सुनने की ताकत खो बैठते हैं और हमारे आस-पास की हरियाली नष्ट हो जाती है। इससे बहुत प्रदूषण भी होता है, इसलिए इस साल से पटाखे बंद।'' इस साल दोनों ने पटाखे को हाथ तक नहीं लगाया। शायद कई लोगों ने इस साल इसी वजह से पटाखे नहीं चलाए और 2016 की दीवाली पिछले वर्षों के मुकाबले शांत रही। लगता है कि ध्वनि प्रदूषण के खिलाफ लगातार अभियान, देशभर के स्कूलों में टीचर्स का बच्चों को दीवाली को प्रदूषणमुक्त बनाने की जोरदार सीख देना और दैनिक भास्कर जैसे कई बड़े कॉर्पोरेट ग्रुप्स के अभियान ने लोगों का नजरिया बदला है और ध्रुव और द्रोण जैसे नई जनरेशन के कई बच्चों पर इसका असर हुआ है।

एक नया तरीका प्रेरणा राजपूत और उनके 30 लोगों के ग्रुप का भी था, जिन्होंने एक विशेष फेसबुक पेज बनाया—अ डे ऑफ स्माइल्स। इसमें उन्होंने लोगों से सहयोग माँगा और सड़कों, चौराहों और मुंबई के उपनगरों के फुटपाथ पर रहनेवाले 400 से ज्यादा जरूरतमंद लोगों को लंच बॉक्स वितरित किए। इसमें ताजे और अच्छे भोजन के साथ एक चॉकलेट बार भी थी, ताकि दीवाली की मिठाई इन लोगों तक भी पहुँच सके। एक अन्य ग्रुप द गिविंग माँक 23 साल के दिशांत सेठ और उनके दो दोस्तों मिलोनी विसारिया और पीयूष कामदार सहित उनके 12

साथियों ने शुरू किया है। उन्होंने पूरा दीवाली वीकएंड मुंबई के पश्चिमी उपनगरों में बेघर लोगों को दूध की बोतलें, मिठाई और भोजन बाँटने में बिताया। ये वे लोग हैं, जिनके पास कुटिया या छत जैसी भी कोई जगह नहीं है। खास बात यह थी कि सारी मिठाइयाँ घर पर बनी थीं और ये इन सभी की माँ ने बनाई थीं। इन्होंने कई लोगों से इसके लिए डोनेशन की अपील की थी और इन्हें पूरा सहयोग मिला।

मुंबई से 600 किलोमीटर दूर इंदौर में राखी और राजेश खंडेलवाल ने इस साल रोशनी का पर्व कुछ अलग तरह से मनाने का फैसला किया था। ये शहर में स्टेशनरी की दुकान चलाते हैं। इस युगल ने जो उपहार अपने कर्मचारियों को दिए, उनमें कई टन सम्मान, प्यार और अपनापन था। दीपावली के कोई हफ़्ता भर पहले इस दंपत्ती ने अपने अपार्टमेंट के दो सुरक्षा कर्मचारियों, सफ़ाई कर्मचारी, कपड़े, बरतन और घर की सफ़ाई का काम करनेवाली महिलाओं और अपनी दुकान में काम करनेवाले दो युवकों के लिए नकद राशि का लिफाफा, स्टील के बरतनों की उपहार सामग्री और मिठाई का पैकेट तैयार कर लिया। ऐसा तो तकरीबन आप-हम सभी कर लेते हैं, लेकिन यहीं से बात कुछ असाधारण हो जाती है। राजेश और राखी दोनों ने तय किया कि वे सभी कर्मचारियों के घर जाकर ये भेंट सामग्री सौंपेंगे और उन्होंने ऐसा किया भी। अत्यंत सामान्य सी सेवा-बस्तियों में रहनेवाले इन लोगों ने अपने घर पर जब राजेश-राखी को देखा तो वे पहले तो समझे कि किसी काम से बुलाने आए हैं, लेकिन जब इन्होंने घर के भीतर जाकर बाकायदा उपहार सामग्री भेंट की तो वे सभी भाव-विह्वल हो उठे, ख़ासकर सफ़ाई कर्मचारी तो भावुक होकर रो पड़ा। दुकान के कर्मचारियों में एक के माता-पिता नहीं हैं। उसे इस दंपती ने घर आमंत्रित किया, बैठाकर नाश्ता करवाया और बाद में उसे उपहार भेंट किए।

फंडा यह है कि त्योहारों का अलग-अलग लोगों के लिए अलग मतलब होता है, लेकिन हमारे आस-पास के लोगों के बीच आनंद और खुशी बाँटना तो बहुत पुरानी परंपरा है। हमारी नई पीढ़ी ने इसे फिर से जीवित करना शुरू कर दिया है।

□

कॅरियर बना सकती है किसी शौक में गहरी रुचि

गुरुवार सुबह मुझे संध्या सराफ ने इंदौर में गोद भराई की रस्म के लिए आमंत्रित किया, जहाँ मेहमानों के लिए रामायण कथा का आयोजन भी था। मैंने पूछा कि रामायण ही क्यों? मुझे उत्तर मिला कि मैं चाहती हूँ कि होनेवाला बच्चा इस दुनिया में आने से पहले इस महाकाव्य को सुन ले। मुझे जिज्ञासा हुई और मैंने कथाकार के बारे में जानना चाहा। यह कथाकार 1989 में 22 साल का बी.एस.सी. अंतिम वर्ष का छात्र था। कुछ साल उसने मेडिकल में प्रवेश के लिए बरबाद कर दिए। शायद इसकी वजह यह थी कि उसका जुनून तो संगीत और तबला था, जो वह महादेव उमरेकर के निर्देशन में सीख रहा था। उमरेकर ग्वालियर के सिंधिया राज परिवार के दरबारी गायक पंडित कुंडल गुरु के पुत्र थे। चूँकि वह अपने फन में गोल्ड मेडलिस्ट था, इसलिए उसे पूर्व रेलमंत्री दिवंगत माधवराव सिंधिया से निमंत्रण मिला। वे जयदेव लिखित 'मंगलाष्टक' को संगीतबद्ध करने में उनकी मदद चाहते थे। जयदेव अपनी महान् रचना 'गीत गोविंद' के लिए प्रसिद्ध हैं।

इस युवक ने आठों 'मंगलाष्टक' के लिए आठ रागों व आठ ताल में असाधारण संगीत तैयार किया और वह भी सिर्फ आठ मिनट में गाया जा सकनेवाला, जो सिंधिया द्वारा रखी गई सबसे महत्त्वपूर्ण शर्त भी थी। जाहिर था कि युवक ने मंत्री महोदय का दिल जीत लिया, जिन्होंने सांस्कृतिक कोटे के तहत भारतीय रेलवे में उन्हें जॉब का ऑफर दिया, लेकिन युवक ने इनकार कर दिया और केमेस्ट्री में एम.एस.सी. किया और दो साल बाद 1991 में उसने यह पेशकश स्वीकार की और आज वे इंदौर रेलवे स्टेशन पर रिजर्वेशन सुपरवाइजर हैं और भारतीय रेलवे में 24 साल सेवाएँ दे चुके हैं। आज भी वे संगीत के क्षेत्र में रेलवेकर्मी की बजाय 'गीत

रामायण' कथाकार और संगीतकार के रूप में ही जाने जाते हैं। 'गीत रामायण' महाकाव्य रामायण को संगीत रूप में प्रस्तुत करने का तरीका है, जिसे मराठी कवि गजानन दिगंबर माडगुलकर ने लिखा है और इसे लता मंगेशकर, आशा भोसले, माणिक वर्मा और संगीत निर्देशक स्वयं सुधीर फड़के ने भी गाया है। इन 56 गीतों में पूरी रामायण समा गई है और प्रत्येक गीत को 10 मीनट की संगीत प्रस्तुति में बदलकर 'गीत रामायण' के रूप में आकाशवाणी ने 1 अप्रैल, 1955 और 1 मई, 1956 के बीच 56 शुक्रवारों तक प्रसरित किया। मराठी के ये गीत इतने प्रसिद्ध हुए कि उनका 56 भारतीय भाषाओं में अनुवाद किया गया। ग्वालियर के रुद्रदत्त मिश्रा ने इनका हिंदी में अनुवाद किया।

रेलवेकर्मी अभय मणके और उनकी पत्नी अमृता से मिलिए, जिन्होंने इस महाकाव्य को देशभर में फैलाने का मिशन अपने हाथ में लिया है। दो दशकों में उन्होंने 1580 कार्यक्रम किए हैं, जिनमें मॉरिशस, दुबई और मस्कट जैसी विदेशी जगहें भी शामिल हैं। दोनों पति-पत्नी को लगता है कि उनके कार्यक्रमों को बड़ों का संरक्षण मिला है और अब चाहते हैं कि ऐसा कुछ किया जाए कि अगली पीढ़ी भी इसकी ओर आकर्षित हो। उन्होंने रामायण का अपना अलग स्वरूप निर्मित किया, जिसे '12वीं पास राम' नाम दिया। यह उन्होंने मॉरिशस के डॉ. राजेंद्र अरुण व उनकी पत्नी वेणु की सहायता से किया है। ये दोनों क्रमश: तुलसी रामायण और वाल्मीकि रामायण में पी-एच.डी. हैं। इसके जरिए उन्होंने नई पीढ़ी को नैतिक कथाएँ देना शुरू किया। स्कूलों व हॉस्टल में, जहाँ बच्चों को खुद के भरोसे छोड़ दिया जाता है, ये कथाएँ बहुत लोकप्रिय हुई हैं। वे यह सब अपनी नौकरी में अनावश्यक रूप से अनुपस्थित रहे बिना करते हैं। वे कोशिश करते हैं कि युवा पीढ़ी को राम-शैली की जीवनचर्या सिखा सकें।

फंडा यह है कि पाठ्यक्रम के बाहर के विषय में समर्पण से न सिर्फ जॉब मार्केट में प्रवेश आसान हो जाता है, बल्कि स्थायी कॅरियर भी बनता है।

□

प्रेम व लगाव अपने आप होता है, इसे निर्मित नहीं किया जा सकता

18 मार्च, 1922 का दिन था, जब करीब 100 मिनट लंबी जिरह में वे अपनी बात रख रहे थे, जिसमें उन पर राजद्रोह का यह आरोप लगा था कि उन्होंने अपने साप्ताहिक 'यंग इंडिया' अखबार में राजनीति से प्रेरित संवेदनशील आलेख लिखा और इसी दौरान मोहनदास करमचंद गांधी ने कहा था, 'प्रेम व लगाव की भावना को निर्मित नहीं किया जा सकता, न ही किसी कानून से नियंत्रित किया जा सकता है।'

मुझे उस पूरी लंबी बहस में इसी कोटेशन वाला हिस्सा याद आया, जब मैंने अपने वॉट्सएप पर कुछ लोगों द्वारा भेजी गई गणतंत्र दिवस की एक वीडियो क्लिप देखी। यह छोटी-सी फिल्म एक क्लासरूम के दृश्य से शुरू होती है, जहाँ एक मास्टरजी बच्चों से पूछते हैं कि बताओ, अपने राष्ट्रध्वज में कितने रंग होते हैं? एक स्वर में 'तीन' का जवाब पूरी कक्षा में गूँजता है, लेकिन इसी बीच एक बच्चे का जवाब होता है 'पाँच'! चौंककर मास्टरजी पूछते हैं, 'ये कौन बोला'? हर कोई एक बच्चे की तरफ इशारा कर रहा था। मास्टरजी ने तुरंत उसे बेंच पर खड़े होने को कहा और उस पर हावी होते हुए बोले, 'तुम मुझसे ट्यूशन नहीं लेते हो न, इसीलिए तुम्हें सही जवाब नहीं पता। अगर तुमने मुझसे ट्यूशन ली होती तो कभी पाँच नहीं बोलते।'

किंतु वह लड़का अपनी बात पर अड़ा हुआ था कि रंग पाँच ही होते हैं, तो मास्टरजी ने कहा कि समझाओ कैसे? लड़के ने पहले कहा, 'तीन रंग तो झंडे के और चौथा नीला रंग बीच में बने अशोक चक्र का।' उसकी समझ और जवाब से चकराए मास्टरजी ने खुद को सँभालते हुए कहा, 'फिर भी चार ही हुए, बताओ पाँचवाँ रंग कहाँ है?' बच्चे ने धीमे से कहा, 'पाँचवाँ लाल रंग!' और फिर बताने लगा, 'जब मेरे सैनिक पिता की देह राष्ट्रध्वज में लिपटकर आई थी तो मैंने उस

पर लाल रंग का खून का धब्बा देखा था।' मास्टरजी तुरंत अपनी सीट से खड़े हो गए, बच्चे को इशारे से नीचे बैठने को कहा और अपने आँसू छिपाते हुए दरवाजे से निकल गए, ताकि बच्चे न देख सके। फिल्म एक संदेश के साथ खत्म होती है, 'हर तरफ बिखरा है जवानों का खून… !' मास्टरजी को उस बच्चे को समझ पाना मुश्किल लगा, क्योंकि यह एक पुत्र की अपने दिवंगत देशभक्त पिता के लिए प्रेम व लगाव की अभिव्यक्ति थी। बच्चे को उस दिन का हर वो लम्हा याद था, जब देश की रक्षा में शहीद हुए पिता की तिरंगे में लिपटी देह को उसके सामने लाया गया था। यहाँ तक कि उस दिन जज भी गांधीजी का तर्क सुनकर ऐसा ही महसूस कर रहे होंगे। इसी तरह का एक प्रसंग याद आता है, जब रामायण की कथा में धरती माँ को भगवान राम को समझ पाने में मुश्किल हुई थी। उससे जुड़ी एक कहानी इस प्रकार है, राम, लक्ष्मण और सीता चित्रकूट की पहाड़ियों की तरफ पैदल बढ़ रहे थे। ऊबड़-खाबड़ और कँटीला रास्ता उन्हें कष्ट पहुँचा रहा था। उसी समय भगवान राम ने धरती माँ से प्रार्थना करते हुए कहा था, 'माँ, मेरी बस यही विनती है कि जब भाई भरत मेरी खोज में इस पथ से गुजरे, तो आप नरम हो जाना! कुछ पल के लिए अपने आँचल के ये पत्थर और काँटे छुपा लेना! मुझे काँटा चुभा सो चुभा, पर मेरे भरत के पाँव में आघात मत करना।' श्रीराम को यों व्यग्र देखकर धरा दंग रह गई! पूछा, 'जब आप इतनी सहजता से सब सहन कर लिया, तो क्या कुमार भरत सहन नहीं कर पाएँगे? फिर उनको लेकर आपके चित्त में ऐसी व्याकुलता क्यों?'

श्रीराम बोले, 'नहीं, नहीं माते, आप मेरे कहने का अभिप्राय नहीं समझीं! भरत को यदि काँटा चुभा तो वह उसके पाँव को नहीं, उसके हृदय को विदीर्ण कर देगा!'

'हृदय विदीर्ण! ऐसा क्यों प्रभु?' धरती माँ जिज्ञासा भरे स्वर में बोलीं।

'अपनी पीड़ा से नहीं माँ, बल्कि यह सोचकर कि इसी कँटीली राह से मेरे भैया राम गुजरे होंगे और ये शूल उनके पैरों में भी चुभे होंगे! भैया, मेरा भरत कल्पना में भी मेरी पीड़ा सहन नहीं कर सकता, इसलिए उसकी उपस्थिति में आप कमल पँखुड़ियों-सी कोमल बन जाना!'

फंडा यह है कि किसी व्यक्ति से, किसी रिश्ते में या फिर देश के प्रति प्रेम व लगाव को कृत्रिम तरीके से निर्मित नहीं किया जा सकता। हर व्यक्ति के पास इसे व्यक्त करने का अपना अनूठा तरीका होता है।

□

त्योहार रामजी की गिलहरी जैसे हैं, वे जीवन को जोड़ते हैं

क्या आपको रामायण का वह प्रसंग ध्यान में आता है, जब भगवान राम को लंका में कैद सीताजी तक पहुँचने के लिए समुद्र पार करना था? यह करने के लिए पुल बनाने की जरूरत थी। वानर सेना ने बड़े उत्साह के साथ इस विशाल सेतु को बनाने का जिम्मा अपने कंधों पर उठाया उस सेना में ऐसे शक्तिशाली महाकाय वानर थे, जो बड़ी-बड़ी चट्टानों और पत्थरों को आसानी से उठाकर समुद्र में डाल रहे थे। भगवान राम के प्रति उनकी सेवा को देख, वहाँ की गिलहरियाँ भी हाथ बँटाने के लिए आगे बढ़ीं। परंतु उन जैसे नन्हे और कोमल जीव कर भी क्या सकते थे? सुग्रीव की वानर सेना के अतुलित बलशालियों की तुलना में वे कुछ भी नहीं थे। इसी दौरान सेतु को मजबूत बनाने के लिए गिलहरियों ने रेत पहुँचाने की सोची। लेकिन इस काम में समस्या आ रही थी कि सेतु निर्माण की जगह रेत कैसे पहुँचाई जाए? तभी उन्हें एक अनूठी युक्ति सूझी। हर एक गिलहरी ने अपने शरीर को पानी में भिगोया और फिर रेत में लोट लगा दी। इसके तुरंत बाद वे तेजी से सेतु के तरफ दौड़ पड़ीं और वहाँ पहुँचकर शरीर को हिला-हिलाकर रेत झटक दी। वे बार-बार ऐसा करने लगी। भगवान राम ने भी जब यह देखा तो उन गिलहरियों की प्रशंसा की। वानर जहाँ मिल-जुलकर पत्थर उठा रहे थे, वहीं गिलहरियाँ अकेले जुटी हुई थीं, किसी ने उन्हें सहायता करने के लिए कहा भी नहीं था। वे स्वेच्छा से अपनी क्षमता के अनुसार योगदान दे रही थीं। समझा जाए तो गिलहरियों का यह उदाहरण हमें हर छोटे-बड़े त्योहार की अहमियत के बारे में बताता है। मेरी समझ से हर वर्ष मकर संक्रांति से प्रारंभ होने वाले हमारे त्योहार जीवन में उन गिलहरियों की तरह ही योगदान देते हैं। हम सब जानते हैं विटामिन डी 13 महत्त्वपूर्ण विटामिनों में से एक है, जिनकी खोज 20वीं सदी में पोषण की कमी से होने वाली बीमारियों पर शोध के दौरान हुई थी। जब से वैज्ञानिकों ने विटामिन को कार्बोनिक (जिसमें कार्बन होता है)

रसायन की तरह परिभाषित किया है, हमें समझ में आया है कि इन्हें आहार स्रोतों से ही प्राप्त किया जा सकता है, क्योंकि हमारा शरीर विटामिन नहीं बना सकता। शरीर के मेटाबॉलिज्म में विटामिन की बड़ी महत्वपूर्ण भूमिका है, लेकिन इनकी बहुत थोड़ी मात्रा की ही जरूरत होती है। वैज्ञानिक मानते हैं कि मानव स्वास्थ्य के लिए विटामिन डी कई तरह से बेहद जरूरी है। हड्डियों की सेहत, शरीर में फ्रैक्चर, प्रोस्टेट कैंसर, कार्डियोवस्कुलर और न्यूरोमस्कुलर के साथ डायबिटीज जैसी बीमारी के नियंत्रण में भी विटामिन डी की अहम भूमिका है। लेकिन हमारे पूर्वज इस सच्चाई को सदियों पहले से जानते थे कि हमारा शरीर सूरज की रोशनी में विटामिन डी का निर्माण करता है। उन्हें यह भी पता था कि तिल में सर्वाधिक कैल्सियम, 100 ग्राम में कुल 975 मिलिग्राम, होता है जबकि 100 ग्राम दूध में यह 125 मिलिग्राम ही होता है। आप गूगल करके भी पता कर सकते हैं कि हमारा शरीर पूरे एक साल तक विटामिन डी को संग्रहीत करके रखने में सक्षम होता है, और जरूरत पड़ने पर उस भंडार का इस्तेमाल करता है। दिलचस्प बात यह है कि हमारा शरीर पूरे एक साल तक विटामिन डी के इस भंडार को सिर्फ तीन दिन सूरज की रोशनी सर्दियों के मौसम के अंत और गरमियों के प्रारंभ होने के दिनों में मिलती है। अब आप इन बिंदुओं को मिलाएँ, तो समझ जाएँगे कि प्राचीन भारत के हमारे ऋषि-मुनि कितने बुद्धिमान थे। उन्होंने ऐसे त्योहार बनाए। जिनके दौरान बच्चे उत्साह से खुली हवा में, सूरज की सतरंगी किरणों के नीचे, सुबह से लेकर शाम ढलने तक पूरे दिन पतंग उड़ाते रहते हैं। इन त्योहार के कई नाम हैं, जैसे दक्षिण में पोंगल, भोगी, संक्रांति और उत्तर में लोहड़ी, गुजरात में उत्तरायण और महाराष्ट्र में सुगडी पूजा। सुगडी एक मिट्टी का पात्र होता है, जिसे त्योहार के लिए खासतौर पर बनाया जाता है। लेकिन, गौर कीजिए कि इन सभी त्योहार के दौरान तिल से बने पकवान खाए जाते हैं और शरीर सूर्यनारायण भगवान की किरणों से नहाता है। इसी तरह वार्षिक कलेंडर का हर एक त्योहार स्वरूप में भिन्न हो सकता है, लेकिन ये एक विशिष्ट जलवायु में रहने वाले लोगों के लिए सीधे तौर पर स्वास्थ्य के साथ जुड़े हुए हैं।

फंडा यह है कि यदि आप किसी भी त्योहार को जरा गहराई से समझें, तो पाएँगे कि उनमें से हर एक हमारे शरीर को मजबूत बनाने के लिए कैसा ही योगदान देते हैं, जैसा कि गिलहरियों ने रामेश्वरम् के तट पर सेतु के लिए दिया था।

□□□